主编 凌翔　　　　　　　　　　　　当代作家作品精选·散文卷

种豆南山

刘够安 著

北京日报出版社

图书在版编目（CIP）数据

种豆南山 / 刘够安著. —— 北京：北京日报出版社，2022.5

ISBN 978-7-5477-4285-3

Ⅰ.①种… Ⅱ.①刘… Ⅲ.①散文集—中国—当代 Ⅳ.①I267

中国版本图书馆CIP数据核字（2022）第066183号

种豆南山

出版发行：北京日报出版社
地　　址：北京市东城区东单三条8-16号东方广场东配楼四层
邮　　编：100005
电　　话：发行部：（010）65255876
　　　　　总编室：（010）65252135
印　　刷：北京军迪印刷有限责任公司
经　　销：各地新华书店
版　　次：2022年5月第1版
　　　　　2022年5月第1次印刷
开　　本：710毫米×1000毫米　1/16
印　　张：18
字　　数：231千字
定　　价：80.00元

版权所有，侵权必究，未经许可，不得转载

自序

我的五十二

　　夜，沉沉暗夜。一弯残月斜挂于天际，光清冷而无声。一带绿树，沐浴在乳白色的月华下，似乎正在做着一场遥远的春梦。朦朦胧胧地，花池里残留的一朵两朵枯萎的荷，颜色褪尽，容颜老去，痴痴地仰面望着我，仿佛要轻声告诉我，告诉我生命的悲欢与喜乐。

　　慢慢踱回房间，打开电脑，于键盘上敲出一串串瘦瘦的文字。

　　五十二年前，当一个新生儿呱呱坠地之时，我的父母——一生辛苦劳作的普通农家夫妇，没能生就我聪慧的头脑与俊朗的面庞，更没有赐予我高贵的出身与丰足的财富。他们所能给予我的，只有平凡渺小的生命，让我像蝼蚁一样，学会了承受苦难，懂得了隐忍坚强。不知道为什么，长得丑丑的我却有一颗不甘寂寞的心。这颗心，吟唱岁月的诗篇，感受时光的沧桑，时而欣喜于早春枝头新生的嫩芽，时而感慨秋日缤纷的落叶；也曾为清晨草叶上晶莹的露珠而欢欣，也曾为落日熔金的壮美天空让心绚丽得如同花儿一样。于是，一行行枯瘦的文字如清泉般汩汩流泻，记录着生命的每一次心灵悸动，书写下灵魂深处点点滴滴的渴念与怀想。

　　无意于鸿篇巨制，也不在乎人们能从中得到些什么。既然生命曾在此停留，总得留下一丝痕迹，也不枉来这尘世一场。文字是有灵性的，只可惜，她就是一个调皮的小姑娘，当你想抓住她时，她就会像蝴蝶一样翩翩翻飞到潺潺溪流的对面岸上。你只能追寻她银铃般的笑声，追溯她洒落在风中的淡淡馨香。这个小姑娘，偶尔也会垂怜于我，悄悄踏着小碎步流连在我的茅舍四周，轻轻叩开我开满鲜花的窗棂，把手中的瑶琴抚响。串串灵动的音符呼唤春雨飘落，催动雪花飞洒，鸟雀应声鸣幽谷，竹影多情摇月华。甚而，她还会蹦蹦跳跳甩动羊角小辫，在我的几案上研出一池水墨，斑斑驳驳地把一幅幅画卷点染在张张素笺之上。

　　裁下一片霓虹，点亮万千星光。希望的田野里，总有一些不知名的花儿尽情吐露芬芳。不管生命历程多么艰辛，不管沉甸甸的岁月于无声中早已压弯挺直的脊梁，只要还有一丝心香，我愿赤足行吟在广袤原野的田埂之上，为着每一个崇高的生命纵情歌唱！

　　其实，文字蕴含着宇宙乾坤，暗藏着生命密码。点横竖里有清欢，撇捺提中隐惆怅。每一个字都是一段往事，每一个词都是一缕幽幽的情思。

　　杨绛说："我双手烤着生命之火取暖；火萎了，我也准备走了。"生命之火可以取暖，我自然可以煨着文字，温暖我冰冷的双手，就在这样一个深沉的暗夜，像跳跃的音符，文字流淌着、跳动着，挽成诗行，缀成篇章。

　　我相信，卑微者也有梦境；我坚信，疲惫的跋涉者，双眸同样看过别样风光。我把目光投向遥远的过去，想洞悉隐藏在历史隧道中的谜底；我纵开思绪的野马，让它撒鞍脱缰，向着更加寥廓的原野驰骋。

　　在如水的日子里，故乡、故土、亲人、朋友，无私赐予我心灵悸动；一山一水、一草一木，静穆无言，铿然一声，拨动我如弦的灵魂。于是，我的眸子里幻化出了一幅幅如昨的清晰场景……

　　在这个世上，每个人，都是独一无二的存在；每个人，都经历过不同的痛，舔舐过不同的伤。没有谁能和他人感同身受，更没有人能轻易替代别人。我虔诚地捧起一支秃笔，用文字将生命的线条搓成一条结实的缆绳，只为拽住我渐行遗忘的过去；化血为墨，在一方素白上雕刻我曾经的时光。

也许是天意，也许是巧合！当我从积累的四十万余字中择取结集的篇目时，回首清点，恰恰五十二篇，竟与我的年龄吻合！早年，央视曾有一档黄金节目——幸运52。或许，我真的很幸运！那么，就将这份幸运栽种到我所钟爱的南山吧！期待着，我的南山之巅豆苗繁盛，豆香清远而悠长……

——于2021年深秋

代序

小巷，一帧简约的心灵底片
——浅析散文《小巷湮没于光影中》

　　《种豆南山》是文友墨梅淡痕（作者，笔名，以下简称"作者"）的第一本散文集，收录了他近年创作的五十二篇散文。作者，与我同在江山文学网逝水流年社团，一起坚守着一个文字的梦想。他从教二十余载，教书育人之余，读书习文，心中所愿便是煨着文字向暖而生。

　　书名《种豆南山》看似诗意浓郁，实则体现了一个写作者旷达的心境和人生态度。"种豆南山"出自陶渊明的《归田园居》，诗中的"南山"所指庐山，而作者意念中的南山，或许有着更为广泛的寓意吧。

　　当下的文学在各种外在元素的不断介入和冲击下，变得越来越浮夸，散文的纯粹性被破坏，能保持清醒的头脑，以文学的名义，纯粹地投入文学疆域的写作者越来越稀少。我所认识的作者，在属于他的一方精神世界中，依然能够保持真诚与坦然，去亲近他深爱的文学。

　　王国维在《人间词话》中提道："散文易学而难工。"在多年的散文创作中，作者孜孜以求，逐渐形成了独具个性的散文风格和内在美质，这种内在美质就是散文的气韵美，主要体现在：扑面而来的书卷气、书香气，从容淡定的真性情，浓郁的情感等方面。

　　在这本《种豆南山》中，我撷取了最喜欢的一颗"豆子"——它与作者的乡愁一起根植于小巷中。那是我们旧式的灵魂在行进途中，不小心遗失的一个梦，一个无法复原的梦境。

阅读作者的散文《小巷湮没于光影中》，关于小巷的记忆全部被激活。一篇散文，深情中隐藏着忧伤，如同一部老电影中的画面，慢慢渗透，慢慢回放……

忽然想起，突感怆然。

一

作者的这篇散文是一种叙述意义上的日常书写，散文在写作上注重现实生活细节的呈现以及个体情感的注入，以此将读者带入到一种特定的情境中去。这个情境便是湮没于光影中的小巷——它隐匿于北方某地的一个村庄里，不为人知，鲜有人去，却时常在作者的记忆中浮现。

作者笔下的小巷实则就是一幅乡村日常生活图景，而作为这篇散文的重要支撑是小巷图景中的那些细节，这其中包括三五只母鸡、一只看门狗、几只鸽子，居住在巷子里的老人、娃儿，还有作者的故友——他们的生活、情感以及被现实遮蔽下斑驳复杂的人性暗影与生活困境。

一条与古朴温婉的江南小巷截然不同的巷子，经过西北风的涤荡、黄沙的磨砺、霜雪的冻馁而变得形容枯槁、皮肤皲裂。江南小巷的青石板路被坑坑洼洼、高低不平的黄土路替代，看不到粉墙黛瓦，听不见河水潺潺，只有干枯的树枝晃动在初冬灰色的天空下，像是无声的挣扎。从小巷深处走来的不是撑着油纸伞、结着丁香般愁怨的姑娘，而是那个头箍半新不旧白羊肚毛巾，身披羊皮大袄，粗壮的腰间斜插着一支长长烟袋锅的北方汉子。

这是在散文第一部分中，作者对故乡与江南小巷的描写，空灵、蕴藉又直抵人心，运用的是呈现型的叙述笔法。在一个初冬的下午，当他重返阔别数年的故乡，面对日益苍老的巷子，内心所涌动的是无法言说的惆怅。

这样的描写，读之，能感觉到一种舒柔的慢，如同一截截被切割的时间，如同一幅幅恣意铺开的画面，以至于当我被作者带着一起走进小巷时，被一种四处弥漫的气息所牵引。

更为吸引我的是散文第四自然段的描写：

还是初冬惨白光束下渐渐老去的小巷，只不过那道明晃晃的白光在时间的变幻中，突然有了生命的迹象。它挣脱树枝的羁绊，穿过凌乱的枝叶，勾勒出或长或短的光影，并在作者的眼中成为一种隐喻——生命便是以这种方式在不同的时间里跳跃并获得存在的意义。

这个时候，三五只杂色母鸡"咕咕、咕咕"地叫着，从老旧的门洞里蹿出来，它寻找食物，用来填饱空瘪的嗉囊。随后，一只狗在一处空寂的院落里"汪汪汪"吠叫。还有几只从高高的屋脊上飞来的鸽子，那飞旋的双翅，如弯钩一般，牵动出属于小巷的旧日时光。

这是活着的小巷。

这一段描写在叙述上充满跳跃性，三种动物被作者有声有色地安插进来。作者在散文写作中注重词语与描写对象之间的贴服感，他自带的敏感笔触总是能对一些细微的变动和感受做出独特的回应。这篇散文在朴素的外表下，藏着深刻的内里，在语词之间有一股力量，在后面的叙述中渐渐呈现。

二

当我们谈及文学作品的"底层叙事"，多数人首先想到的是对苦难民众及小人物的书写，其实这只是其中的一部分，不能全而概之。在我看来，底层叙事更为广泛的意义在于对乡土情结的阐释。乡土是任何人都摆脱不了的精神纠缠，也是人类永远的文化情结。写乡村与乡愁的散文多之又多，同题材散文的大量涌现，造成了散文开山辟路的障碍。

这种困境，作者无法摆脱，而读者更甚。

作为一个土地的出走者，作者早年离开故乡、离开父母外出求学、工作，虽经历了生活的各种境遇，但属于内心的思乡之情从未消减。

他追寻的返乡之路，小巷是一个落脚点，小巷是他倾吐乡愁的一个出口，也是他靠近故乡的一个通道。小巷只是他乡土记忆的一部分，但关乎故乡的全部往事——人与事、情与景却始终萦绕，久久不散。寄情于文字，倾诉乡愁。这篇散文，正是借助于个人的记忆，以一个"归来者"的文化姿态构建自己的话语方式，复活一个交融了欢乐与悲伤的小巷。

我将散文第五自然段娘的一声呼唤——"孩儿，回来吃饭啦！"视为这篇散文第二部分的开篇。以这样的方式引入叙述，是一种以个体情感为基点的表达，这种直接的、向内的书写决定了散文叙述者的抒情倾向——道尽生活之情味。

这一部分的叙事带动了一些记忆的复活——

比如，在巷子里疯跑、嬉闹的孩子们。

比如，在岁月的更替中，从小巷搬离出去在别处安居的年轻一代。

比如，在时光的消逝中，绝尘而去的老一辈们。

有一个场景是属于作者自己的。这在我看来是散文写作中极为珍贵的书写。我一直说：散文实际上就是写"我"，写"我"的生活、"我"当下的生活、"我"曾经经历的生活、"我"看到的生活、"我"内心隐藏的生活，然后体现在写作上，付诸文字上的是一种内心的返程。让散文回到生活本身，回到"我"的状态中，回到身体的经络与心脉，是一件很难的事。

难的不是运用写作技巧将"我"放在散文里，而是如何完成内心的返程。阅读至此，我感觉作者做到了。在这篇散文中，他写小巷，写生活在小巷中的"三汉爷爷""少时的玩伴""庆"等人物的日常，笔墨之中，尽显文采。但他没有忘记写自己。在一次打斗中，作者误伤了玩伴"大川"，平时省吃俭用的娘称了三斤草纸糕，带着他一起上门给大川赔礼道歉。娘的执拗、娘的一身正气、娘对孩儿的那种言传身教胜过无数次的说教。作者以平实的语言、简单的勾勒来表现这段往事，其中还饱含更为深远的含义，而这完全交给读者去品味。

　　三汉爷爷、三汉奶奶作为小巷老一辈人物的代表，常年居住在巷子的东头。散文中有对三汉爷爷的描写：一个干瘦的老头儿，满脸核桃褶子，还长着一瓣蒜头鼻、三绺山羊胡。喜欢在吃饭时，擎一杆长长的旱烟袋，蹲坐于巷子深处摆龙门阵。这几句描写把一个北方老汉的形象呈现在读者眼前，很有立体感，颇见功力。

　　两位老人膝下无儿女，由侄子养老送终。三汉爷爷活着的时候，居住的是被熏黄的土房。低矮的院墙内生长着七八株枣树，农历五月，满树的枣花开了。作者在描写大自然的这场恩泽时，词语有着极富动感的美——枣花开在枝头，风在阳光的怂恿下踱着方步，张开大嘴，吮吸花香。随即，一场簌簌飞扬的花瓣雨，落在下地归来的农人身上……

　　这是北方巷子初夏时分缤纷多姿的意象，也是作者精心选定的角度和线索，看起来似乎不是太特别，却在文字的轻轻提拉中有了极美的姿态。而让读者最终循着这一线索慢慢靠近的是，作者在描写两位老人故去之后院落里的场景：院子和土房纷纷倒地，几截断壁残垣，在黄昏的光影里欸乃长叹，与这种荒芜截然不同的是院内的枣树与野草，它们没有随着两位老人一起离开，而是自顾自地疯长，春夏秋冬四季更替，它们对小巷的守护生生不息。这疯长的枣树和野草，在那一刻，如同芒刺一般楔入他的心，随之，这些文字便顺着一种意念，从他的指尖涌了出来。

　　从这部分开始，我欣喜地发现，作者在散文叙述层面的表现更为宽阔，文本的构建上有着深刻的体验性和内在性。近几年的散文写作，不再以传统的单一叙述，是否紧扣主题来判定一篇散文的优劣，而是要求散文写作者提升视角，尝试向多元化叙事行进，以多种人称的互换叙述来加深散文的牢固度，以多种叙事来拓展散文的纵深度，以不断变化的手法来提升散文的表现力。这篇散文在多元视角的探秘和运用上还有提升的空间，我觉得作者在散文文本的探索上可以往这方面多下功夫。

三

作者的散文，储存着关乎故乡的往事，他的情感和记忆也自觉地依附在散文的枝节中，在枝节中横生出来的还有故乡的自然风物，小巷生活图景中人物的喜怒哀乐。

散文有散文的姿态，写作者以"匍匐在地"的姿态书写散文，就很容易走进散文的内里，很容易彰显散文的本然气质和韵味。以寻常的心情和语言入境，无一点矫饰和雕琢。以一条普通的小巷作为散文的基点，书写故乡的变化和故友的生活状态，从而行至一种真诚的追寻，这是这篇散文自带的光芒。小巷中的人与物，散文与生活无隔阂的书写，轻而易举地抵达读者的内心，引发共鸣。

作者写故乡，写村庄，没有一味地赞美。数年前的那个寒衣节，他返乡祭祖，他的家就在这条小巷里。然而，父母去世多年，家早已不知所踪，空寂的院落被锈迹斑斑的铁锁锁住，日夜滋长的，唯有那一缕难以言尽的愁绪。

作者写小巷，不为写而写，小巷中有人，有自己也有别人。阅读作者的散文可以明显地感觉到，他总是善于找寻自己的散文角度，运用自己的语境，在自己营造的情绪氛围中由物及人、由人及情地以具体的物象进行连接。因此，这篇散文在描摹上还是很见功力的，细节勾勒，场景铺陈，情感上皆细腻而丰满，从某个细微之处流泻出来，延展成一种情绪。但这篇散文，稍感不足的是散文"神聚"的缺失，在个别升华的地方，容易流俗。比如散文的末尾，最后以一句"送走二明，驻足，茫然四顾，小巷依旧静谧，几声鸽哨从半空划过，像是从遥远的佛国送来的阵阵梵音，渐行渐远，轻悠绵长……"收束全文，看似极有回味感，但这样的收尾太过常见，且缺乏该有的力度。

我把描写"庆"的叙述作为这篇散文的第三部分。"庆"与作者同龄，他的家在这条小巷的西头，一处窄窄的院落，从生到死，他在这里走完了他的一生。他在一场突如其来的车祸中死去。"庆"的去世，是小巷的哀痛。他的妻子最终抛下一双儿女投向别人的怀抱，小巷以无限的宽容收留了两个苦命的孩子。这种痛，以钻心入骨的方式进入作者的体内，以至于在交替更迭的时光里，作者回到小巷，散射的光影中寻不见故友的身影，一想起他，这种痛，依然不曾消隐。

作者的笔触，在回忆与现实中来回穿梭，一会儿他沉浸在对"庆"的怀念中，一会儿又在小巷中与少时的玩伴"二明"重逢，这种时间的跳跃感并没有打乱散文的脉络，由于作者对散文结构的掌控力，使得散文的画面在时空的变幻中得以无痕地交错。

"二明"的最后出场，隐含着别后重逢的感伤，也是小巷更为沧桑的画面：二明穿着一身沾满黄土的衣裤，一张黧黑的脸，头发蓬乱，双鬓如霜雪一样的白……他站在作者的身后，你刚回来吗？一句微弱的问候，带出内心错综复杂的情愫。相比爽直的二明，作者在发小面前表现出来的小拘谨，似乎应验了那一句"近乡情更怯"，因此，他发出这样的感慨——

"我"，已不再属于这里，不再属于小巷。

"我"，是归人，一个折断根的归客！

对于这一部分的叙事，感觉笔墨上还是不够舒展，如"庆去世后，他的妻子出走，娃儿的成长"，又如"二明的生活状态和情感表达"还可以有更为细致的延展，若能加以叙事，我想这篇散文将更具痛感。而痛感，是评定一篇好散文的一个十分关键的元素。

一声"我是归人，一个折断根的归客"，这是本文的作者，一个已然中年的北方汉子，替尘世中的游子们用力喊出的内心的真诚与怅惘。这一声，忽然入耳，依然深感怆然。

阅读作者的散文，感觉他的散文更像是一股清流，从堆积的泥沙中倾泻而下，将散文品性中最重要的元素——"真"得以完好地呈现。他叙述故事，善于从细微处入手，且注重语言的诗意质感，这也是作者散文的一大亮点。

世间文章大多成于天真，坏于矫情。散文是最不会说谎的文体。写了很多年的散文，我一直深信这一点。在作者的这篇散文里，我读到了散文的真、人性的真、生活的真、情感的真，这是需要我们去守护的。期待作者能在忙碌的工作之余，坚持文学写作，在以后的散文创作中，继续以生命体验为底色，以思想的超拔为目标，展现给读者更高的格局与境界。

祝贺作者散文集《种豆南山》出版。

——纷飞的雪（徐珏）写于上海·丁香水岸

目 录

第一辑　乡野回音

原野之恋　002

小镇春秋　007

情寄象峪河　010

故乡，你可记得你原来的模样　014

小米遐思　018

故乡在梦里　024

小巷湮没于光影中　029

乡野回音　036

第二辑　你的容颜

父亲　042

母亲没有眼泪　045

千层底布鞋　048

永不消逝的柳笛声　052

娘的手　055

暗光　061

我把父亲种进地里　068

中元节，我坐在坟墓旁　073

你的容颜　077

第三辑　夜的隐喻

镜子　082
傻子的春天　084
站成一尊傲岸的雕塑　088
旅行，只为灵魂的一场场遇见　096
不必羡慕他人，你我皆是"绝版"　102
等以后·趁现在　105
吃　109
面具　116

舌下有矛　122
面若桃花向阳开　130
死亡与慈悲　134
命运之殇　141
饭局　148
我惧怕生命散落的方式　153
你已不在，我却老了　157
枯竭的泪腺　162
借道而行的过客　168
夜的隐喻　172

第四辑　岁月留香

情归金秋　178
光阴三味　183
衣服　186
我的太师，我的家　190
恋曲 1990　195
听，海的声音　200
迤逦西南行　209
愿岁月温柔以待　220
冬夜，那一声叮咛　223

幸福密码　226
愿你的未来阳光正好，微风不燥
　　——写给儿子的一封信　230
儿行千里，爹娘的心也一并被带到了远方　235
别　239
站在半百分水岭上　245
一个人，一盏灯　250
我始终是没有戴着镣铐的一介囚徒　257
岁月留香　264

第一辑　乡野回音

原野之恋

一

不知从哪朝哪代开始，巍巍太行山和九曲黄河宛若一把巨大剪刀的双刃，生生在广袤的黄土高原上剪出了一个平行四边形。一条汾水纵贯南北，在黄土高坡上切割出大大小小的丘陵和一个个盆地。这里，表里山河，历来就是兵家必争之地。从这儿，向北推进，越过蜿蜒的长城，就是广阔的内蒙古草原；向西渡过黄河，可入陕西，直逼古长安；向东翻越太行，即可窥视莽莽苍苍的河北平原；而如果向南，只需穿越风陵渡，就可以轻而易举地深入中原腹地的河南。

这里，土地算不上肥沃，反而会经常扬起漫天黄沙。然而，就是这块贫瘠的土地，却成了中华民族的发祥地之一。女娲曾在这里补天，华夏民族的始祖——黄帝和炎帝也曾在这里留下了他们辛勤劳作的足迹。

就在这三晋腹地，坐落着一座古镇。古镇三面环山，南北两道山梁覆盖着零零星星的灌木丛；东面耸立着高峻的山岭，与榆社县接壤。岭上苍松翠柏，满目翁郁。由古镇向西，却是一马平川，通往太谷县城，并可向北曲折而上，到达还算开阔的太原盆地。一弯并不宽阔的溪流清澈见底，自东向西把古镇一劈两半。溪南是古镇的人们祖祖辈辈赖以生存的土地；而溪北，登上一个小山坡，峭立的高崖上，错错落落散落着农家的草庐和瓦房。

像这样一个拥有上千户人家的镇子，在丘陵地区也算是一个大集镇了。据老一辈人讲，古镇素有"小太谷"的美誉。那是因为，古镇方圆几十里的山上都是一些数十户人家的小村落，乡民们日常所用的柴米油盐、锅碗瓢盆、针头线脑等物件，须到古镇才能购得。就在古镇中央，有一条早年间用青石铺就的大街，呈现英文"L"字样，由北而南、从东向西通往外界。还算宽阔的街道两旁，店铺林立，大小什物一应俱全。每到古镇赶集之日，四乡八邻的乡民就会纷纷赶赴这里，采买一年半载的生产、生活用品。自然，古镇也就成了方圆几十里地的一个货物集散地，逐渐变得繁华起来。

自古，古镇的人们或以种地为业，或做点小生意。种地的乡民勤勤恳恳，日夜劳作，遇到风调雨顺的年月，倒也富足。如果年景不好，却也不会挨饿。做小买卖的毕竟是见过一些世面，颇懂经营之道，崇尚信誉，童叟无欺，生意不错，日子也算过得滋润。古镇淳朴的民风，周遭乡民人人尽知。

二

沧海桑田，虽几经战火，古镇依然保存得较为完整。我家就住在镇子西头的一条小巷里，祖辈以种地为生。父亲会打算盘，会记账，也算是个文化人。新中国成立前后，母亲先后为父亲生下了三男四女七个孩子。就在20世纪60年代的最后一年，恰逢桃花盛开的季节，我也降临到了这个尘世。就在我出生的前一夜，母亲梦到自己担着一副箩筐下地，有人对她说，她命里该有四儿四女，就如这副箩筐上的八根藤条，前面四根、后面也是四根。一觉醒来，鸡叫三遍，天光早已放亮。吃早饭的时候，母亲来不及吃下一碗小米粥，我便呱呱坠地了。

我出生时，母亲已是四十多岁的高龄产妇，分泌不出一滴奶水。吃不到奶水的我，饿得整天啼哭，母亲心疼，却是别无他法。很幸运，隔壁高家婶子正好生下一女。高家婶子奶水不足，唯靠家里养的一只奶羊，以羊奶贴补自家孩子。但纯朴的乡邻听到我的啼哭怎能见死不救？好心的高家婶子便硬生生从自家闺女嘴里省出一部分羊奶接济我。但那时生活困难，奶羊也吃不饱，所产出的羊奶也根本不够供养两个小生命。无奈，父亲只能从古镇的供销社买来一些"代奶粉"或"炼乳"喂养我。有时，买到的"代奶粉"和"炼乳"早已过了保质期，母亲只好用细筛子筛取一些生过虫子的奶粉喂养我。本已是"老生子"，加上营养不良，年少的我又矮又瘦，显见的比同龄人羸弱许多。然而，生命总是很倔强，贫瘠的土地照样可以衍生出郁郁葱葱的野草来。在那艰苦的岁月，凭着顽强的毅力，在粗茶淡饭的哺育下，我竟然也慢慢长大了。

母亲未曾读过书，大字不识几个，却很会过日子。农业社时，我家劳力少、孩子多，全凭父亲当生产队的保管挣工分养家。年底分红，我家分到的口粮总是青黄不接，日子也过得紧巴巴的。所幸母亲勤劳节俭，一面帮父亲下地扛活，一面在自家院子里养猪、养鸡，用来补贴家用。打理儿女们的吃穿时，母亲更是恨不得把一分钱掰成两半花。大人的衣服补丁摞着补丁，孩子们的衣服则是老大穿过后，再改成小点的衣服让老二穿。日子虽然拮据，但儿女八个从来没有受过什么委屈。

母亲不仅是把过日子的好手，而且明事理，家教也甚严。每逢巷口来了卖水果的小贩，母亲总会把巷子里玩耍的儿女们都叫回家，生怕日子过得也不宽裕的乡邻买了果子后要分给周遭的孩子们吃，让人家为难。每每亲戚过门，家里总要倾其所有多弄几个小菜招待客人。及至饭时，母亲就会把儿女们支使到院子里玩耍，只留下父亲陪着客人。即便我是"老疙瘩"，都始终没有与客人同桌而食的资格。只待客人吃饱后，母亲才会呼唤儿女们进屋吃饭。受母亲影响，我的弟兄姐妹们都颇懂大人的难处，自小到大都不会哭着喊着和母亲要这要那，更不会乱花家里的一分钱。

三

广袤原野养育的孩子大多野性，我也一样，经常跟着同村的一群半大孩子到处疯跑。夏天上房掏鸟，冬天下河溜冰，没个停歇。农家孩子没有那么多娇气，渴了，就会就着水龙头或者水泵灌一肚子冷水；饿了，辽阔的田野里到处可以找到能吃的东西。夏秋季节的田野，郁郁葱葱，高粱与玉米地一片连着一片。在骄阳的映射下，树叶儿和庄稼的叶子透着浓绿的色彩，各种不知名的小草铺成了绿毡子。野花开得霸道而肆无忌惮，恣意呈现出多彩的色调、吐露出清幽的芬芳。奔跑于田垄间，用狗尾巴草串起逮到的蚂蚱，用火一烤，竟是难得的美味。常常挽起裤腿，一个猛子扎进潺潺溪流里，抓几十尾小鱼，回家后交予母亲。母亲在小鱼身上裹些面粉，用胡麻油一炸，满嘴生香。更别说生产队的菜地了，那是我们这群野孩子常常光顾的"风水宝地"。那些粗壮的泛着深绿色光泽的黄瓜、红彤彤喜人的西红柿，就是我们充饥解渴的"水果"。只不过，生产队的菜地有人看管。巷子西头住着的瘸腿李老汉，天天蹲守在菜地附近，看着即将成熟的蔬菜，防止我们这群捣蛋鬼偷吃。别看他看得紧，可我们有的是办法。那是从电影里学到的"把戏"。几个孩子在菜地东头明目张胆地偷菜，惹得李老汉举着长长的烟袋锅一边咒骂着，一边一瘸一拐地向地东头奔去。而我们的"大部队"则从西头偷偷潜入菜地里，把袖口子扎紧，就像一只小布袋，不停往里摘黄瓜和西红柿。待到偷得差不多了，一声呼哨，告诉东头的伙伴们可以撤退了，一大群孩子就会嘻嘻哈哈簇拥着奔回镇子里，躲在墙角僻静处，一起分享胜利的果实。

地里很少使用化肥，生产队养着牲口，沤出的农家肥足能让庄稼长得粗壮繁茂。农药也用得极少，偷来的果实不必清洗，只需用袖口擦一擦即可果腹。相比于夏秋季节，冬春两季能逮到的吃食就少得可怜。然而，这难不倒我们。从枣树上掰下一截"Y"形的小树杈，用铅笔刀削光滑了，再在树杈的两个分叉上绑上两根皮筋，尾端用一小块剪好的长方形皮子连接，就做成了弹弓。在乡村，小石子是俯仰可拾的"弹药"。左手持弹弓，右手在皮子上装上小石子，凝神静气，拉动弹弓，瞄准正站在光秃秃枝丫上歌唱的麻雀，手一松，小石子带着劲风呼啸而去，"扑啦"一声，一只麻雀应声而落。伙伴们欢呼雀跃，待到射下那么七八只，就用烂泥巴把麻雀裹住，扔进点着的野草里烧烤。十几分钟，泥巴完全烘干，就拿树枝把一个个泥球扒拉出来，再用大石块一敲，那些泥巴"哗啦"破裂开来，麻雀的羽毛也随之脱落。刹那间，一股浓郁的香味扑鼻而来，惹得大家哈喇子都要流出来了。及至年长，才知道，这样的吃法，可能和一道名菜——"叫花子鸡"差不多吧。

四

童年清贫，更充满了欢乐。远山、溪流、草地、田垄，到处都留下了成长的印迹。从十四岁起，我也开始一边求学，一边与父兄下地干活，侍候着从生产队分到的几亩薄田，春耕、夏耘、秋收、冬藏，竟也干得有板有眼。

多少年过去了，风雨强健了筋骨，酷日晒黑了肌肤，也让我读懂了生活的许多艰辛与不易。及至成人，虽然进了城，日子也好了很多，但我依然深深眷恋着故乡，眷恋着儿时的伙伴，一直反复回味着那段令人难忘的年少时光……

小镇春秋

小镇坐落于三晋腹地，北依中山，南临象峪河谷，是个典型的北方古镇。

小镇自古就不乏能人。笔直的东西大街两头，不知在哪朝哪代就由小镇的能工巧匠建造起了两座阁楼——东阁和西阁。两座阁楼，建筑风格如出一辙，一样的青砖红瓦，一样的高耸入云；一样的飞檐翘角，一样的雕梁画栋。飞檐斗拱峥嵘现，风铃叮咚似凤鸣。若无高超技艺，无论如何也建造不出这么两座丰赡雄伟的建筑。千百年过去了，东阁历经沧桑而风采依旧。每每春节将至，小镇的人们就会在东阁上挂起一串串红灯笼，用来祝贺新春。此时的东阁，华灯璀璨，流光溢彩，在苍茫的暮霭中，宛若人间天堂。然而，甚是可惜，西阁毁于战火。若否，东西两阁遥相呼应，又该是怎样一番壮丽景象？

小镇正北方向，坐落着一座千年古刹——圆智寺。寺院始建于唐贞观年间，金天会年间重修，后遭毁坏，并于明清两代再次重修。寺院为二进院落，自南向北依次为山门、倒座天王殿、钟鼓楼、过殿、东西配殿、大觉殿等七十余间殿宇。

最为神奇的当属外院正殿——千佛殿，因为它是建筑史上罕见的"无梁殿"之一。偌大的一座宝殿内，居然没有一根承重的房梁。那么，到底是用什么办法来支撑庞大而沉重的殿顶的，后人一直无从解释，不由得让人惊叹小镇能工巧匠的智慧与精湛技艺。

千佛殿前，植有两株牡丹，据说，为宋朝栽培，距今已历九百余载。两株牡丹虽历经酷暑严寒与风霜雨雪，依然枝繁叶茂、生机盎然。及至立夏时节，百朵牡丹同时盛开，争奇斗艳，犹似洛阳牡丹般繁复多姿，直引得十里八乡的乡民蜂拥而至，争相一睹牡丹芳容。

整个寺院的正脊、重脊、勾头、滴水都饰以形态各异的龙形琉璃瓦件，概为明代之琉璃瓦。制作精湛，造型优美，色泽艳丽，在阳光照耀下，犹如发光的宝物一般熠熠生辉。

楼堂殿宇雄伟华美自不待言，即便散落于大街小巷富户人家的院门，也是别有韵味。小镇富户所建的院门，斗拱飞檐，上覆猫头滴水；门楣雕刻各色花草图案，浮雕、镂雕，不一而足；朱门厚实，遍布铜钉；有黄铜虎头形门锁，分居两门正中；门槛可高达半尺，横卧于三层石阶之上。整个院门，尽显三晋民居独特风格。只是，随着时光变迁，这些富户渐行没落。即便如此，透过斑驳的印迹，依然可以依稀寻觅到主人当年的风采。

象峪河水哺育了淳朴的乡民，更赋予乡民几许天地灵气，使得小镇千百年来就像一位小家碧玉，倚门倚闾，浅笑嫣然，笑看岁月千回百转，流逝成一首首轻快的歌谣。

小镇其实并不算小，约有上千户人家。乡民良善，也不贪婪，唯盼风调雨顺，能过上不愁衣食的好日子。听祖辈人讲，中华人民共和国成立以前交通不便，小镇又离县城路途遥远，慢慢地，小镇自成一体，竟变成了周遭四乡八邻的政治经济文化中心。

每年农历三月十五、七月十五和十月十五，是小镇赶集的日子。四乡八邻的乡民纷纷下得山来，赶到小镇，采买犁耧锄头、箩筐刀具、米面布匹、油盐酱醋……大街小巷，常常人山人海摩肩接踵。每逢这个时节，镇里的大户们还会邀请外地的戏班连唱几天大戏。自然，这几天也就成了亲朋好友走家串户的日子。古镇的人家好客，会热情地备了酒菜招待客人。待客人酒足饭饱，一起陪着客人到小镇中央的场子看大戏。

　　小镇里，邻人相处历来和睦。无论四季，一到饭时，无论男女老幼，都会端了海碗，或蹲或坐，聚在大街小巷两侧，边吃饭边侃大山。封神演义、水浒传、三国，家长里短、奇闻逸事，统统都是谈资。其间，夹杂着孩子的打闹声和妇女的呵斥声，浓浓的乡情乡味氤氲成一坛千年佳酿，醉了白昼夜晚，也醉了日色月光。

　　孩子们几乎都是吃百家饭长大的，这当口，是孩子们最快乐的时候，叫一声大爷或婶子，尽可以吃这家的一口，喝那家的一碗，在酸甜苦辣各种味道的浸泡下，个个长大成人，花开叶散，衍生出更多的人家来。若是东家的枣子红了，这家人一定会摘了枣子，挨家挨户分与邻人吃；若是西家的果子熟了，西家也会洗净果子，邀请大伙儿一同来品尝。

　　21世纪，市场经济浪潮翻滚，小镇自然不能免俗。有本事的人家拆了旧居换了新家，现代化的电器也充斥于门内堂上。照例，小镇每年依然赶集，商贩依然会在这些日子把货物摆到集市中央叫卖。然而，那些货物好像都不如原来的好用、耐用了——新买的鞋子穿不了几天，不是脱了鞋帮，就是掉了鞋底，实在经不住折腾。而买到的吃食，不知道什么原因，味道似乎也不再正宗。照例，亲戚朋友还会借着赶集的日子聚一聚，只是乡民们谁也顾不上请人唱大戏了，赶集的热闹劲儿也差了许多。即便20世纪平坦的两条大街，也一度变得坑坑洼洼。

　　乡民的腰包日益鼓胀起来了，街头巷尾的麻将馆也如雨后春笋一般日渐多起来。闲暇日子里，男男女女似乎一夜之间就都学会了打麻将。缭绕的烟雾中，人们红着眼、哑着嗓子，坐在那里彻夜地玩。赢钱的喜笑颜开，输了的垂头丧气，间或有妇人来找寻丈夫或孩子的，嬉笑怒骂，又形成了小镇的另一道景致。

　　小镇还是那个小镇，只不过，好像脱胎换骨，一天天越发陌生起来……

情寄象峪河

人类历史早已证明,一个民族或种族,常常发源和兴盛于某一水系。滚滚江河水犹如母亲甘甜的乳汁,哺育了人类,也孵化出了灿烂的人类文明。最典型的当属发端于底格里斯河与幼发拉底河的美索不达米亚文明和孕育于尼罗河畔的古埃及文明,以及印度河、黄河滋养下的古印度文明与华夏文明。正因如此,各民族不约而同地将这些河流亲切地称为"母亲河"。

我的家乡也有这样一条"母亲河",她的名字叫象峪河。象峪河,旧称"小涂水",属于汾河支流与乌马河支流,全长六十三千米,流域总面积达三百四十多平方千米。作为山西省太谷县境内的第二大河流,史上并无记载她发源于哪朝哪代,只知她的上游有东、南、北三源,而它的正源——东源,发源于太谷、榆次、和顺三县交界处的八赋岭。象峪河的上游,植被郁郁葱葱,形成了古老的区域性原始森林,而河谷大多呈V形,谷深、坡陡、水急。遇到雨季,千流竞发,呼啸而下,银花碎玉撞击于巨石之上,发出巨大的轰鸣声。千百年来,一泻而下的象峪河并无固定河道,常夺旧官道宣泄洪水,甚而,如脱缰野马,汹涌澎湃,向两岸四处漫溢。民国二十一年(1932年)之后,经自然冲刷与历代百姓人工开挖,才逐渐固定为今日之河槽。

我的家乡,一处黄土层层覆盖的丘陵地区,居于象峪河的中上游。河水如莽撞的壮汉一般,从上游奔腾而来,行至家乡,转而变成一位温润的少女，缓缓流动在厢形的河槽中，而后，一路向西，逶迤奔向远方。

　　我的祖辈就在象峪河水冲击而成的河谷两侧，栉风沐雨，耕耘收获，养儿育女，生生不息。象峪河水与南岸巍峨的南山遥相呼应，不仅灌溉着百亩良田，默默滋养了一代又一代憨厚朴实的乡民，而且，还赋予了乡民几许灵气，使得这里钟灵毓秀，造就了许许多多传奇人物与传奇故事。

　　就在象峪河上游北岸，有一个行政区划隶属范村镇的明清古村落，名曰"上安村"。就是这样一个不起眼的小山村，居然代代人才辈出——入仕做官者竟然繁若星辰。山村中散落的一百多块庙碑或墓碑，无言地记载了这个小村落曾经的辉煌。在现有家谱所记载的、不足家族五分之一的人口中，有品级官员就有六十余位，而石碑上记载的七品县官更是多达七百多个。更为神奇的是，在这里，明清时还出过数位阁老以及若干一品大官和一品诰命夫人。最具代表性的，莫属牛先年与牛天畀两人。牛先年早年曾是乾隆皇帝的老师，而牛天畀在乾隆年间，官至湖广总督。就是这样一位牛天畀，位列清王朝一百二十位功臣之中，生前战功赫赫、位极人臣，即便死后，也是殊遇有加。乾隆皇帝曾按照旗人一品大臣之礼下令例赐，亲自为其撰写祭文和碑文。时至今日，太谷县档案馆依然保存着满汉两种文字书写的御制青石碑文，而他的画像，则永久保留在故宫紫光阁。

　　源远流长的象峪河不仅哺育了我的祖辈，而且也是我们小伙伴的"天堂"。夏日，象峪河就像一位斜卧在南山脚下的慵懒少女，只把那长长的秀发流泻成清粼粼的河水。象峪河水，最深处不过一米有余，水浅处更是清澈见底。一丛丛深绿的水草随着回旋的溪流来来回回摇晃着脑袋，像一群调皮的孩子；偶有几十尾小鱼成群结队，轻快地穿梭于水草与石子之间，似乎是与那一群大脑袋、细尾巴的蝌蚪嬉戏打闹。河水冲过鹅卵石，昼夜发出"哗啦哗啦"的声响，像是母亲哼唱的催眠曲。这首曲子与一起一落的蛙鸣应和着，引得河岸两侧密林中的雀儿们不安分起来，纷纷"扑啦啦"飞到葱茏的草叶间，一边觅食，一边叽叽喳喳不停地拌嘴吵架。

寥廓的蓝天下，一群野孩子光着脚丫，穿林过草，嘻嘻哈哈哈跑到河水边。也不管周围有没有人，三下五除二褪下"二股筋"背心与小裤衩，就如下饺子一般，"扑通扑通"一个接一个跃入清冽冽的河水中。河水激起几朵清浅的浪花，似乎在敞开胸怀迎接这群快乐的小伙伴。伙伴们其实并不会游泳，但对于乡下的孩子来说，"狗刨"还是会的。有几个伙伴玩累了，光屁股立在那里，双手捧起河水，一起向同伴泼去。这下不打紧，大伙儿瞬间欢腾起来，这边的人惊叫着，那边的人又组织起了反击——你泼我，我泼你，身上、脸上、头上，水淋淋地往下滴，每个人都成了"水猴子"。有体力不支、败下阵去的小伙伴，呼啸一声逃向河岸。河岸上遍布大大小小的鹅卵石，在阳光的照射下微微有些发烫，而且踩在上面多少有点烙脚，但就是这样的温度，却是那样暖，那样贴心。仰面躺在上面，不消一会儿，就能把身上的水滴烘干。

有几个淘气的伙伴一刻也闲不住，他们就如灵巧的猴子一样，三下两下爬上河岸边粗壮直立的白杨，"咔嚓咔嚓"几声脆响，一根根树枝儿折断后，瞬间，在小伙伴手中，魔术般变成了一顶顶"草帽"。这"草帽"虽说简陋了些，却足以遮阳。顺便，再从河中捕得几尾小鱼，装进预先准备好的罐头瓶里，浩浩荡荡，一路狂奔，就像凯旋的军队，一溜烟溜回了镇子。

冬天的象峪河相比于夏日时分，更像是一位饱经沧桑的老者，变得沉静了许多。河水早就结成厚厚的冰，远远望去，冰面反射着冬日的阳光，明亮得晃人的眼。河岸边，高大的白杨树光秃秃的，喜鹊把窝高高建在树杈间，就那样立在枝头上"嘎嘎"鸣叫着，如同向人道喜。夏季里郁郁葱葱的芦草也已枯萎，顶端开出棉絮般的芦花。只需把芦草秆齐刷刷扎在一起，就能做成拂尘般的物件。然而，更让伙伴们欢喜的是，这个季节正是溜冰的大好季节。取两根等长的四棱木条，分别在底面上打两个小孔，然后找两根粗铁丝，将铁丝两头弯曲后，钉入孔中；再将几块薄木板钉在四棱木条上，一个简易的滑冰车就做好了。光有滑冰车还是不够的，还需找来两根尺把长的钢筋，在炉火中烧红后，一头锻出尖刺，另一头弯出手柄，滑冰的用具也就一应俱全了。

将滑冰车放到冰面，盘腿端坐于滑冰车上，双手紧握钢筋手柄，一扎一推，滑冰车如同离弦之箭，"倏"的一声，向远处疾驰而去。冰面宽阔，平如明镜，一只只滑冰车前追后赶，常常相撞，也有不小心掉进冰窟的时候，但这丝毫不会减少伙伴们的兴致。然而，万一遭遇这样的尴尬，棉衣棉裤被河水浸湿，肯定逃不脱母亲锐利的眼睛。遇到她老人家心情好，无非责备几句；若遇老人家烦恼之时，屁股总是免不了要遭点小罪的。扫炕笤帚是母亲常用的"家法"，只待小屁股打得通红，母亲才会催促着换上干衣，而后，默默把浸湿的棉衣裤晾到火炉边，细细烘干后才会放心。

欢腾的象峪河水赐予童年无尽的欢乐，伴随着她潺潺湲湲的浅吟低唱，匆匆流逝的日子也就演绎成了一首首轻快的歌谣。在这首歌中，没有物质匮乏的愁绪，没有岁月艰难的苦涩，唯有轻灵的音符始终在耳边回旋……

故乡，你可记得你原来的模样

三十多年前，我走出巍峨的大山，走出葱茏的原野，离开了我魂牵梦绕的故乡。

告别亲人，远赴他乡，却从来不敢把她遗忘。魂梦中曾无数次踏上归程，魂梦里又多少回把她深情凝望？那一片湛蓝的天，那一方充满希望的黄土地啊，始终萦绕在赤子的心房。

我的祖先是从哪朝哪代在这里安家落户、世代繁衍的，已经无从考证。然而，就是这方山水，朝迎旭日，夜送晚霞，却濡养了我的祖祖辈辈。

梦中的故乡，是20世纪70年代的故乡。那时的故乡山明水秀、阡陌纵横，好一派欣欣向荣的景象。

故乡的东面，是一带高峻的山岭。沿着地壳运动陷落的山谷一路向东，南北两道山梁上，苍松翠柏，郁郁葱葱。其间，夹杂着人民公社统一规划管理的桃、杏、梨等经济林带。水果林中，最为繁盛的当属枣树。故乡的枣树有壶瓶枣、牙枣、蜜枣等多个品种。每年农历五月，漫山遍野盛开的一丛丛、一簇簇枣花，万朵竞秀，如云似霞，装点着故乡的山山水水，就像一幅巨型的水彩图画。宋人有诗云："香落衣巾靡靡中，花垂碧涧不流冬。"我想，用这两句诗来形容故乡的枣花应当是最恰当不过了。枣花没有桃杏艳丽，也没有如雪的梨花张扬，花型很小，仅有绿豆粒般大小；花色也是单调得很，只有浅黄或深黄两种颜色。但是，枣花香味淡雅而悠长，三五里之遥，即可嗅到一股淡淡的甜香。这香味，常常惹得蜜蜂结队而来，嗡嗡嘤嘤，在花丛间辛勤劳作，酿造出香甜的枣花蜜。枣花蜜呈琥珀色，蜜汁透明，质地黏稠，气味浓郁，甜腻可口，恰是蜜中珍品。

故乡的秋天是瓜果飘香的季节。单说那一颗颗枣子，未至中秋，却已调皮得涨红了脸，熙熙攘攘扎堆聚在一起，压弯了枝桠，也逗乐了生产队的果农。随手摘下一颗，送到嘴里，然后用牙齿轻轻一嗑，那酥脆的果实瞬间爆裂，甜蜜的滋味也随之氤氲开来，在唇齿间辗转回旋，不断刺激着人们的味蕾，让人不由得想多摘几颗尝尝，以遏制满嘴潜溢的唾津。

故乡的瓜果年年都会招来一批又一批嘴馋的捣蛋鬼。不论桃杏成熟，还是枣子变红，一帮刚刚学会骑自行车的小伙伴，就会骑了又笨又重的老式飞鸽牌、永久牌自行车，穿行于青山绿水间，去偷吃生产队的瓜果。然而，那时个头还小，双腿也短，屁股尚够不着车座，只能左脚先踩上左边的脚镫子，再把右腿从自行车大梁下穿过去，踏住右边的脚镫子骑行。一群小伙伴往往借了星期天学堂放假的机会，早早起床，相约去邻村的果园里偷吃瓜果。

故乡岁岁飘香的瓜果，缤纷了童年的梦，也温暖了匆匆流逝的时光。而若是穿门过户，经过那条悠长的小巷，从山崖边的羊肠小路一直下到故乡的大田里，则是另一个快乐的天堂。

不消说大田里的百亩高粱、千重麦浪，也不表菜地里满挂的紫皮茄子、红彤彤的西红柿与绿油油的黄瓜，单说那昼夜流淌的象峪河水，以及纵横连贯的灌溉水渠，就能给童年的伙伴们带来无尽的欢乐。

儿时的象峪河日夜静静流淌着，滋润了故乡的肥沃土地，也滋养了故乡上千户人家。二三十米宽的河床上遍布大大小小的鹅卵石，如果从中细细寻找，定可以找到各种玲珑漂亮的石子。夏季的象峪河水清澈见底，水草绿油油地在水底招摇，呵护着一群群小鱼儿在其间欢快地游荡。小伙伴们在河道拐弯处筑起一道大坝，蓄起一汪清水，即可洗去一身的臭汗。若是渴了，河道两岸的细沙间常有泉水汩汩冒出。撅着屁股，跪在泉水边，将脸庞紧紧贴在潮湿的细沙上，用嘴轻轻啜吸，甘甜的泉水就能"刺溜"一声吸到嘴里。那一丝甜润，那一道清凉，即便时过多年也让人难以忘怀。

冬季的象峪河结满厚厚的冰，宽阔的河道亮如明镜。即便到晚春季节，用铁镐细细刨开河岸上任何一块潮湿的地方，依然可以挖到晶莹剔透的冰块。用水桶装了，带回家里，捧在手心，"嘎嘣嘎嘣"咬着，照旧能享受到吃雪糕带来的那份惬意与冰凉。

生产队的灌溉渠四通八达，就像一张纵横交错的大网，覆盖了那片葱绿的原野。主干渠一侧，排着一溜儿老式水车。每当农人合上电闸，伴随水车一阵颤动，清凌凌的井水就会从黑色的软管喷涌而出。那一声声"哗啦哗啦"的声响，是水车异口同声的合唱，唱红高粱的脸，唱弯谷子的腰，也唱来了丰收的新希望。

由北向南，一条水泥铺成的高架灌溉渠横跨于象峪河南北两岸，这是生产队农田水利建设的一项工程，可以将主干渠的井水直接运送到象峪河南岸。高架渠距离河面三四十米高，小伙伴们调皮，偏偏要在这里练习自己的胆量。大伙儿一个接一个，张开双臂，保持平衡，两脚一步一步相互交错，小心翼翼行走在二十多厘米宽的渠沿上。清风吹来，就像鸟儿在浩瀚的晴空里展翅翱翔。有行至半路胆怯的，"叽里哇啦"惊叫着，合上眼睛不敢看高架渠下流动的河水，只能灰溜溜爬着前行。

夕阳西下，在大田里跑累了，小伙伴一溜儿坐在水渠沿，赤脚伸进水里，看那清凉的渠水经过腿脚时激起朵朵清浅的浪花。后来，读到《沧浪诗话》，才知"沧浪之水清兮，可以濯我缨；沧浪之水浊兮，可以濯我足。"暮霭中，远处屋顶的一根根烟囱，渐次冒起青色的炊烟，仿佛母亲声声召唤伙伴们归去……

一晃多少年过去了，小伙伴们接过父辈手中的锄头和镰刀，开始用自己的青春开辟这一代人的火红梦想；而我，也告别父母，告别故乡，踏上了外出求学之路。在他乡度过的日日夜夜，我心中始终暗藏着一个难以割舍的地方。

再次回到故乡的时候，故乡犹如一叶扁舟，在时代的滔天巨浪中，颠簸着、挣扎着，似乎已经迷失了来时的方向。象峪河断流了！上游的村庄筑起一座蓄水大坝，开始发展旅游业。中下游的象峪河，就像一条长长的枯毙的干鱼尸体，没有了涓涓细流，没有了丰美的水草，更没有了畅游的鱼群与醉人的蛙鸣。遍布鹅卵石的河床裸露着，形如一位挤干了乳汁的悲哀母亲，默默袒露着自己干瘪的胸膛。河道里偶尔也会有一些物件，不是破铜烂铁，就是散发着阵阵恶臭的垃圾——儿时的象峪河似乎已经彻底死亡。

田野还是那片田野，只是一溜儿水井早已枯竭，老式水车也卖到了废品收购站。纵横交错的灌溉渠大多被铲平，上面零星长着一些庄稼。更可怕的是，水位线直线下降。没有水灌溉的土地纷纷龟裂，犹如老人的额头与脸，不再滋润，也没有了生机与希望。青壮年一代再也不愿像祖辈人一样，把自己捆绑在这片土地上，他们结队走出大山，东赴河北、北京，南下上海、广东外出打工，至于自家的土地，只交给留守的老弱病残打理，日益撂荒而显得衰败又苍凉。

一年一年过去了，故乡的舞台上，每天都在上演一幕幕不同的悲喜剧，而故事中的主人公，一阵锣鼓过后也会一个个穿红戴绿、粉墨登场……

故乡啊，不知你是否还记得你原来的模样！

小米遐思

麦收过后，北方的大田就要种谷子了。谷子旧称"稷"，按照通行的说法，与稻黍麦菽并称为"五谷"。古人之所以能够吃饱饭，全仰仗先祖后稷教导人们学会了稼穑之术。作为"五谷之长"，谷子又为古代帝王奉为"谷神"。

在我的故乡，谷子大体有两个品种：开春种植的，称为"大谷"；麦收后赶茬儿种的，称为"小谷"。无论大谷、小谷，以石碾或钢碾去壳脱皮，就会变成一粒粒黄澄澄的小米。在这两类品种中，尤以大谷最为好吃。大谷大多种植于山地，播种时间早，生长周期长，光照充足，营养丰富。然而，甚为遗憾，山地大多干旱，大谷产量极低。也许，造物主就是这么公平吧，稀罕物件也正好显示它的金贵之处。

乡下人的早餐和晚餐，大多爱喝稀粥。一锅滚烫的开水里，倒入适量淘洗过的小米。那一粒粒小米随着"咕嘟咕嘟"冒着热气的滚水，轻灵灵打几个滚，就会徐徐沉入锅底。待用文火慢慢熬制一小时左右，灭火，掀开"吧嗒吧嗒"上下跳动的锅盖，一股清新的米香味就会随着蒸腾的雾气弥漫开来，尽可温暖三秋、温暖冬岁。

在乡下，女人生孩子后，坐月子期间是必须要喝小米粥的。小米粥滋阴养血、益气补中，尤其适合失血较多的妇女食用。若将黄豆炒熟，砸成豆瓣，与小米一同熬在铁锅中，米香与豆香相得益彰，香味愈发浓郁。这样熬出的米粥极富营养，不仅滋补女人，还会转化为源源不断的奶水，供养新生的小生命。

儿时的我，常常托着腮，呆呆凝望着熬制小米粥的大铁锅，看那灶膛里的赤色火焰不停舔舐锅底，看那水汽沿着锅盖边沿四散逃逸。锅盖四周，不时向外吹着气泡，气泡破裂，淡淡的米香味就会源源不断地发散出来。

及至小米粥熬好了，铁锅内壁上，就会粘着一层米脂。这东西可真香啊！吃到嘴里，又嫩又滑，细细咀嚼，有如油脂般的一股清香就会从舌尖齿上散布开来，经由鼻际窜出，直直顶向脑门，就连眼睛都会因此而迷醉。我很纳闷，实在不晓得为何这一粒粒不起眼的小米经过娘的熬制，会变得这么香。没事的时候，我挽着娘的胳膊，好奇地问："娘，为啥你熬的米粥这么香？"娘摸摸我的小脑袋，笑眯眯地告诉我，不是娘熬出的米粥香，是你爹种的谷子香。

爹种的谷子还能做出什么香喷喷的米饭呢？我的小心思催促着我天天跟在娘的身后，看娘究竟还能做出怎样好吃的饭来。

如果时间允许，娘是很乐意下功夫做小米捞饭的。绚烂的晨光里，娘适当减少开水比例，增加小米的添加量，只待小米煮熟后，就会用竹篾编成的笊篱，将小米捞到另一口铁锅中，以小火慢慢炙烤。不消一袋烟工夫，金灿灿的小米捞饭就出锅了。这小米捞饭吃着喷香，也扛饿，是我们姐妹的最爱，也是大街小巷乡邻们的最爱。

在长期的生产劳动中，我的爹娘、我的乡亲，积累了丰富的生活经验。他们其实并不满足于小米的几种单调吃法，往往别出心裁，创造出粗粮细作的经典。娘偶尔会在稀粥半熟不熟之际，取少许高粱面，左手持筷搅动稀粥，右手抓取少许面粉，一点点加到正煮着的稀粥中。待米粥与高粱面融为一体，一并煮熟，一顿混合了米香和面香的餐饭——散面粥，也就新鲜出锅了。

这些餐饭中，小米无疑都是"主角"。乡下人爱小米如命，如若三日吃不到小米、喝不到稀粥，就像丢了魂，做啥事也是魂不守舍的样子。而一旦三碗小米粥下肚，那粗犷的汉子，一边打着饱嗝，一边揩一揩额头上淌着的汗水、摸一摸圆鼓鼓的肚子，就像打了鸡血一般，两眼放着光彩，无论干啥活儿，都会有使不完的劲儿。

乡下人爱小米，自然就会种谷子。从小喝着小米粥，我却一直好奇谷子到底是怎么生长出来的。直至渐渐长大，跟随父母下到大田，才品尝到了种植谷子的滋味。

在农业生产中，种植谷子是个极其费工费力的活儿。麦收过后的田野，只待老天爷垂爱，下过一场透雨，庄户人才可种植谷了。耕耙后的大田很是松软，女人和孩子肩上，各自勒了一条拴在耧上的大绳，低头弯腰，身体与地面呈四十五度角，使出吃奶的劲儿牵着耧往前走。在他们身后，男人将谷种倒入耧中，再把耧底的尖角深深插入泥土，双手扶耧，边用力推动，边不停摇晃，将种子撒进泥土中。这样来来回回几趟下来，男人、女人、孩子的身上都像用水洗过一样，汗涔涔地打湿前胸，也打湿了后背。

倘若老天爷不恤民情，连续几日无雨，干涸的大田里即便播了种，种子也不会发芽。我经常跟着父亲用竹扁担挑两只水桶，往返于水井与大田间。只待将一挑又一挑的水洒在大田里，被水浸润过的土壤才可下种。

播种是辛劳的，然而，不出十来天时间，再到大田的时候，放眼望去，一行行、一溜溜嫩绿的谷苗已经长到一寸多高。一垄地畦中，大大小小、粗粗细细的若干株谷苗混杂生长一处，彼此争夺阳光养分，任谁也长不大，自然，"间谷子"也就成了谷子生产过程中一道必经的工序。

农历六月的北方，正值三伏天气，太阳出奇地红，也毫不吝啬它的光与热，一味热情地炙烤那片广袤的原野。被太阳烤干的土地已板结，若想将生长于其间的谷苗连根拔起,实属艰难。庄户人大多会选择凌晨尚有露水之际,头戴一顶草帽,到地里完成"间谷子"的工作。

晨光微曦,乡野一片静寂。禾苗上、草叶上,凝结着晶莹的露水,空气中也微微酝酿着一股湿气。乡村的男男女女早已起床,来不及吃口早饭,就趁着这难得的机会下了地。我也跟着父亲进到地里,屁股紧靠小腿肚蹲下,双脚横跨一垄谷苗,左右各兼顾一垄,低头在三垄谷苗中各精选一株粗壮的谷苗留下,再将其余的谷苗一根一根连根拔除干净。至于每株苗的距离,完全根据土壤的肥瘠而定。一般来说,土壤比较肥沃的水浇地,禾苗间隔一寸左右即可;若是比较贫瘠的旱地,谷苗的间隔距离还要更长一些。满地干活的男女老少每拔除一块地方,也不站立,依然保持两腿下蹲的姿势,只是交替挪动双脚慢慢向前移动。

倘若播种时,摇耧的农夫是个行家里手,下种比较稀薄,间苗自然容易一些;若是遇到一个生手,下种比较稠密,再加上播种后的几天里,老天爷又下过一两场透雨,谷苗、杂草就会纷纷借了潮湿的土壤噌噌疯长。大田的每一垄地,多余的谷苗与各色杂草混杂一处,就像一条须发皆张的绿色长龙,拔除起来麻烦得很。但无论怎样,活儿总还是要干的。时间久了,腰变得酸麻,小腿肚的肌肉紧绷,就像被冻僵了一般。脚后跟的肌腱因长久吃力,也绷得生疼。有时累了,我就会站立起来,扯下肩头搭着的毛巾,擦一擦额头不停往下滴的汗珠,以舒缓腿脚紧绷的肌肉。此时此刻,总会忍不住想回头看看活儿干了多少,也好自己给自己提振精神、鼓舞士气。

回首望去,朝晖映射下的田野,笼罩着一层薄薄的金黄色。自己负责的三垄谷苗已经间过,一株株健壮的谷苗相隔寸许,整整齐齐,昂首屹立,极像一个个精神抖擞的士兵即将列队出征。微风过处,谷苗又如一个个羞涩的少女,亭亭玉立,摇曳多姿。那一瞬间低头的温柔,好像不胜凉风的娇羞，把人的心陶醉得都要融化了。看着前方依然杂草混杂的绿色长龙，揉一揉发酸、发痛的腿脚，不禁感喟劳动者的伟大，正是像父亲这样一代又一代面朝黄土背朝天的劳动者，不惜血汗、不畏艰辛，才换来了千亩良田禾苗秀，万石粟粒归廪仓。

间苗辛苦。听父亲讲，旧社会的富人常会雇了短工到自家地里帮忙间谷子。如若主人吝啬，不给短工吃饱饭，那些狡黠的雇工就会故意拔除谷苗，而留下与谷草相像的莠草。于是，在乡间，就留下了"间谷不给吃好的，间了谷子留莠子"的有趣民谚。

其实，庄户人的生活从来都不会那么轻松有趣。即便谷苗间好了，如果天气大旱，禾苗必会枯死无疑；而倘若遭遇洪涝灾害或者蝗灾，往往一年到头颗粒无收。年景不好的时候，是庄户人最悲苦的时候。在古时，常常会上演"四海无闲田，农夫犹饿死"的悲剧。

但不管怎样，作为万物之灵长，在同大自然的共生共荣与艰苦斗争中，人类始终以充满智慧的劳动，换取日益幸福的甜蜜生活。

我们的先祖后稷，不惧虎狼当道，不畏艰难险阻，翻越千山，涉过万水，历经种种苦难，遍尝百草，始知农艺。而后，以他的智慧教人稼穑，帮助人类彻底告别了茹毛饮血的时代，开创了伟大的农耕文明。

从古至今，无数勤劳纯朴的庄户人，躬身耕耘在贫瘠的黄土高原，繁衍生息，世代不绝。他们深知，人勤地不懒。没有辛勤付出，又岂有收获可言？

在我的家乡，大田里唯独不缺辛苦劳作的人们。千百年来，祖祖辈辈的庄户人，从打春开始，便一直忙碌在充满希望的田野。他们精耕细作、锄草施肥、耐心浇灌、收获幸福，每一天都是崭新的一天，每一日都是流淌汗水的日子。这一滴滴汗水，汇聚成滚滚涌动的滔天巨浪，推动社会前进的步伐，更创造了灿烂的人类文明。

皇天在上，后土在下，我的祖辈们，代代保持着面朝黄土背朝天的姿态。耕作，不仅是人类对大自然的征服，更是人类以鞠躬的姿势，表达着对土地的尊崇与热爱！

在绚丽缤纷的色彩中，我独爱劳动者脊背上的那一抹古铜色——那是阳光渲染的色彩，是刀耕火种的味道，更是坚韧顽强的生命本色！

故乡在梦里

这年初夏,再次回到阔别已久的故乡。刚下汽车,就遇到了一位梳着羊角辫的小姑娘。女孩儿大概五六岁吧,一双大眼睛水灵灵的,好像两汪清澈的泉。她穿着一身花格子衣服,小脚丫一蹦一跳地跑过来,歪着头,将我细细打量一番,脆生生地问我:"你找谁呀?你不是这个村子里的吧?"我笑眯眯地伸手去抱她,她也不躲闪,乖巧地让我把她抱进怀里,抬头看着我,又好奇地问:"你是哪里人啊?来这里做什么?""我就是这里的!你还小,肯定认不得我,估计啊,你的爸爸妈妈应该认识我吧?"女孩儿忽然咯咯笑起来,那声音,犹似泉水哗啦啦淌过,既澄澈又明亮。

放下女孩儿,目送她一蹦一跳地离我而去,脑子里莫名冒出了贺知章的那首《回乡偶书》:

少小离家老大回,乡音无改鬓毛衰。
儿童相见不相识,笑问客从何处来。

贺知章的确是一位杰出的诗人,我想,他还应该是一位对故土有着深深眷恋之情的诗人吧?要不然,在他的笔下,又怎会呈现出这样一幅生动鲜活的生活画面?今天的我,与当年的贺知章一样,也是"儿童相见不相识"的归客,不由得在心底涌起一股淡淡的感伤。

穿过悠长的小巷，忽然忆起隔壁的三奶奶。老人家膝下无儿无女，老伴儿也早已故去，唯一让她牵挂的，恐怕就是她那院落里那些根深叶茂的枣树了吧。每年农历五月前后，正是枣树开花的季节。朵朵或浅黄或深黄的枣花扎成了堆，一起热热闹闹簇拥于枝头，将甜滋滋的花香慢慢融进淡淡的夏风中。

小巷里，常有用鸡蛋和草木灰交换琉璃蛋的小贩经过。那枣花，仿佛也极喜欢这些能给孩子们带来欢乐的小贩。一阵风拂过，嘻嘻哈哈从枝桠间跳下来，簌簌落到小贩的肩头、背上，也落到了小贩挑着的担子里。伴随小贩长长的吆喝声，小巷里霎时沸腾起来，左邻右舍的小伙伴们纷纷从大门口探出小脑袋，叽叽喳喳问询个不停。

"一颗鸡蛋能换几颗琉璃蛋？"

"一簸箕草木灰又能换几颗？"

小贩微笑着，摘下头上围着的白羊肚毛巾，一边擦着额头的汗，一边高声回答，末了，还不忘再大声吆喝一声："一颗鸡蛋换十颗，一簸箕草木灰换三颗，换琉璃蛋蛋喽……"

不消一会儿工夫，捧鸡蛋的，端簸箕的，一双双沾满了泥巴的小手争相将手中的东西递给小贩，而后，换上一颗颗圆滚滚的五颜六色的琉璃蛋，美滋滋地嬉笑着跑开了。而这其中，就有七八岁的我。

自家院子里养着几只老母鸡，还养着一只长着缤纷羽毛、连走路都趾高气扬的大公鸡。而鸡蛋，是从炕上摆放着的一只陶罐里偷偷摸摸拿出来的。说实话，偷着从罐子里往出拿鸡蛋的时候，心里是犯过嘀咕的——娘不在家，或许拿一颗鸡蛋不会被发现吧？可是万一被发现了呢？鸡蛋拿起来，又放下去；放进去，又拿出来；如此三番五次，实在是经不住小贩一声声吆喝的诱惑，咬咬牙，狠狠心，自己安慰自己说，"说不定，娘真的数不清里面放着几颗鸡蛋呢。"就这样，心怦怦乱跳着，终于鼓起勇气，用一颗鸡蛋换上了十颗心爱的琉璃蛋。又怕娘发觉，偷偷将一颗颗琉璃蛋藏到了炕席底下。

纸终究包不住火，没过多长时间，我偷鸡蛋换琉璃蛋的事就露出了马脚。娘二话没说，一把揪住我的衣服，再顺手从土炕上抄起一把笤帚，照着我的屁股就是一阵招呼。"让你偷鸡蛋，让你再敢偷鸡蛋！"娘一边气呼呼地咒骂着，一边将笤帚棒雨点般落在我的屁股上。每一棒下去，屁股都火辣辣地疼。我哭号着，却不示弱，"打吧，打吧，俺们中国人是有志气的！"

"咦，你偷鸡蛋还有志气了？俺让你有志气，俺让你偷鸡蛋还有志气！"

娘愈发气恼，力气又增添了几分。我梗着脖子，死不认输，一直大声哭喊着，"俺们中国人是有志气的，俺不怕你！"

隔壁三奶奶听到娘打我的动静，攀着梯子爬上墙头，露出一张笑脸。"四儿他娘，别打了！你不听听，人家中国人是有志气的哩……"三奶奶的腔调拖得很长，竟然把娘逗乐了。

"他三奶奶，俺就得揍一顿这个没出息的。这小时候偷针偷线，怕他长大了学会偷米偷面呢！"

"四儿他娘，这娃仁义，有志气，教训教训就行了，长大啊，是不会偷米偷面的！"

"他三奶奶，这回就看你的面子，不打了。不过，得让他晓得这个理儿，将来哪，也好让他不要走了邪路！"

三奶奶的脸笑成了一朵花，似乎每个褶子里都藏满了慈祥。"四儿，来，到三奶奶家，俺给你屁股上抹点香油，一会儿就不疼了。"我从娘手里一下子挣脱，一瘸一拐走出院门，进到三奶奶家花香四溢的院子里，把裤子扒下来，俯身趴在一棵枣树上，任三奶奶将清凉的香油抹到红肿的屁股上。有几朵枣花悄悄飘落，轻轻滑过屁股，有点痒，还有一丝凉，让人忘却疼痛，却记住了娘的教诲。

其实，也不是娘小气，平时家里吃的油盐酱醋，全靠着这些鸡蛋来换，甚至我们兄弟姐妹，过年置办新衣服的小花布，上学所需的铅笔、橡皮，都凭娘卖了自家养的猪娃子和这些鸡蛋开销。

有时候嘴馋了，我和四姐常常央求娘给我们炒上一颗鸡蛋解馋。娘舍不得自家吃掉鸡蛋，但又禁不住我们姐弟拉着她的手死缠烂磨，只好万般不舍地从陶罐里取出一颗鸡蛋，用胡麻油炒了，分给我们姐弟俩吃。

四姐比我年长三岁，能找到很多好玩的地方。因为这个缘故，我成了四姐的小跟班，无论她走到哪里，我都会跟在后面。可是，人家毕竟是大孩子，有时颇不愿意带着个小屁孩，往往趁我不备，一溜烟跑个无影无踪，只留下我一个人独自站在那里用脏兮兮的手背抹眼泪。

鸡蛋炒好了，娘把炒鸡蛋分成两份，用粗瓷碗盛了，分别交到我们手里。我舍不得吃，拿着勺子，把炒鸡蛋分成十几块，每次吃一小口，都要细细咀嚼半天，仿佛吃的不是炒鸡蛋，而是千年难遇的人参果。四姐可就没有这个耐心了，她往往三下五除二就能将炒鸡蛋吃个一干二净。眼望我碗中剩下的鸡蛋，馋得直流口水。

"四弟，把你的鸡蛋分给四姐吃两口行吗？"四姐眼巴巴央求。

"不，才不呢！你的鸡蛋呢？娘不是也分给你了吗？"我一把将盛着鸡蛋的粗瓷碗藏在身后，嘴里还在不停咀嚼着那咸香的炒鸡蛋。

四姐吞一口唾津，眼珠子转了转，"四弟，你给四姐吃两口，四姐下次就带你去一个更好玩的地方！"

"真的？"

"真的！骗你是小狗！"

我疑惑地打量着四姐，看她又悄悄咽了一口吐沫。

"那我们拉钩，以后不准你再跑！"

四姐伸出小指钩住了我的小指头，"放心吧，四姐以后天天带着你！"

我点点头，将碗里剩下的两小块鸡蛋夹到了她碗里……

后来，三奶奶故去了，她家的小院也卖给了别人。唯一不变的，是满院的那一株株枣树，依然奇崛挺立，依然枝繁叶茂，每年深秋，都会为人们送上一颗颗红彤彤、香甜甜的枣子。

不知不觉，三十年过去了，娘也已离开人间数载。如今的四姐，早已不再是那个馋嘴的四姐。她嫁了人，生了两个儿子，现在已经娶过儿媳妇，当上了奶奶。四姐家的门市部开在村子的北大街上，专营化肥、地膜、农药等物资。她待人诚恳，懂得和气生财，每日上门的顾客都排成长队，生意好得很。经过几十年的打拼，日子也是越过越红火。

不经意间，有几朵可爱的枣花悄然飘落在我脚下，一股清幽的甜香经由鼻际，悠悠冲到脑门，让人醍醐灌顶，让人的心情也变得透亮起来：故乡长长的路，是游子与母亲剪不断的脐带；故乡奔腾的河流，是游子血管里奔涌的血脉。我的故乡，一直在我的梦里！

小巷湮没于光影中

　　初冬的太阳有些惨白，冷冷的，窝在枣树光秃秃的枝桠间，死活不肯挪移一步。然而，它的亮度，却比其他季节强烈得多。光线刺眼，柏油马路摇摇晃晃，恍然变成一带长条形的明镜，一面贪婪且肆无忌惮地将光线捋进怀里，一面又毫不吝啬地再将它们零乱地抛洒到四周。这折射出的光线是丧失了体温的，它的光亮却足以迷乱人的眼，甚而，让人莫名有一丝恍惚。我不知道，不远处的这条小巷到底还是不是往昔的小巷？它的面孔，夹杂着苍老与衰朽、失落与死寂，还有一些说不清道不明的东西，既熟悉又陌生，既温暖又冰冷。

　　我不知道，这普天之下到底有多少条小巷，我只知道，有人住的地方就一定有那么几条或通达或曲折的小巷，无论城市，还是像故乡这样的村庄。也曾在影视作品中见过江南的小巷，狭窄清幽，两边高高矗立着一栋栋粉墙黛瓦的老建筑，地面铺满了青石板。后来，读到戴望舒的《雨巷》，不自觉地，又将小巷与油纸伞，与那位结着丁香般愁怨的姑娘捆绑在一起，只觉得，江南的小巷里一定不能缺席那位梦一般的女郎，要不然，江南小巷也就失却了她的韵味——一种江南水乡才能拥有的别样神韵。

　　然而，眼前这条东西蜿蜒的小巷却不是江南的小巷。它，生在北国。因了西北风的荡涤，因了黄沙的磨砺，因了霜雪的冻馁，它形容枯槁，皮肤皲裂，丝毫找寻不到一丝江南小巷独具的温婉气息。更多的，它应该是那个头箍半新不旧白羊肚毛巾、身披羊皮大袄的北方汉子,块头大、嗓门高,粗壮的腰间一定还斜插着一支长长的烟袋锅……但这汉子,如今已然衰老——刀刻的道道皱纹里嵌满黄色的砂砾,即便浑浊的眼球一角,砂砾同样粒粒可见。那一件羊皮大袄,曾伴他踏平巍巍高山,拧弯潺潺溪流,然而此时,早已磨出几个破洞,又掉光了若干羊毛。

冬日渐渐爬高,似乎只有向上狠蹿一下,才能勉强挣脱枣树枝桠的重重羁绊。这当口,明晃晃的白光穿过凌乱的枝,在地上勾勒出或长或短的光影,仿佛就是一个隐喻——时光的隐喻,生命的隐喻。小巷静悄悄,"咕咕,咕咕……"偶有三五只杂色母鸡从一处老旧的门洞蹿出,小小的脑袋顶着暗紫色的冠,如同虔诚礼佛,一仰一低,细细寻觅撒落的秕谷,抑或是那些羊粪蛋蛋里残存的草籽,聊以慰藉空瘪的嗉囊。或许,是我踢踏的脚步声惊动了谁家的看门狗,惹得那只狗潜身于某一座院落内汪汪吠叫起来。但那叫声多少有些嘶哑,像是从哪个被旱烟呛着的老者喉咙里硬生生挤出,混着浓郁的烟火气,还夹杂着一丝血腥味。因为这犬吠的惊扰,几只在屋脊栖息的鸽子"扑啦啦"结队从半空掠过,它们的羽翅,好像带着一只弯钩,一只可以牵动人情思的弯钩,扯着我的思绪一股脑儿奔回到旧日光影里……

"孩儿,回来吃饭啦!"娘一只手扶住院门框,倾出大半个身子,将头探到巷子里,开始声声呼唤我回家。20世纪70年代,娘年轻,院落年轻,小巷也正年轻。这一声声呼唤,也许在当时,并无什么特别之处,可到今天,却时常于暗夜的梦中漾开,拖着长长的尾音,仿佛是洞穿悠远的时光隧道才一头撞到我的耳膜上,让我浑然不知自己到底身处何地。

巷子东头,住着三汉爷爷和三汉奶奶,低矮的院墙,熏黄的一溜儿土坯房。老两口膝下无儿无女,不大的院落,却生长着七八株高低不同的枣树。每年农历五月,正是枣花盛开的季节。朵朵小巧的枣花,或浅黄或深黄,头顶头、脚挨脚扎成一堆,嘻嘻哈哈簇拥于枝头,招惹得蜂儿蝶儿匆匆赶赴过来，一同参加这场甜蜜的盛会。此时的三汉爷爷家，就是花香的策源地。五月的柔风在暖阳的怂恿下，踱着方步，缓缓从三汉爷爷家院子经过，只待张开大嘴，贪婪地吮吸够枣花的甜香，才会心满意足地轻盈盈越过墙头，向着四方肆意流淌。因这多情的风，每家每户，还有这长长的巷子，一并笼罩在稠乎乎的花香中。"簌簌衣巾落枣花，村南村北响缫车，牛衣古柳卖黄瓜。"时不时，簌簌而落的枣花兀然扬起一场花瓣雨，漫天飘洒，落到三汉爷爷家，落到巷子里，沾到人们的肩背与衣襟上。于是，下地归来的庄户人，浑身上下便沾染了甜甜的枣花香，将大自然的这份恩赐纷纷带到案头，带到土炕，带到屋舍的每一个角落。

三汉爷爷，想必行三吧？对于这一点，一直没有向父母求证过。这个干瘦老头儿，一瓣蒜头鼻，三绺山羊胡，满脸核桃褶子，常常在吃饭时，擎一杆长长的旱烟袋，蹲坐于巷子深处摆龙门阵。那会儿，在小巷，一日三餐，吃饭之时也是乡邻聚会之时。无论男女老少，都习惯端着饭碗，出自家院门，随意在墙根处找寻一块凸起的砖石，一屁股坐下去，边吃饭边侃大山。烟雾升腾处，老爷子故意干咳几声，山羊胡子乱颤，有板有眼，讲起"三国"，讲起"水浒"。这种故事，小孩子爱听，大人们也爱听。在小巷，娃儿们大多是吃百家饭长大的，而我那颗不安分的心，也在三汉爷爷离奇古怪的故事喂养下，一天天膨胀起来。后来，之所以迷上读书，应该与三汉爷爷摆龙门阵不无关系吧。

三汉爷爷和三汉奶奶没有生育一男半女，两位老人故去后，那座小院，一溜儿土坯房，很快，如醉汉般萎靡倒地，唯伫立着几截断壁残垣，躲在夕照拖出的光影里长叹。屋子倒塌了，院内的枣树与野草却发了疯地长。那些枣子树，枝干树杈横生乱长，旁逸斜出，渐渐没了型。野草，也借着春夏淋漓的雨露，开始恣意滋长。有那么几株，甚而高过矮墙，抻起脖子，探出小脑袋，眼珠滴溜溜乱转，窥望小巷，窥探着小巷里来来往往的行人……

　　三汉爷爷的院子一直荒废了好多年，直到后来，他的侄子将院子卖给了外乡人。相比于三汉爷爷家，尚未执行计划生育政策的那个年代，小巷里的其他人家远要人丁兴旺得多。没有电视，没有电脑，更没有手机，本来，庄户人的娱乐方式既单调又枯燥，除了农闲季节里红肿着眼、大声吆喝着打牌赌烟，还有在一年中赶集的日子里挤前台看大戏，实在再没有什么途径打发剩余的精力。乡村又常常停电，漫漫长夜，恐怕最好的"娱乐方式"就是"造人"——一个普通农家，生育五六个子女实属稀松平常，甚而，一带廊檐下簇拥着八九个娃儿也不罕见。在小巷，一茬儿又一茬儿的娃儿们结伴出生、结伴长大、结伴成家，而后花开叶散，又凭空衍生出更多人家来。

　　小巷，土地是温热的，水也清冽冽养人。

　　巷西头，坐南朝北，窄窄的一处院落，就是庆的家。庆与我同岁，是一起光屁股长大的发小。庆弟兄六个，还有两个姐姐，都是小巷以及晴空下那片广袤原野滋养的孩子。其实，岂独庆，岂独庆的兄弟姐妹？我的哥哥姐姐，与我年岁相仿的大川和二明，还有他们的兄弟姐妹，都是小巷的孩子，都是那片黄土地无声无息养育的娃儿。

　　乡野里冒出的孩子大多野性。小巷，便是男娃和女娃们疯跑的赛场与角力场。奔跑、嬉闹、角力、摔跤，甚而一言不合挥动拳脚扭打在一起，都是家常便饭，都是成长路上不可或缺的催生剂。大川的脑袋，前额上那片疤，就是我与他打架时用砖头敲出的。为此，娘取出平时怎么也舍不得花的一沓子钞票，一路小跑，赶到供销社，称出三斤草纸糕，左手拎着，右手拧住我的耳朵，领我一同去大川家赔礼道歉。大川娘见我们娘儿俩上门，死活不肯领受这三斤草纸糕，又借机把自家娃子狠狠训斥了一顿。在朴实的乡邻看来，"一个巴掌拍不响"，自然，小孩子们打架，两边都有错，根本算不得什么事。至于打破脑袋，也不怕，乡野的娃儿皮实，用不了几日即可康复，又哪里需要大人们亲自登门赔罪？

娘却不肯轻易原谅她的儿子！她之所以执拗地拽着儿子去别人家赔礼谢罪，恐怕是想让自家娃儿打小就要明白一个道理——人一辈子总应向真向善。即便有时错了，也应懂得为之负责，为之付出代价，哪怕家境并不富裕，仅仅能担负起三斤草纸糕。

小巷，一草一木都自带香气，枣花如此，我家院子里的果子树如此，即便家家户户小院犄角旮旯里生长的狗尾巴草，也一样带着一股如兰的清新气息。

一年年，一岁岁，我、庆，大川和二明，就像竹竿拔节，"嘎巴嘎巴"窜着生长。后来，我考上外地的大学，又在城里分配了工作，渐渐地，重回故土、重回小巷的机会越来越少了。

二十多年，弹指一挥间。再回故乡的时候，小巷已非昨日的小巷。从东头到西头，老一辈人一个接一个紧随三汉爷爷的脚步绝尘而去，而新生的一代也纷纷搬离小巷，选在别处起屋盖房、安家落户。严格的一胎化，年轻人少了，娃儿们更少了。一日三餐，聚在小巷瞎吹乱侃的旧例渐成老掉牙的历史，与其零零散散三五个人端着饭碗，在巷子里有一搭没一搭地说闲话，远不如一头扎进自个儿屋里盯着电视机有趣。一家一个娃，脊背上扛着父辈光宗耀祖的沉甸甸希冀，背着比他们自己还重的书包，每日苦着个脸急匆匆赶往学堂念书，又哪有闲工夫追逐打闹？小巷一天天寂寥，如同一条僵直的长蛇，被流逝的时光渐渐掏干血肉，只剩下一张残破的"蛇蜕"，在交替更迭的日月光影里，呓语般地细数着岁月的沧桑流变。

老屋里，昏黄的白炽灯下，听娘幽幽地说，已经成家立业养育着一对龙凤胎的庆也走了！

那是一个漆黑的夜，开着一辆旧三轮，为妻儿奔波一天的庆刚刚返回村口，一辆跑长途的大卡车恰好迎面驶来。刹那间，卡车撞翻三轮，生生将庆的脑壳轧个粉碎。那一夜，没有月儿，只有惨淡的几颗星星眨着瞌睡的眼。庆的兄弟们，街坊邻居们，是借着束束手电光发现庆的尸体的，还有翻倒的三轮车、凌乱的车辙印，以及淋漓满地的脑浆与鲜血……肇事车辆逃逸，不知逃向了何方。纵使庆的兄弟们出重金悬赏肇事车辆的踪迹，也终归是大海捞针，不着一丝痕迹。

我无论如何都不能理解肇事者的心理！或许，经过小巷清润之水滋养过的这一方人，骨子里都深藏着一种气息，一种枣花与青草的气息。于我、于他们而言，万万想象不出天底下竟有这样龌龊之事。娘摇摇头，掀起衣襟不停擦拭双眼，又将一声长叹扔到瑟瑟晚风中。

庆是走了，一缕心有不甘的冤魂一步一回头恋恋不舍地走了。小巷，重归死寂，犹如一潭波澜不兴的死水，僵卧于惨白的光影中。庆的妻，苦苦支撑几年，终是守不住清水寡淡的日子，于一个同样漆黑的夜，狠心抛下一双儿女，转身投入了另一个男人的怀抱。可怜两个娃，父亡母嫁，成了一对孤儿。死者已逝，生者还得继续蝼蚁般偷生。所幸，小巷宽容仁爱，它原谅了那个逃离的女人，也收留了两个苦命的孩子。他们，终有一天也会在小巷的庇佑下慢慢长大！

神思恍惚间，一脚踏空，几欲摔倒，定定神，才算勉强立稳。却原来，路面有一处不知何时塌陷，坑坑洼洼，如一只空洞的眼，正失神地凝视着那些直直指向半空的枝桠。光影移动处，小巷一半明一半暗，身形却是越来越模糊。

"你刚回来吗？"背后，一句怯怯的问话。转身，一个中年男人正立在我身后。黧黑的脸，深浅不一的皱纹，蓬乱的头发，晕染若许霜雪的双鬓……一身沾满黄土的蓝灰色衣裤，与小巷灰暗的色调交织一处，再加上倾泻而下的缕缕白光，让我恍然觉得眼前正铺开一幅立体的沧桑画卷。我急速在脑海里搜索以往的记忆，试图与眼前的他交相比对，也好立即辨认清楚，喊出他的名字。见我在细细上下打量，中年男子急于想打破这尴尬的局面，边局促地搓着干涩粗糙的大手，边与我打哈哈："嘿，多年不见，不认识了吧？俺是二明，二明哪！"二明？嗯……对，是二明！我抡起右拳，狠狠砸在他左肩胛上，又拉起他的手，与那一双干枯的大手紧紧握在一起。生活艰涩，岁月无情，已将二明的青春与活力压榨殆尽，可在他眸子里，隐隐约约，我却看到了一丝火——希冀的火，不屈服于命运的火！

"既然回来了，就多住两天吧！如果不嫌弃，就住我家里，让你嫂子沽上一壶酒、弄几个小菜，咱弟兄两个好好叙叙……"

二明，这个巷子里土生土长的汉子，还如从前一样爽直，可我，已不再属于这里，不再属于小巷。我是归人，一个折断"根"的归客！

2017年农历十月初一，寒衣节，一个祭祖送寒衣的日子。爹离开人世十余年，娘也故去八载。老院犹在，院墙颓圮，就像当年三汉爷爷豁开的牙床。一把铁锁，锈迹斑斑，神色凝重地蹲踞于院门环上，显然，很久没人动过。送走二明，驻足，茫然四顾，小巷依旧静谧，几声鸽哨从半空划过，像是从遥远的佛国送来的阵阵梵音，渐行渐远，轻悠绵长……

乡野回音

20世纪70年代，苍茫的黄土高原、绵延峻峭的太行山脉、奔腾的汾河水，还有一处处散落于沟沟坎坎里的村庄，一切都静静地沐浴在煦暖的阳光下。

天空寥廓而高远，青得透彻，蓝得澄净。一群鸽子带着清脆而响亮的哨子，轻灵灵滑翔在朵朵白云之间，俊逸、洒脱，犹如个个展着双翼的天使。远山、绿树、溪流、河滩上悠闲吃草的牛羊……大自然就是一位极其擅长写意的山水巨匠，随意点染几笔，就能勾勒出一幅浓淡相宜的乡野水墨画卷。

乡野，静谧的乡野。老式的旧水车"吱扭吱扭"永不停歇地轻吟着一首首古老的歌谣，田野里，纵横交错的一条条水渠就是大地的血脉，源源不断地将清冽冽的泉水运送到每一块田、每一垄地。成片的玉米和高粱、吐翠的谷子与豆子，贪婪地吮吸着大地母亲的滋养，郁郁葱葱，拔节生长，只期待着秋风乍起、雁阵南归，就会将饱满的果穗回馈给大地母亲，奉献给那些在黄土地上辛勤劳作的人们。

这就是我的家乡，黄土高原上的一座千年古镇。

每年农历七月是个短暂的农闲时节，当月十五，也是乌镇赶集的日子。照例，是要请外地的剧团唱上三天大戏的。太原晋剧团、大同晋剧团，这些老牌的戏团都是镇子里的常客，甚至像程玉英那样的晋剧大家，也曾以她别有韵味的"嗨嗨腔"在镇子里唱过几回。

大戏场位于镇子中央最繁华的地段，戏台坐南朝北，左出相，右入将。通常，大戏一天要唱两场。白天的晌午十二点和晚上八点，伴随"咚咚锵锵"的锣鼓声响起，也就预示着大戏要开场了。正戏开场前，是一定要插上一段"帽子戏"的。"帽子戏"，就是招揽看客的引子。只待戏场里坐满了观众，剧团才会正儿八经开张。"帽子戏"后，正戏多为连本的折子戏，常见的有《杨家将》《算粮》《芦花》《打金枝》等名目。偶尔也有唱现代戏的，只不过，镇子里的男女老幼似乎只对古装戏情有独钟，现代戏实在是没人愿意买账。一来二往，戏团也就渐渐摸出门道，晓得了乡民的口味。

庄户人好客，赶集的日子，自然也就成了亲朋好友一年中少有的一次聚会。七大姑八大姨、老叔老舅，也只在这个时节才肯挪挪窝。那些头上拧着白羊肚毛巾的老爷子，穿着对襟子花衣裳裹着小脚的老太太，纷纷从四乡赶赴过来，于亲戚家酒足饭饱之后，满嘴喷着酒气，脸也涨得通红，慢悠悠踱到戏场，选择一块有利地形端坐了，一边看戏，一边还不忘与碰到的熟人寒暄几句，唠唠嗑、叙叙旧。

看戏，不同年龄的观众，关注点自然不同。老头儿与老太太热衷于品评生旦净末丑的功力；而青壮年，却只对戏里那些俊俏的红粉佳人感兴趣；至于一群小屁孩儿，根本无意于听那些角儿咿咿呀呀慢吞吞地唱，无非为凑凑热闹而已。

戏台口下，是清一色的青壮年男女，他们身强体壮，有的是力气挤前台。这些个红男绿女，踮着脚，抻长脖子，仰起头，双眼直勾勾盯着台上的演员，生怕稍稍分神就会耽误戏里那些才子佳人的故事。那样子，颇像由人拽着脑袋、提着脖子的一只只鹅鸭。戏场中间，是老头儿与老太太的天下，人人屁股下面都立着一只四条腿的板凳。这些板凳，有的只能独坐一人，而大多时候，则是可以并排坐五六个人的长凳。那些年老或半老的男人们，手里几乎都擎着一支长长的烟袋锅，伴随一声声沉闷的咳嗽，他们的唇离开各色玛瑙嘴，随即一团团缭绕的烟雾从口中吐出，乘着风儿渐行袅袅升腾到空中。烟气弥漫处，也有老妪低声咒骂的，"这群老不死的，不抽烟能憋死咋的？害得老娘看不清戏不说，还呛得要死！"发完牢骚，老太太们还要来回不停地挥手驱除烟雾，恨不得孙大圣附体，金箍棒一挥，就能彻底扫清妖雾，换得朗朗乾坤。

宽阔的戏场后面，自然成了小商小贩和孩子们的天堂。卖水果的、卖棒棒糖的、卖气球和琉璃蛋的，还有卖针头线脑、钩镰锄耙的，小贩的吆喝声此起彼伏，与台上角儿的唱念做打遥相呼应，活脱脱就是透着烟火味的一场乡野大戏。孩子们三三两两奔跑着穿梭其间，只需从兜里掏出三五角，甚至一二分，就可以买到各色各样风味独特的小吃或者称心如意的玩具。五分钱钢镚，完全可以换得一盘灌肠来吃。脏兮兮的小手在兜里鼓捣半天，捻出一个五分钱的钢镚儿，伸手交到卖灌肠的汉子手中。那汉子麻利地从木箱子里取出两对灌肠，大手一翻，将灌肠盛到一个青花瓷盘里，左手持盘，右手拎刀，纵横各划三下，将灌肠切成九块，而后，舀出一勺蒜末儿，撒到灌肠上，再滴两三滴香油，浇上一股陈醋，末了，还不忘取出一根又细又短的竹签，往灌肠上一插，才算可以售出的东西了。

男孩子嘴馋，只顾囫囵吞枣喂饱肚子，还未尝到灌肠鲜辣酸香的味道，就已稀里哗啦吃个干净；而素素淡淡的女孩儿吃灌肠，却是一件很雅致的事儿。她们往往用左手稳稳托着青花瓷盘，右手翘起兰花指，以拇指与食指轻捏竹签，轻轻慢慢地认真扎起一片片斜棱形的灌肠来吃。那样子，就像一位临窗而坐的绣女，三分俏皮，七分婉约，尽显出一副大家闺秀的风范……

正戏开演了，那锣鼓声、那才子佳人婉转的唱腔经由大喇叭传到空气中，一头撞在场子四周的围墙上，打个旋儿，又轻飘飘飞向半空，只待在半空中悬停够了，才会驾着风，一圈一圈像涟漪一般朝着四方扩散开去。这当口，随意盘坐在镇子的哪一个角落，也都能听到穆桂英挂帅的隆隆战鼓，或听到包拯给嫂嫂赔情道歉的动情倾诉。

这个时节，也是青年男女偷偷相会的时节。戏场里，那些大姑娘、小伙子往往避开熟人，专往陌生人堆里钻。也有聪明的，借着这个机会，也不进戏场，而是牵着手一同到大田里。大田没有人，处处都是浓密的青纱帐，只要随便找一处地方，往里一钻，纵是神仙下凡，也难以发现他们的踪迹。

天作屋，地作铺，繁茂的庄稼就是天然的绿色屏障。鸣虫隐匿在丰美的野草间，弹琴鼓瑟，映衬得乡野越发清幽而宁静。并肩而坐，或头枕双手仰面躺在大田里，眼望空灵而浩远的蓝天与悠悠飘荡的白云，心儿也会随了云彩的脚步不断向高处升腾、升腾、再升腾。拉拉手，说说知心话儿，风柔柔的，话语也柔柔的，露气沾湿衣服，也洇湿了两颗多情的心……

庄户人平常的娱乐方式既有限又单调，无疑，唱大戏的日子就是庄户人最盛大的节日。"拉大锯，扯大锯，姥姥门上唱大戏……"黄口小儿传唱的童谣、老奶奶哄孙儿睡觉的催眠曲，自然也都少不了大戏的影子。镇子里请剧团唱大戏，无非是为着庆贺丰收的年景。而在民间，还有一个风俗与大戏形影不离。无论谁家的老人故去了，孝儿孝女是一定要请上几个艺人献唱的。局促的农家小院，向阳的一处角落，搭起一顶临时帐篷，支起锣鼓架子，三五个小生、小旦扮相庄严，整天半夜地轮番上场献艺，直至将老人家送到青山绿水间，送到黄土垄中。这一场场大戏，伴着庄户人来，目送庄户人去，婉转高亢，将岁月唱成一首缠绵的诗，更唱成了一条奔涌的河。

一年年，一岁岁，代代庄户人看大戏、品大戏。他们，在大戏里看清了是与非，分辨了忠与奸，分出了美与丑。人生如戏，戏如人生，大戏里的一桩桩、一件件故事，又何尝不是每个庄户人的故事呢？

时光流转，斗转星移，一天天过去了，黄土高原依然静穆，只不过笼罩在一片灰蒙蒙的雾霾中。象峪河已然枯竭断流，裸露的河床就像盛宴过后杯盘狼藉的餐桌，正无声诉说着岁月的沧桑巨变。古镇的大戏，就像一段陈年往事，慢慢黯然退出历史舞台，变成了一幅挂在墙头的旧照，渐行蒙上丝丝尘灰。古镇里那些白头发、掉光牙的老头儿和老太太还在执拗地迷恋着大戏，只要电视与广播里有这样的节目，他们一定不会放过的，甚至，还会瘪着嘴、合着如云的行板，咿咿呀呀跟着哼唱几句。而身强体健的年轻一代，却再也不会挤前台看大戏了，他们奔忙着，只为生计而奔忙着……

第二辑　你的容颜

父亲

一直想为父亲写点什么，然而，每每提起笔，却总是觉得无从下笔。相比于母亲，父亲似乎可圈可点之处并不多。在我印象中，父亲木讷寡言，管事儿也不多，似乎并不把儿女们放在心上。因而，时间久了，父亲竟成了一个不为人在意的存在，直到他突然离开我们的那一天。

若论起父亲最大的特点，莫过于一辈子与人不争、与世也不争，总能随遇而安。乡邻多称赞父亲实诚，一辈子不偷奸耍滑，更不坑人害人。但在我看来，父亲最大的特点却是一年四季都离不开旱烟。

儿时，记得父亲与隔壁四邻的叔叔大爷们一样，是抽旱烟袋的。黄铜烟锅，紫红色木质烟管，青白色玛瑙烟嘴，烟管上还缠着一条五色线搓成的绳子。绳子末端，系着母亲为他缝制的一个荷包。经常看到父亲头上拧着白羊肚毛巾，或蹲在屋子里，或坐在院门口，把烟锅伸进荷包袋里鼓捣片刻，舀出一锅黄澄澄的烟丝，用左手拇指把烟丝压紧了，叼着烟嘴，擦亮火柴点着烟丝，而后有滋有味"吧嗒吧嗒"地抽旱烟。伴随着烟锅中的星火一明一灭，一圈又一圈白色烟气就会从父亲鼻孔与嘴里冒出来。此时的父亲应该是很享受的，他眯着眼，斜仰着头，神情似乎极其陶醉。深深一口抽下去，父亲偶尔也会呛几口。一阵咳嗽过后，父亲泪眼婆娑，呼吸也变得急促起来。当然，父亲抽烟最多的时候，应该是在地里干活累了之后。听父亲说，抽一袋烟最解乏，一锅烟抽完，也就有使不完的劲儿。

后来，生活改善了，长大成人的儿女便为父亲买了那种带着过滤嘴的纸烟抽。自此，那个不知陪伴了父亲多少个春秋的烟袋锅终于"光荣退休"了。再到后来，这位"老古董"竟不见了踪迹。

从小到大，父亲从来没有训斥过我们姊妹，更未动过儿女们一根手指头。至于我，不管学习成绩考得如何好，父亲一次也没表扬过；即便我做了天大的错事，父亲也同样不曾责备。在家中，反倒是母亲家教极严，八个子女没有一个未受过母亲呵斥的，甚至像我这样的老疙瘩，都不知道曾经挨过多少次母亲的暴揍。儿女们都惧怕母亲，却始终不会顾及父亲的感受。

父亲不爱言语，但似乎姊妹们都不太敢靠近父亲，无论说什么话、做什么事，总要和父亲隔着一段距离。我一直纳闷父亲因何如此，甚而以为父亲是不爱我们姊妹的。眼看着邻居的孩子被他们的父亲抱在怀里，或者骑在他们父亲的肩上去看热闹，我就眼馋得要死。实在羡慕得不行，就会鼓起勇气，嗫嚅着走到父亲跟前，想央求父亲也能扛起我到别村看大戏。然而，及至开口，却是没了底气，只好装作没事的样子灰溜溜地跑开了。

那年我大学毕业被分配回县城教书。比起在外地求学，回家的次数多了起来。眼看着父母日渐衰老，自己的婚事却是八字不见一撇。母亲越发唠叨，一见面就啰唆个没完。父亲依然不爱吭气，只是头发胡子全白了，满脸深深浅浅都是核桃壳一样的褶子。有一次在家过完双休日，就要离家进城的时候，母亲照例一个人拄着拐杖把我送到村口。

"儿啊，娘老了，记性差了，有件事忘了跟你说。"

母亲顿了顿，接着告诉我。

"你爹今早跟娘说，前夜他梦见你带着新媳妇回家了。新媳妇人很贤惠，长得也好看，还脆生生地叫他爹呢。他说，在梦中，他笑着笑着就笑醒了！"

听着母亲的念叨，我的心一颤，原来父亲和母亲的心思是一样的，只不过在高过他半头的儿子面前，父亲始终不肯袒露他的心迹罢了。

我的鼻子一酸，急忙扭过头去，一边含糊地连声催促母亲早点回去，一边悄悄用手抹去早已溢出眼角的泪滴……

父亲八十六岁那年，我的儿子降生了。这个尚在襁褓中的小生命，也该认一认朝思夜盼他的爷爷奶奶了。我陪着怀抱儿子的妻走下公交，还没走几步，远远看见，父亲正蹲坐在村口等我们回家。父亲愈发衰老，但看起来精气神还好。当父亲从儿媳妇手里接过小孙子、小心翼翼地揽进他的怀抱中时，我分明看到父亲的眼角眉梢掠过一丝不易察觉的微笑，脸上的褶子也似乎平展了许多。

"大嘴，这孩子是个大嘴！"父亲不停喃喃地说。

我知道父亲的心思——在乡村观念里，孩子嘴大说明孩子肯吃饭、好养活。父亲显见的就是期盼孙子吃得壮壮实实的，健健康康茁壮成长。

父亲是2006年深秋走的。老人家走的时候，脸上并无多少痛苦，反而在嘴角似乎还有一丝满足的笑意。就像一片枯叶终归要回到大地的怀抱，父亲也最终回到了生他养他的那片黄土地之中。黄土地濡养了父亲，也濡养了一代又一代像他那样纯朴木讷的庄稼汉。在我看来，我的父辈就是那一方静默的山水，始终古朴而纯善，永远那么沉重而厚实！

母亲没有眼泪

父亲走的时候，我们兄弟姐妹哭成了一团，唯独母亲没有哭。她的平静，就像一汪秋水看不到一丝波澜。她踮着小脚忙进忙出——给身子尚温热的父亲换上寿衣，招呼着乡亲们为父亲搭起灵棚，又从老柜子里拿出贴着父亲照片的相框，用手指细细摩挲了老半天，才端端正正摆在了父亲灵前。

母亲是十七八岁的时候嫁给父亲的。之前，父亲曾经娶过一房，然而，没过几年就因病去世了。母亲过门的时候，父亲已经三十左右。比父亲小十二岁的母亲，懵懵懂懂坐着花轿就进了家门。这个家的日子并不好过，祖父、祖母年事已高，单凭父亲独自扛活养家。作为新媳妇，过门没几天，母亲就卸下嫁衣，随着父亲下了田，一并扛起了养活一家人的重担。母亲跟着父亲吃糠咽菜，辛苦劳作，奉养老人，还为父亲抚育了八个儿女。几十年风风雨雨走来，母亲落下了一身病痛，但生性坚韧的母亲从来就没有说过苦、叫过累，默默地为父亲洗衣、做饭、捶背、揉肩，陪伴了父亲整整六十四个年头。

母亲也是和父亲闹过别扭的。父亲一辈子就爱抽根烟，年轻的时候，母亲并没有说过什么，随着父亲慢慢衰老，母亲的话也渐渐多起来，从劝说父亲，直至训斥父亲，只为不让父亲抽烟。有时气急了，就会伸手一把将刚点着的烟卷从父亲嘴里抠出来，狠狠摔到地上。每每这个时候，父亲也只是低声嘟囔着："不就是一根烟嘛，至于吗？至于吗……"母亲又似乎觉得自己有点过分，于是默默地从烟盒里抽出一根烟来递给父亲，而后一个人躲在墙角偷偷地抹眼泪。

然而……这会儿，母亲的眼泪去哪里了？从父亲最后闭上眼睛的那一刻起，直至父亲埋到黄土垄中，母亲始终没有掉过一滴泪，只是用粗糙的大手逐个拍打着一溜儿下跪的儿女们，嘱咐我们保重身体。我不知道母亲因何这样坚强，我只知道，与父亲相濡以沫六十四年，其中的甘苦，全藏在母亲心里。而今，父亲离去了，她就一直忍着、忍着，就像铁打的人一样。

但母亲终究不是铁打的！父亲入土为安没几天，母亲突然摔了一跤，紧接着，又大病了一场。高烧中的母亲没有喊痛，也没有流泪，却总在说胡话。喃喃的碎语中，似乎只有父亲的名字，只有呵斥父亲，不让父亲抽烟。我知道，对于母亲而言，父亲离去后，她的天也就塌了，那个与她朝夕相伴的人再也回不到她的身边了……

大约拖了一个月，母亲终于康复了。但母亲完全变了样：原来挺直的腰板佝偻着，胖乎乎的脸也消瘦了很多。她眼窝深陷，精神显得极其萎靡不振。一向爱唠叨的母亲，似乎也比过去话少了很多，经常会看到她一个人默默坐在院门口，轻轻抚摩着父亲的遗像，一坐就是一下午。

傍晚的阳光很淡，一抹残阳暖暖地照着独坐在院门口的母亲。母亲的周身环绕着浅黄的光泽，就像沐浴在夕照中的一尊雕塑，静静地呆立在那里。母亲的眼神呆滞，昏黄的老眼一直痴痴凝望着巷口，似乎正等待着什么人归来。

不知从什么时候开始，母亲身边多了一根拐杖。没事的时候，母亲就会一个人蹒跚走到离家不远的山崖边，就那样拄着拐杖，久久地向着山的那边张望。即便叫她回家，她也一直不肯回来。她的身影就像一棵枯老的树，已经没有了绿叶，没有了生机，就那样孤独地守望着……山的那一边，一块暖暖的山坡上，埋葬着我的父亲，埋葬着整整陪伴了她六十四年的丈夫！三年后，母亲再也扛不住岁月的侵蚀，随着父亲的脚步也到了天堂。她走的时候，同样没有流泪，只是平静地去向了山的那一边——一片暖暖的山坡上，我的父亲那里……

千层底布鞋

　　旧时的女子是必须要学会做针线活儿的，文化人给这种活儿起了一个极其雅致的名字——女红。试想一下，在一个风儿清清、鸟儿啁啾、蝶儿飞舞的夏日午后，一位高挽发髻、头戴金钗、身着一袭素衣的女子，浅笑嫣然，于绣楼的圆窗下坐定，借着暖暖的日光，十指纤纤，飞针走线，为心上人儿缝一件长衫，绣一方手帕，或者纳一双千层底儿的崭新布鞋，那样的景致，看起来一定很美。当然，这是富贵人家千金小姐或者贵妇人的情态。唐代的秦韬玉曾有诗云："敢将十指夸针巧，不把双眉斗画长。"诗中的女子，虽是一位贫家少女，但心灵手巧，同样是女红的行家里手。

　　在我的家乡，女儿家会不会做针线活儿，绝对是夫婿择偶的一个标准。一家老小，穿的戴的，倘若没有一双擅长裁布缝衣的巧手打理，恐怕是要遭人笑话的。秋收完毕，冬麦尽播，这是一年中少有的农闲季节。青石板铺就的大街小巷两侧，晨光里、夕阳下，常有农妇三五成群，携着针线笸箩，盘腿坐在蒲团之上，一边拉家常，一边穿针引线缝衣纳鞋。针儿细细，线儿长长，越临近年关，妇人们做活越是勤快——孩子们过年总得给做一两件新衣吧，丈夫耕作一年，鞋子已然磨破，早该给他纳一双新鞋了。

　　乡下汉子的鞋是千层底布鞋，乡下孩子的鞋也是千层底布鞋。子女多的家庭，做活儿紧张得很，一年到头积攒下的零碎布头，在这当口，恐怕都得用光。

　　我的母亲就是做千层底布鞋的好手。纳鞋底的布料，有些是从穿烂的衣服上剪下来的布块，有些是缝制新衣后剩下的边角料。母亲将这些零零碎碎的布料浆洗干净，晒干，抚平，在已经剪好的鞋底样儿上，刷一层糨糊贴一层碎布，一层又一层，糊得整齐，擦得也结实。有时，还需要用剪刀修掉长出的布料，免得鞋底走样。待五颜六色的碎布擦到半寸多厚，用一层崭新的白色粗麻布包了边，就该纳鞋底了。针是两寸见长的纳鞋针，线是预先纺好的粗麻线。母亲戴了老花镜，左手握紧褙褙好的鞋底，右手用长锥使劲钻个小窟窿，放下锥子，将针尖对准窟窿眼儿扎进去，中指套着的顶针冲着针鼻子一顶，长针就会乖乖穿过鞋底，从背面冒出来。母亲翻过鞋底，三个指头捻住长针，轻轻一拽，将麻线拽出，环绕手掌挽上一圈，用力拉紧，第一针也就纳好了。鞋底背面，依旧扎孔、穿针、引线。长针带着细线，上下飞舞，如走龙蛇。一针一线，定是母亲柔软的思绪；一丝一缕，自是母亲款款的深情。

　　院子静谧，阳光煦暖，时有枣树枝头的麻雀"扑啦啦"飞落到地面觅食。它们身着紧身燕尾服，样子颇似一个个彬彬有礼的小绅士，跳着双脚，从容漫步于庭院。母亲搬出一方小凳端坐在屋檐下，针线在她粗糙的大手里，就像一个调皮的孩子在尽情撒欢。伴着一声声"刺啦刺啦"的声响，母亲的大手又像和着韵律在舞蹈。此刻的母亲，眼眸沉静，神态安详，针线舞动处，不时会举起长针，轻轻在花白而浓密的头发上蹭一蹭。据说，这样就能让长针穿得更顺畅一些。阳光投射到母亲身上，顺势在脚底勾勒出一幅剪影。这幅剪影，清晰而灵动，是爱，是暖，更是母亲一生辛劳的缩影。

　　乡下女人纳鞋底的功夫，全在于针脚。像母亲这样的巧手，纳的针脚又小又均匀，一针紧挨一针，排列有序，甚而还能构成美丽的图案。手艺差的妇人，纳的针脚又大又乱，看着也别扭。母亲手中的鞋底又结实又漂亮，常常招来巷子里的妇人们情不自禁的啧啧赞叹。有那勤快的，就来找母亲，求教纳鞋底的手艺。母亲也不小气，有谁来求，尽管悉心传授经验，乐于帮衬乡邻做好活儿。其实，母亲偶尔也有失手的时候。有时活儿干得急了，一不小心，就会被长针刺破手指。此时的母亲，只把刺破的手指含在嘴里吮一吮，吸干殷殷血迹，依然穿针走线，劳作不辍。

母亲做的千层底布鞋合脚，穿着舒坦，也惹人待见，父亲总夸赞母亲做的布鞋好看耐用。他穿着母亲一手做好的鞋子喜滋滋地翻山越岭、耕地浇水、拉车挑担，整日奔波在大田里，一穿就是好几年。父亲歇息的时候，顺手脱下一只鞋子，往屁股下一垫，香香地点上一锅子旱烟来解乏。有时遇到地面潮湿，有千层底布鞋挡着，裤子也万万不会打湿。

对母亲做的千层底布鞋，父亲爱惜如子，即便破了，也断然舍不得丢弃，甚至因为鞋子还闹出一个笑话。有年夏天，父亲早上刚刚换上母亲新做的一双鞋子下地干活。没想到，临近中午，老天爷突然浓云密布电闪雷鸣，下起了暴雨。父亲顶着一块塑料布急着往家跑，途经象峪河桥，怎奈河水暴涨，漫过了桥面。父亲舍不得穿新鞋蹚水，索性一不做二不休，脱了鞋子抱在怀里，只光着脚丫子渡河。许是雨太大，光顾着往回跑了，居然忘记穿鞋，一路赤脚奔回了家中。父亲的脚被路上的石子、玻璃划伤了好几个地方，母亲埋怨父亲糊涂。父亲却嘿嘿一笑，举起手中的布鞋，自我解嘲地嘟囔道："还不是心疼这双新鞋嘛。"

父亲懂得珍惜母亲做的新鞋，可儿时的我却很调皮捣蛋，哪里晓得这些道理，只是跟一帮小伙伴整天上房掏鸟、下河捞鱼，疯子一样满世界乱跑。这样折腾，鞋子自然坏得快。别人家的孩子一双千层底布鞋能穿三年，到我这儿，或许不到一年时间，不是大拇指顶破了鞋面，就是鞋帮子开线掉了底。鞋帮子薄，经不起折腾，这鞋底子却结实得很。母亲的针线纳得密、压得紧，即便换上鞋帮子再穿两三年，鞋底依然不会走形变样。

及至长大成人,乡下人渐渐过上了好日子。富裕起来的人们扔掉千层底布鞋,纷纷换上了油光锃亮的皮鞋。一年又一年,呵护了祖祖辈辈无数庄户人的千层底布鞋,就像一个被人遗忘的老掉牙的故事,渐渐淡出人们的视野,退出了历史舞台。

然而,我的父亲却像老古董一般执拗。长大成人的儿女给他买回皮鞋,他不是嫌鞋帮子硬,就是嫌皮鞋底子不透气,总之一点,皮鞋远远不如母亲做的千层底布鞋穿着舒坦。母亲自然也舍不得丢弃自己的手艺,即便年逾八十,依然一刻也闲不住,隔三岔五就会拾掇起那些零星的碎布,一双双地给父亲纳鞋底,楦布鞋。我们姐妹纳闷,就问母亲,"娘,爹老了,鞋子也穿不坏,干吗还要做那么多鞋?"母亲并不直接回答,她摇摇头,隔了好半晌,才喃喃地说:"你爹一辈子就爱穿娘做的布鞋,以后肯定用得着,肯定用得着……"

父亲走的时候,母亲没有哭。她趁着父亲身体温热,一件一件给父亲换上寿衣,又细细将父亲的双脚擦洗一遍,为父亲穿上新袜子,端端正正套上了一双早已备好的千层底布鞋。母亲嘴里一直念叨:"老头子,放心去吧。俺给你备着十几双鞋呢,穿旧了,也别舍不得换新的。这些鞋,足够你穿着走过奈何桥,登上那座望乡台……"

到父亲棺椁封盖的那一天,母亲从箱子底翻出十几双崭新的千层底布鞋,一双又一双,全部整整齐齐码到了父亲脚边……

在如水般逝去的光阴里,一双双千层底布鞋,曾伴着父亲走南闯北,为一家人的生计而奔忙。千层底布鞋上,纳进去的何止是一针一线,那细细密密的针脚里,分明藏着母亲一颗细腻的心。

历史的星空有一行足迹,千层底布鞋从岁月深处款款走来,曾度量了古老民族千百年来披荆斩棘走过的艰辛之路。与普天下所有的母亲一道,于无声处,我的母亲,将一种暖深深埋藏在了韵脚一般的针脚中,埋藏在了每一个逝去的光阴里……

永不消逝的柳笛声

窗外，一株柳树抽芽吐翠，矮矮的，婀娜似梳着麻花小辫、披着浅绿霓裳的小姑娘。嫩黄的芽苞，很羞涩，陆陆续续从枝丫间冒出来，调皮的眼睛一眨一眨，窥探着这个如烟如梦的阳春三月。

踮脚，伸手，折下一段筷子粗细的柳条，轻轻扭转树皮，"绿衣"与枝干渐行分离，慢慢抽出白嫩的枝干，用剪刀修齐"绿衣"切口，环绕其中一端，小心翼翼削去薄薄的一层外皮，捏扁，衔在嘴里，用力一吹，清脆的柳笛声划破沉寂，如同跳跃的涟漪，一圈又一圈轻盈盈向四周扩散开去。

很久没有做过柳笛了。年岁逐增，老去的何止是岁月，还麻木了一颗敏感的赤子之心！

童年，梦幻般的童年，就像那个满怀希望的春天。

七八岁，顽劣的七八岁。那时的家乡，山青翠，水透绿。"碧玉妆成一树高，万条垂下绿丝绦。"煦暖的春风唱着欢歌，掠过广阔的原野，唤醒沉睡的小草，唤回一只只旧时的梁间飞燕。一排排杨柳，伸伸懒腰，挥动柔长的手臂，贪婪地吮吸着春的气息，尽情拥抱微风、拥抱旭日、拥抱五光十色的春天。

母亲未知天命，父亲甫进甲子，一切，都好像年轻的模样。常常骑坐于父亲肩头，探出小手，折下长长短短的杨柳枝条，交到父亲手里。就像变戏法一样，粗糙的大手辗转腾挪，不消一会儿工夫，长的、短的，粗的、细的，一支支柳笛满满攥了一把。长而粗的柳笛，笛声低沉浑厚；短而细的柳笛，吹起来，哨音清脆而高亢。父亲兴致盎然，将柳笛一一含在嘴里，幻化出婉转的鸟语、溪流的吟唱，还有老牛的低吼、鹰隼的长鸣……随着父亲吹奏的柳笛声，稚嫩的思绪就如飞舞的杨花一般，丝丝缕缕轻飘起来，飞向湛蓝的天际，飞向洁白的流云，迎着风儿，融入袅袅升腾的炊烟中，附着到盘在辘轳的井绳上。

父亲眯着双眼，沉醉，如饮一盅陈年的老酒。背着我越过山坡，蹚过小溪，钻进悠长的小巷，走进阳光斜照的家门。

母亲浅笑嫣然，从老屋里迎出来，抱下扛在父亲肩头的我，半嗔半怨拍拍我的小脑袋，而后，捧出一碗碗甜香四溢的榆钱拨烂子（一种面食）——摆到院中间的石桌上……

十六岁，告别家乡，告别亲人，背起沉重的行囊，第一次远赴他乡，踏上求学之路。

四年师范、四年大学，每每娇俏的春姑娘降临美丽的校园，睡梦中，耳际总要一次次回响起清幽柔婉的柳笛声：一层薄薄的青烟，笼罩着宁静祥和的故乡，夕阳西下，天空中的晚霞绚丽如画。响亮的鞭声过处，羊群咩咩乱叫，拥过巷子，扬起漫天尘沙。弥漫的烟尘过后，母亲独坐在院门口，满头华发，轻衔柳笛，吹奏起一曲曲童年的歌谣。那些歌谣，曾伴我入眠；那些歌谣，曾陪我一天天长大。藏在心底的旋律，悠扬、轻柔，如同母亲的手轻拂过面庞。蓦然间，两滴清泪悄悄滑落，打湿枕巾，也泅湿了一颗柔软的心。

大学毕业，二十四岁。七月，回到阔别已久的故乡，父亲曾经挺直的腰板佝偻着，再也背不动长大成人的儿子，再也背不起流逝过的沉沉岁月。父亲说，儿子，你喜欢吹柳笛，折一条柳枝，自己做个柳笛吧，我想听一听你吹的调子。我点点头，折下柳枝，想扭出一支柳笛来。然而，时到盛夏，柳枝表皮与枝干早已紧紧相连，无论我怎样用力，终归无法将它们彻底剥离，就如我与父亲之间的血脉！

我告诉父亲，您老了，老得糊涂了，夏天的柳枝根本扭不出柳笛来。父亲没有言语，昏黄的老眼痴痴凝望着我，默默地，举起右手，轻拍了几下我宽厚的肩膀。

我忽然觉得，父亲似乎要告诉我点什么。然而，那时的我，不管怎样思量，总也猜不透父亲的心思。直到有一天，我的儿子呱呱坠地，降临到这个人世间。我恍然大悟——血脉，无法割断的血脉，连接着我与父亲、母亲，也连接着我和我的儿子，时光愈久，愈发血浓于水！就像那片广袤的黄土地，虽无言，她的精魂却早已浸润于每个赤子的血液中，沿着血管，循环往复，经久不息！

在我三十七岁、四十岁时，父亲、母亲相继离我而去。葬礼上，一把唢呐，一支笙箫，曲调悲怆，如同柳笛断断续续的哀婉歌唱。侧耳聆听每一个音符、每一段倾诉，似乎父亲与母亲的精魂都栖息在这流淌的乐声中。他们高高站在天堂上，俯视着已然娶妻生子的我，面孔慈祥，洋溢着微笑，洋溢着欣慰而灿然的微笑！

如泣如诉的唢呐与笙箫，陪着父亲与母亲，下山坡，蹚河流，走过故乡的每一寸土地，恰如当年父亲扛着我，走在阡陌纵横的乡野间。乡亲们抬着父亲、母亲，将他们最终一同安放到了山脚下——一块向阳的山坡间。每日每夜，他们，都能俯瞰这片充满生机与希望的黄土地；在每一个明媚的春天，都能听到悦耳的柳笛声。

多少年过去了，再没有折过柳枝，再不曾扭过柳笛。那缠绵的笛声里，隐藏着一段过往岁月，隐藏着一个久远的故事，更隐藏着一块不愿意轻易揭开的伤疤！它，只能珍藏在记忆深处，只适合深埋在心田里。

又一个草长莺飞的春天来了，携着温暖，携着淋漓的雨露，染绿山水，也催绿了每一条柳枝。这个春天，我鼓起勇气，为儿子折下一截柳枝，扭出一支柳笛，呜呜咽咽将它吹响，只为追寻一个逝去的梦，找回一条折不弯、砍不断的根！

娘的手

世上有一双手,多变的一双手:纤美而粗糙,灵巧而笨拙,温柔又冷酷。这双手,一手撑着大自然的鲜艳画布,一手牵动日月星辰的变幻,辗转腾挪,上下翻飞,硬生生将漫长而艰辛的岁月绣成一首歌,也绣成了一幅画。

这双手,是娘的手,我娘的手!

一

据说,娘的手,肤如凝脂,指若葱根,也曾是一双纤纤玉手。

听爹讲,少女时代的娘虽非美人胚子,模样倒也长得周正。而真正吸引爹的,却是娘的那一双纤纤玉手。

那会儿,裹脚遗风尚存。待字闺中的少女,若长着一双天脚,往往会招人笑话。及至及笄相亲,男子也并不看重什么颜值,看重的却是女子的三寸金莲。如果单从这一点讲,爹应该相不中长着一双天脚的娘。可姻缘这件事,往往奇怪得很,当年的爹,既没有在乎娘的长相,也没有嫌弃娘的一双大脚,偏偏相中了娘的那双小可盈握的玉手。

可不是嘛,姥姥膝下三男四女,论排行,娘是最小的一个闺女。最小,自然也最受宠爱。少女时代,上有姥姥宠着,下有三个姐姐护着,从小到大,十指不沾阳春水,娘的手哪里会伤着呢?

一提起娘的手，爹似乎有说不完的话。那手，可真是好看啊！手掌粉白，细皮嫩肉，就像两朵绽开的莲花；手指又细又长，又像刚刚削过的葱白；就连指甲，长长的，也修剪得精致。偷偷一眼瞄过去，那叫人心里直痒痒，恨不得一把就把那双小手紧紧握到掌心……

爹念过几年私塾，多少有点文化，没事的时候，常常在家人面前半文半白地可劲儿夸娘的手好看。经他这么一说，颇让我们这些当儿女的感到遗憾，遗憾没有见过娘的手到底有多美。

二

然而，在我看来，或许，爹多多少少有些夸大其词吧。因为，在我的记忆中，娘的手不仅不好看，而且，远要比其他女人的手粗糙得多。

十四岁，初一年级。因交叉感染，我患流行性急性肝炎在家养病。不期然，又受风着凉，罹患重感冒。那一晚，四十度的高烧将小脸烧成了红炭。鼻腔里，气若游丝，仿佛稍不留意，这根脆弱的丝线就会被活生生掐断。迷迷糊糊中，感觉到娘彻夜未眠。她眼角崩裂，嗓音嘶哑，将我紧紧搂在怀里，不停轻轻呼唤着我的乳名，用手掌来回抚摩我的脸、我的额，生怕一松手，她的儿子就会被旁人掳走。那是怎样的一双手啊，抚在脸上，就像坑坑洼洼的擦子滑过，即便我烧得有些不省人事，依然能够隐隐感觉到皮肉被刮得生疼……

所幸命大，我熬过了那一夜。

事后，我拉过娘的手仔细端详。她的手，早已光彩不再：曾经白皙的皮肤，呈赭红色；手指短粗，指关节粗大，如同枯梅的枝干。即便手心，也布满厚厚的老茧，粗糙得就像一张粗砂纸。

遇到冬日，由于常常沾水，娘的手背上、指肚上，到处裂着血口子，洇着斑斑血迹。因为这个缘故，从初冬季节一直到第二年开春，娘是离不开药用胶布的。经常看到她戴了老花镜，拿着剪刀，仔仔细细将胶布裁成大大小小的块块布条，认认真真一并贴到血口子上。这样的一双手，哪里还有当年纤纤玉手的影子呢？是岁月，匆匆流逝的岁月，还有相夫教子、生儿育女的沉沉重担，一股脑儿将娘的青春与美丽带走，带到了遥不可及的时光深处，再也无法寻回……

三

娘的手，厚实、粗笨。然而，就是这样的一双大手，又是"花随玉指添春色，鸟逐金针长羽毛"的巧手。或许，娘天生就带着艺术细胞吧，无论当裁缝、做绣娘、剪窗花、纳鞋底，还是蒸馒头、包饺子、打月饼、捏年糕，样样干得干净利落、样样做得漂漂亮亮。

最喜欢伴在娘的左右，轻托着腮，呆呆看着娘绣花的样子。

秋日的午后，风儿很轻、很淡。阳光懒散地从天空洒下来，浅浅铺到地面上，照得尘土细腻而又明晰。微风过处，树影婆娑，树叶儿沙沙作响。娘带着针线笸箩，鼻梁上架着一副老花镜，就那样搬出一方小板凳，端坐在院门口绣花。

圆圆的布绷子，由粗铁丝弯成，上面紧绷平展展的布料。娘左手轻拈长针，高高举过头顶，眯着眼，右手捏住丝线，将它慢慢穿过针孔，而后，随手将线捋直。临末，以食指指尖缠绕一圈线头，拇指一撮一扭，轻轻一拉，刹那间，线头末端，已然轻盈盈挽出一个线疙瘩。

娘穿好线，左手搂着铁绷子，右手拈住长针，扎进去，穿出来，动作行云流水，一气呵成，看得人眼都呆了。那针线，在娘手里，如同有了灵性，乖乖地上下飞舞，犹似龙蛇游走。经过娘的巧手描摹，山朗润起来了，水涨起来了，春天的气息流动起来了。那些花鸟虫鱼，仿佛被赋予新的生命，有了动感，有了姿态，有了呼吸，生动活泼，明晃晃呈现在我面前。

日影西斜，淡淡的光华投射到娘的身上。娘的周身，笼罩着一层薄薄的金色光泽。此刻的娘，仿佛就是一尊佛光护体的活菩萨，庄严而又慈祥。在她脚下，斜阳顺势带出一幅曼妙的剪影。这幅剪影，清晰、灵动，将我的思绪一直带到了很远很远的地方……

四

娘性格温顺，从不无端乱发脾气，可是，若子女犯错，娘的那双巧手，却会变成冷酷无情的"摧花辣手"。

娘没有多少文化，可家教极严，即便像我这样的"老疙瘩"，可以宠吃宠喝，但在做人的是非原则上，却从来没有骄纵过、放任过。

不知从什么时候开始，在同学们中间，流行穿那种解放牌的绿胶鞋。那绿胶鞋真心不赖：五块钱一双，浅绿的橡胶底子，深绿的帆布鞋面；两排锃明瓦亮的纯白色气眼上，还穿着两条绿汪汪的长条鞋带；穿在脚上，那是又精干又打眼。

眼看着不少同学都能穿上这样的一双绿胶鞋，我实在眼馋得要死，几次死皮赖脸缠着娘，央求娘也给我买一双，可娘偏偏就是不给买。不过，这也不能全怪娘。20世纪70年代中期，人们的日子普遍都过得比较拮据，花五块钱，就为买一双胶鞋嘚瑟，娘自然舍不得。

可是，我太想拥有那一双鞋了。每次上学，路过镇子上的供销社，远远望着玻璃橱窗里的那一双心爱的绿胶鞋，总会不由自主地多看几眼。

终于，有那么一天，趁着娘不在家，一颗心怦怦乱跳，我悄悄打开家里的那个老箱子，从箱底神不知鬼不觉抽出一张五元的钞票，转身，毫不犹豫直奔街上的供销社……

眼馋许久的胶鞋倒是买到了，殊不知，当我兴冲冲带着胶鞋往回赶的时候，娘却手提笤帚正在家门口候着我。

那一次可打得真惨哪！"小时候偷针偷线，长大后，说不定你就会去偷米偷面！这还了得？今天不让你记住这个理儿，咱们就没完！"娘一边教训着，一边顺手提溜住我的衣领，将笤帚棒雨点一般落到我屁股上，每一棒下去，都感到火辣辣的疼。我虽不停地告饶，却不认错。娘愈发气恼，不觉又加了三分力气。"咔嚓"一声，笤帚棒硬生生折成了两段。

我哭了，娘抱着我，也哭了。生平第一次，我看到娘落泪，哭得那样伤心，哭得那样悲痛欲绝。我一时慌了手脚，不知道该怎样劝慰娘，只是陪着娘不停地掉眼泪……

直至渐渐长大，我终于明白，那是娘痛心的泪，恨铁不成钢的泪。在娘心里，她何尝不疼爱儿子，何尝愿意用棍棒教训儿子呢？只不过，在深受传统文化影响的娘看来，"养不教父之过"，作为人母，倘若不能教导子女从小正大光明走正路，那么，就是父母的严重失职。她对我犯的错，不可能不管不顾，更不可能恣意放纵。"辣手"，或许正是娘的职责所在！

那一夜，娘一宿没有合眼。她让我趴在炕沿上，小心翼翼将我的裤子褪下来，就那样半蹲半坐着，隔一会儿工夫，就给我涂抹一层药水，为我止痛消炎。娘的手慢慢地抚过来，摸过去，异常温柔，如同春风从脸上轻轻滑过，柔柔的，暖暖的。我陶醉于娘的爱抚，感觉不到丝毫疼痛，迷迷糊糊进入了梦乡。

醒来时，我看到娘的眼睛红肿，眼角布满了血丝。娘是怎样熬过这一晚的，我不知道，只是，从那一刻起，我完全忘记疼痛，永远记住了娘的教诲！

五

　　缝缝补补，洗洗涮涮；淘米做饭，打理家务；割草喂猪，补贴家用；下地播种，收割庄稼……娘为这个家、为儿女，操劳一生，耗尽心血，硬把一双纤纤玉手练成了磨不烂、冻不坏的钢铁巨手。那双手，不仅像结实的基石一样高高托举起儿女的未来，更像一座直立的灯塔，不断引导我们向着人生的正确方向行进。娘的手，多变，但始终不会更改的，却是劳动者的本色——勤劳节俭，纯朴良善。

　　在匆匆流逝的岁月中，娘的大手，牵着我的小手，教了我什么是美、什么是丑，什么是善、什么是恶。在娘的手掌呵护下，我知晓了幸福生活需要用自己的双手去创造，更深深懂得了用温柔的双手去对待这个世界，对待世界上的每一个人……

暗光

　　素白的墙壁，素白的床单，连日光灯发出的光线都是素白的，像人眼眸中射出的冷漠而惨淡的光。

　　这是一家医院的急诊室。当他被人用担架从急救车上抬下来，又七手八脚送进急诊室的时候，早已丧失知觉。他双眼紧闭，四肢蜷缩，一张半阖的嘴，唯见呼呼吸气，却丝毫感觉不出还有往外呼出的气息。脚步声杂沓而纷乱，高的、矮的，胖的、瘦的白大褂们，身上裹挟着一股风，进出，出进，将病人推出去做完 CT，又推回来，插上呼吸管，接上监护仪。一个高高瘦瘦的白大褂，细细的脖子上晃荡着一副听诊器，手举 CT 片瞅了老半天，掀开病人的上衣，将胸部上上下下仔细检查一遍，又翻开他耷拉的眼皮，手持小电筒晃了几晃，一张原本毫无表情的脸，神色忽然凝重起来……

　　几分钟后，我的手里多出一张白纸，一张与墙壁、与床单一样素白的纸，所不同的是，上面赫然跳动着几个黑色的大字——"病危通知书"。我突然感觉有些眩晕，像不留神一脚踏空，正急速掉落进一个深不见底的洞窟，又像独自一人茫然飘荡在无涯的大海上，极渴望当下就能抓住一块舢板，抑或一条缆绳。所幸，比我年长十几岁的二哥及时赶到，犹如幸运地踩到山洞凸出的一角，托住了我急速坠落的躯体，也让我终归抓住了一根救命稻草。

　　"赶紧回老家！"

二哥神色严峻，口气容不得一点质疑。

原来也有过耳闻，当地风俗里有一条不成文的规定——若是本村人客死他乡，是绝不允许再进村的！

就这样，他被急匆匆拉回老屋，不会挣扎，更不可能有一声争辩，只是无条件地任人摆布，被乱哄哄抬到了一方土炕上。他的妹妹，蒸出一碗鸡蛋羹，香喷喷的，声声呼唤着大哥，想给他多半天不曾沾一滴水、未曾进一粒粮的嘴里喂些食物，然而一切努力都是徒劳。他依然脸色铁青，双目紧闭，如同拉风箱一般，"忽嗒忽嗒"反反复复进出着最后一口气，却没有一丝回应。

我不知道他还能不能听到弟弟妹妹的说话声与压低嗓音的啜泣声，脑袋里还有没有一缕游丝般的意识，更不知道他将如何面对渐行渐近的死神。我只知道，传说中的黑白无常已经将绳索牢牢套在他脖子上，一步一步，将他牵往地狱——那座漆黑的、冰冷的地狱。

他一定不怕黑吧？一辈子，他几乎都是在黑暗中行走，在黑暗里长大，在黑暗里变老，又在黑暗里送走了自己的亲爹亲娘。

他恐怕也不会畏惧地狱的阴冷与肃杀，因为，在那里，爹娘正候着他——他们，终又可以团聚一处，暖暖的，再续前缘……

他是我大哥，一辈子生活在黑暗世界的大哥，享年七十三岁。

他终归是走了，静悄悄地，强撑着病体挨过一个漫长的夜，又将灵魂附着在凌晨报晓的鸡鸣声中，一步一回头，向着地狱而去了。

他属鸡，冥冥之中，本就该与呼唤光明的雄鸡结缘，甚而，七十三年的寿数也与孔圣人天然巧合。而这，或许就是一种天意。不知道他是该庆幸，还是对这个世界依旧留恋不已，没人知道，也不可能有人知道！他的躯壳、他的遗愿，将很快深埋于黄土，随时光流逝，化为一缕清风，化作一抔尘灰，并在小小的一块墓碑上，渐行镌刻出他遥远的故事。

"让风雪归我，孤寂归我／如果我必须冥灭，或发光——"

一生，他都伫立在风雪中；一生，他都独处于孤寂里。那道生命的光，灵魂的光，或闪耀，或晦暗，却可以照耀一个家族，温暖他周围的凉薄世界！

本来，他拥有一双明亮的大眼睛。五六岁时，不期然，一场大病无情夺去他的光明——一双眼里，蒙着一层灰皮，如同薄而严密的一道闸门，彻底阻断光线的腿脚，让光明再也钻不进他的眼眸。我不知道那时的他该有多恐惧，也不知道他为此号啕痛哭过多少次，只晓得他于那会儿就已流干眼泪，稀落的眉毛下，唯剩两口了无生气的枯井。

这该是怎样的一个运道！他的苦楚，应该远比那些天生的盲人更深重。倘若一生下来，便是一片漆黑，从不知光明的婆娑世界是什么模样，这也便罢；单单他是见过光明的，也看到过阳光的色彩与花儿的色彩，这种忽降而至的灾难，让他该如何面对？又让他怎样无奈地承认和接受？恐怕，没有人能想象他内心的悲苦与绝望——一种痛彻肺腑、生不如死的绝望！

有一阵子，我很好奇，也曾试图体会他的感受，体味这场灾难所带给他的人生况味。我故意蒙上双眼，摸索着在院子里来来回回走动。然而，很快，我感觉到无边的黑暗与恐惧如同狂潮一般急速压迫过来，周围浓重的黑暗就是一张密不透风的丝网，紧紧束缚住我的腿脚，勒进我的皮肉，让我动弹不得，而且愈是拼命挣扎，网收得愈紧。随之而来的，还有一种深不可测的莫名恐惧，仿佛整个世界完全坍塌，唯剩一个人孑然独立于万丈深渊的边缘，稍不留意，必将坠落其中，粉身碎骨……

近七十年黑暗中的光阴，他是怎么熬过来的？噢，不，他没有熬，而是仰仗儿时曾见过的光，并将这光深深镂刻和珍藏于心底，活出了自己有光有亮的一生。

一辈子，他始终都不像是一个盲人。一头板寸短发，根根直立，绝无凌乱的时候。唇边、颔下，胡子刮得干干净净，只露着一层青皮。身上的衣服，从里到外，定是一周时间一浆洗一更换，倘若超过一周时间，便一直嚷嚷着让娘给他换洗，有时急了，索性自己摸索着拿来一块搓板，反复用力搓洗，再用清水涤净，把衣衫一并晾晒到院中央横挂的铁丝上。

　　他喜欢洁净，洁净到几乎苛刻，仿佛天生就患有洁癖。在他度过的七十三年光阴里，一年四季，无论哪一天深夜时分，都是他一个人的舞台。一方锅台，炉火正旺。一口铁锅，一只面盆，一块香皂，两条毛巾，热气腾腾的老屋里，滚水、脱衣、洗面、搓背、泡脚、刷牙，单凭这一整套做派，外人又哪里能看得出他是个彻头彻尾的残疾人？

　　他似乎是以这样的方式在换取一个残疾人应有的尊严吧？要不然，又该如何解释他这样的行为。

　　每每洗漱完毕，"吧嗒"一声，打火机冒出一粒豆大的火焰，随之，一支香烟被燃着了。深深地一口抽下去，微弱的火星在漆黑的夜里明明灭灭。一辈子，他都离不开烟卷，一天一盒是他的"标配"，是烟瘾太大，还是他试图用烟火穿透周围黏稠的黑暗，乃至烛照他的一生，一直也没人能够知晓。

　　与他日夜相伴的，是一台旧式收音机。听娘说，这是他的"战利品"。全民学《毛主席语录》那会儿，仅仅听别人零零碎碎念叨，他竟将整本《毛主席语录》背得滚瓜烂熟，还在公社举办的比赛里打败那些睁眼的人，赢得了他生平第一份奖品——这台砖头大小的收音机。

　　在我尚在懵懂年纪的时候，他常常将我搂在怀里，翻着白眼，失神地对着高天，给我讲一些闻所未闻的故事。他的故事，不同于娘讲的那些既恐怖又吓人的鬼故事。他说，他能从收音机里听到阳光坠地的声响，听到花儿绽放时清脆的笑声。那些声音，带着光，带着香味，带着明艳的色彩，就像一只温暖的大手，轻轻拍着他，在每一个暗黑的夜，都能将他牵进甜蜜的梦乡！

　　为验证他的故事，少不更事的我，也曾抱住那台小小的收音机，一遍遍打开、关闭，再打开、再关闭，期望也能像他那样听到阳光的脚步声，嗅到花儿诱人的清香，然而，自始至终，我都没能得偿所愿……

有人说，上帝在关闭一扇门的同时，还会给人开启另一扇窗户。或许，这句话是对的。这个瞎了眼的人，心亮着——一个猝不及防的变故，让他过早地遭遇了生的艰辛和活的不易，而这样的命运，却又化作一泓苦涩而甘洌的清泉，濡养着他的心灵，滋润着他的魂魄，让他从苦难中领悟到了同龄人所无法体察的人情冷暖，也备尝世事的沧桑多变。

关于他的过去，在我心里，一直都是个谜。听娘说，生活，从不会因人的苦难而露出一抹悲悯的微笑。身为长子，他为了帮助父亲养活一家子，一再央求生产队，派给他一份挑水饮牲口的活儿。20世纪60年代，农村尚未通上自来水，人畜用水，都得从水井中汲取。光溜溜的井台，一把陈年的辘轳身披岁月的霜花，双腿叉开，日夜横跨于井口之上。辘轳上面，一圈又一圈，缠绕着密密麻麻的井绳。井台，辘轳，井绳，几十年、上百年，轮回一世，紧紧依偎在一起。人们挑水时，要将水桶挂到井绳一端，顺着井壁，把水桶放进去，待水桶灌满，就像打捞流逝的光阴，"吱呀吱呀"摇动辘轳，再将一桶桶水摇上来。这样的活儿，若是健康人，实在并非一件难事，然而对于一个盲人，就远没有那么容易。他需要摸索着挪到井口边，再摸索着将水桶挂到井绳上，完全凭借听觉判定水桶灌满没有，才能吃力地摇动辘轳将水摇上来。

第一次进饲养院干活，是爹领他过去的。爹需要领着他，摸到水井，摸到井台上的辘轳，寻到水缸的位置。或许在他心里，始终都亮着一盏灯吧？这盏灯，不仅让他能听到阳光坠地的声响，听到花儿绽放的笑声，而且，还能日日给他照亮从家到饲养院的小路，照出水井与水缸的位置。

冬日里，天寒地冻，大雪纷飞，整个饲养院，一个粉雕玉砌的冰雪世界。井台上，擦着厚厚的一层白雪，还有滑溜溜的积冰。远远望去，在这"千山鸟飞绝，万径人踪灭"的阔大雪色背景里，如同那位枯坐孤舟、独钓寒江的老渔翁，一个墨点，于水井与水缸之间，来来去去，反复涂画着一条不规则的直线。他身穿单薄的棉衣裤，却不能戴上棉手套，哪怕薄薄的一层线手套，都可能会影响到他指尖的触觉——他需要赤手摸索井台，摸索辘轳，摸索水桶，摸索大缸。风雪中，他的手，裂着血口子，结着暗红色的血痂，常常需要借助口中呵出的热气，聊以温暖几近冻僵的双手。可这又有什么办法？当命运之手将人推到生活的风口浪尖，他根本无法逃离这注定的宿命，唯有默默地承受。

在苦涩的时光幕布上，如同正上演一场场悲欢交织的皮影戏，一个暗黑的身影，始终贯穿剧中！他为这个家族的兴盛付出了全部心血，也奠定了他在兄弟姐妹心目中不可撼动的地位。不只老院翻盖新房，不只包产到户撺掇三弟大胆承包生产队的小四轮拖拉机；也不只在他严厉管教下，我从小学一直念到大学……在这些事关家族兴衰的大事件背后，始终都有一根"长袖善舞"的指挥棒。这根指挥棒，让这场皮影戏演绎得异常精彩，异常活色生香。

古老的村庄，依然悄悄躲在或明或暗的光影里，不可避免地奔向了苍老与衰朽。在他脸泛光泽的盈盈笑意里，他的三弟另盖新院，娶妻生子；在他颔首称道的会心微笑中，身为家族"老疙瘩"的我，在城里买楼置院，拥有了自己的小家……唯独他，依旧孤零零困守于老院，将光阴熬制成一盏醇香的醴浆，又伴着爹娘先后步入了天堂。然而，即便在城市，在彩电里，在手机上，我却始终没有捕捉到阳光坠地的声响，没有听到过花儿绽放的笑声。

最后一次回乡下探望他，他告诉我，浑身整天整夜地疼，有时，疼得起不了身。他说，快了，快了，用不了多久，他就能见到爹娘了。我极力避开这个话题，又问，还能不能从收音机里听出阳光的味道？他手持巴掌大的一台机子，赭红色的脸抽搐着笑笑，没有回答，但我想，他一定是真的听到了——"光就是暗，暗就是光"，在他心灵深处，一直珍藏着那一道光，那一道能照亮漆黑世界的暗光……

处理完他的后事，跪伏于爹娘脚下一座矮矮的新坟前，西天，一抹泣血残阳正斜挂在山巅上，光影移动处，勾勒出一道道明明暗暗的调子。有几只寒鸦受到光影的惊吓，"扑啦啦"从枯树的枝桠间翻身跃起，"嘎嘎"悲鸣着，向着村庄，向着他来时的方向，飞去，飞去……

我把父亲种进地里

新生的日头，在山的那一头"吭哧吭哧"使劲攀爬着山岩，当他竭尽全力"嗖"的一声跃上山巅的时候，我和父亲已经走到了南山脚下。

向北望去，缓缓流淌的象峪河水，从东边宽阔的河槽里曲折而下，河面映着粼粼波光，仿佛铺了一层耀眼的金沙。父亲说，河岸两侧，生产队大大小小的庄稼地，全凭象峪河水的浇灌和滋养，才产出了小麦、玉米、高粱、谷子，还结出了茄子、豆角、西红柿和黄瓜……

这是我第一次陪着父亲下地。父亲带着我，到南山脚下的祖坟里，他要在山坡边角处栽上几株松柏。父亲说，每年雨季，常常暴发山洪。从山顶一泻而下的洪水，就是一头受惊的公牛，瞬间就能把祖坟里的泥土刮去一大半。在山坡边缘植上几株耐旱的树，树根紧紧抓住泥土，祖坟里的地，也就不易被山洪冲垮了。

"清明前后，种瓜点豆。"春天，正是播种的季节，也是植树的好时节。身处北国，春日气温回升缓慢，且常遭遇倒春寒，一直等到清明前后，气温才会慢慢趋向稳定。

此时，阳光正好。父亲脱下羊皮大袄，只留下一件汗衫儿，往手掌心唾几口唾沫，一把攥起那把铁镐，呼呼舞动如风，向着山坡上的泥土刨去。铁镐抡到半空处，映射出一道道寒光，仿佛电影里骑兵手中的利刃，正向土地直插过去。土地战栗，土块也被镐头挖起。那时，我还没上小学，对植树、种地之类，没有任何概念，只乖乖蹲在不远处，两手托着腮，新奇地瞪大双眼，呆呆看着父亲一个人抡镐挥汗。

挖好树坑，父亲将树苗立在土坑中间，招呼我过去，帮他扶正树苗，也好腾出手来往坑里填土。半晌时分，当九株树苗根根直立起来的时候，祖坟里已是一片绿意。

阳光煦暖，微风和畅。父亲长长舒出一口气，脱下汗衫，"啪啪"拍打着腿脚上的尘土。他的脸上、背上，腾腾冒着热气，汗水也亮晶晶的，肌肤上像涂抹了一层金铜的色彩。穿戴好衣服，就像往常一样，父亲一把将我抱起，又举过头顶，任我骑在他的双肩上，提着铁镐和钢锹，哼着小调，大踏步向着家的方向走去。

父亲告诉我，十年树木，百年树人，等我像他一样，能抡得动大铁镐的时候，那些孱弱的小树苗，一定能长到一握粗细。

树木的生长，总是在不知不觉间。用肉眼根本看不到它的根系，就像饥饿的婴孩，一头扎进泥土里，贪婪地从大地母亲的乳房里汲取滋养；也看不见它天天产生光合作用，源源不断地给自己提供生长的养分。然而，每年祭祖的时候，我还是能发现一些细微的变化——那些小树苗，虽然生长极其缓慢，但也在慢慢地往高里走、往粗里走。哦，这一片神奇的土地，只要你栽下一株幼小的生命，它就一定能栉风沐雨孳生出日益葳郁的绿荫。

每年清明前后，也是春播最繁忙的季节。橙黄的大谷子、金黄的玉米、穿着紫红色袍子的高粱，还有茄子、黄瓜、西红柿……都要赶在这几日下种。生产队的骡子马儿，在养了一整个冬天的肥膘后，于开春派上了用场。每天，在一声声响亮的鞭声驱使下，骡马卖力地拖着犁铧，把一片片泥土深深翻遍，又带着雪亮的铁耙，耙平了一望无际的田野。踏着松软的泥土，父亲、生产队的社员们，挖渠、摇耧、一行行、一垄垄，将粮食和蔬菜的种子分别种到大田里。

在阳光雨露哺育下，用不了多久，那原本暗灰色的原野，竟变幻出一片片或嫩黄或嫩绿、或浅绿或墨绿的明丽色彩。这不同深度的色彩以田垄为界，又相互衔接，很是霸道，容不得一点商量，就将大地拼接成了一整块层次分明的绿毯子，也使田野里处处氤氲浓郁蓬勃的生命气息。

在我家院子东墙下，父亲也辟出了一方菜园。每年春天，那些小而白的黄瓜种、椭圆乖巧的"四月鲜"、比绿豆粒还小的茄子籽、预先培育好的西红柿苗，都是父亲的宝贝。他把不大的地分成几小块，播下不同的菜种，隔三岔五锄地施肥，引水灌溉，搭建木架，细致地照料每一个蔬菜宝宝。于是，整个夏季，绿油油的黄瓜、红彤彤的西红柿、圆溜溜的紫皮茄子心怀感恩，无私无畏走上案板，走进炒锅，成了一家人吃不腻的美味。

"春雨惊春清谷天，夏满芒夏暑相连。"从谷雨开始，直至秋分，渐渐地，田野里的主色调分化出若干斑斓的色彩：高粱火红、谷子橙黄、棉花雪白……大自然就是一位极其擅长写意的山水巨匠，随意点染几笔，就能勾勒出一幅浓淡相宜的乡野水墨画卷。这幅画卷，色彩丰盈，画面立体，远比印象派大师莫奈的画作还要精彩许多。

种瓜得瓜，种豆得豆。我一直惊异于土地的神奇力量，不止惊叹它能实现"春种一粒粟，秋收万石粮"的夙愿，还惊叹它能化腐朽为神奇。

母亲是个爱花的人。院子里、猪圈旁，父亲菜园子的边角地带，都是母亲种花的地方。母亲栽种的花，并没什么名贵品种，无非喇叭、牵牛、百日草、鸡冠、鸢尾这些常见的种类。可母亲的手指好像带着魔法，抑或有如神助，经她双手栽种的花草易于成活，甚而，那些垂死的株苗，就像大地之子安泰俄斯，经过母亲打理，也会在泥土的护佑下悠悠反转，盛开出一季的繁花。从仲春到深秋，我家院子就是各季花儿的天堂：粉、绛、红、黄、紫；单瓣、双瓣、重瓣；白日开，傍晚谢，夜晚开，白天落；你方唱罢，我方登场，赶趟儿似的，似乎每种花儿都必须尽态极妍，才能对得起那位爱花之人、惜花之人。

后来，读到黛玉葬花，我不由得想，既然人与人相知相恋系于缘，那么，那些花肌艳骨又怎能无情寡义？或许，每一朵花，都是为着喜欢她、赞赏她、怜惜她的人而明媚鲜妍吧？倘若君一季未到，她们宁愿匆匆落花成冢、枯落成灰。

犹记少时，我换乳牙。每每掉落一颗牙齿，母亲都会把它埋到墙头的泥土里。过不了多久，我惊奇地发现，牙床上，居然又能萌生出一颗颗新牙。

思来想去，我实在不知道脚下的这片土地到底有多么神奇，或许，她就是生命之源、创造之母、复生之神，就是神通广大、无所不能、救苦救难的神祇！

父亲、母亲，我的父老乡亲，从来都是土地上忠实的信徒与仆人。而我的血管里，同样流动着和他们一样的血液，一直坚信，土地一定能创造出种种意想不到的神迹！

2006年深秋，在赶茬儿播种冬小麦的时候，父亲面含微笑，永远离开了我们。出殡那一天，在祖坟里，在当年栽种的松柏下，我和我的兄弟，肩扛、绳牵，亲手将装着父亲的暗红色棺椁放进了墓坑，一如当年我和父亲把小树苗种到树坑里。在一锨锨泥土填入墓穴，再也望不到父亲的时候，我仰面默默流泪，却没有哭泣——我恍惚觉得，今天我把父亲种进地里，也许过不了多久——三年，或许五年，神奇而又无所不能的土地，就能再长出一个崭新的人——还给我一个年轻帅气又健康的父亲！

我等啊等，盼啊盼，就像一个傻子，紧盯着一粒干枯的种子，望眼欲穿，痴痴期盼着它能顶破种皮、发出新芽。甚而，在睡梦中，忽然有那么一天，当我再去祖坟虔诚叩拜的时候，轰然一声，父亲的墓穴徐徐开启，笑眯眯的，走出了我那慈爱的父亲！

然而，五年过去了，十年过去了，十几个年头也过去了，不仅我的父亲，再也没能从泥土里长出来，而且，我把我的母亲，也一并种到了父亲的墓穴中……

中元节，我坐在坟墓旁

　　辛丑年农历七月十五，中元节，一个祭祖的日子。照例，一大早从县城里买了香烛贡品，还有几束鲜花，驱车几十里，奔回老家，来到南山脚下的祖坟里祭奠先人。

　　这南山巍峨，山势也颇为陡峭，太阳要想跃过山头，的确很费一番周折。这一刻，明媚的秋光下，山间的雾气渐行弥散，犹如轻轻掀开蒙在南山脸上的面纱，终于亮出了她的真容。站在背阴的一面山坡，向北望去，一条曲折的高速公路硬生生将静穆的原野一劈两半，仿佛是在广袤原野脸上拉出的一道细长瘢痕。不知从什么时候开始，老家的人们日益懒散，再不肯费心费力侍弄谷子、豆子和棉花，而是一律在大田里种植玉米。那一排排玉米，秆壮叶肥，绿油油的，每株都结着两三个棒子。虽有绿衣层层包裹，但犹见玉米棒子十分饱满，预示着这又是一个丰收的年份。

　　在砖石垒成的供桌上铺设一层报纸，将果蔬、贡品整整齐齐供奉其上，于每座坟头上再插上一束绢布做的花朵，而后，双膝跪地，焚香酾酒祭奠。这些年，政府倡导文明祭扫，更兼预防山火，纸钱是不让烧的，但犹可燃起三支香火，聊以寄托对先祖的尊崇与哀思。

　　南山脚下，这一面山坡，错落堆着四座坟茔，里面分别安睡着我的祖父祖母、叔父，以及我的父母和长兄。据说，人有六道轮回。我不知道他们是否已经轮回做人，更不知道他们是否还能吃到贡品、喝到美酒或听到我口中的喃喃祷告，但完全可以确信的是，他们再也不会开口讲话，再也不能与人争长论短了，他们曾经的得到和失去、喜乐和悲伤，甚而荣耀与失落、尊严与耻辱，统统都已深深埋进黄土，成了后人茶余饭后的一些谈资。

微风中，袅袅烟气摇摇摆摆，努力向上升腾着，在坟地周遭氤氲出一股淡淡的香味。但这香味似有还无，就像我的情思一般恍惚不清。就在等候香火燃尽的空当，找一块砖石，我偏坐在父母的坟墓旁，将幽远的思绪轻轻黏附在飒飒秋风的羽翅上。

父母和长兄的许多故事，我是知道的。父亲生性懦弱低调，又憨厚老实，一辈子与人无争，与世也不争，从来没有和他人红过脸，在邻里间实在落了个好名声。2006年秋天，九十四岁的老父亲无疾而终，安详逝去，也算是他一辈子但做好人、但行好事所换来的一个福分吧。

相比于父亲，母亲就强势得多。虽然她与邻里间相处也甚为融洽，但对儿女，却管教很严。即便我这个"老疙瘩"，照样挨过不少母亲的笤帚棒。母亲操劳一生，要强一生，严苛管教儿女一生，只期望自家儿女和孙子、外孙都能胜过别人家的孩子，然而，直到她2009年过世，也终未见到她的子嗣们能胜过别人几分几毫。于她而言，我实在不知道是不是带着许多遗憾、失望和落寞，一步一回头走的，就像她曾经亲手侍弄一片片庄稼地，耐心地除草、施肥、浇灌，但那地里的庄稼却始终未长成气候，也未给她带来任何惊喜与满足。其实，她大可不必过多失望和遗憾——本来就是普通农家，又怎能期望在寒门里长出一株金丝楠木？时过这么多年，恐怕她的过高期许，早已随着棺木一同腐烂了吧？若否，她怎不夜夜潜进我的梦乡，像少时那样一次次地鞭策我？

我将目光敛聚，投向父母脚下的那座新坟。那里面，躺着我故去几年的长兄。他是一个早早失去光明的人。或许，是遗传母亲的一部分基因，又或许，一生黏稠而无涯的黑暗终究让他养成乖张不屈的性格。他不像父亲那样懦弱隐忍，也不像母亲那样充满韧性，他更像是一个斗士——在73载的光阴里，始终与人斗、与世斗，与种种不公的命运斗，就像他的属相——一只雄赳赳、气昂昂的雄鸡，永不向欺辱、挑衅他的任何势力低头。然而，斗来斗去，他并未给自己斗来荣耀、斗来财富与地位，更未斗来晚年的幸福生活，而是在一个深不见底的暗夜，孤零零摔倒在老屋的灶台旁，草草结束了自己的生命……

长歌当哭，往事不堪。但不管怎样，我的父母、我的长兄到底还是幸运的，最起码，还有像我这样喘气的人，犹记得他们的音容笑貌，偶尔也会和妻儿谈论起他们的生平，就像讲述一个消逝不远的故事，每一个细节，每一个桥段，都能从我的口中一一得以重现。然而，我的祖父祖母就没有这样幸运了。祖母是在我不大记事的时候走的，而祖父更是亡故于我降临尘世之前，不仅他们的品性特点、生平事迹在我脑海中没有丝毫印迹，而且，他们的身量和样貌，我也无从得知。父母在世时，我也曾零零碎碎听到过一些关于祖父祖母的往事，然而时过境迁，印在脑海中的记忆早已随着岁月刀石的磨砺而荡然无存，我又怎能给他们拼接出一个完整的影像？

如果，顺着时光的长河逆流而上，再去探寻我的曾祖父、曾祖母，他们的名讳，又有谁还能叫得出来啊！

事实上，我的曾祖、祖父，我的父母、长兄，乃至活着的我，都是这世间的匆匆过客，于俗世的滚滚尘烟中，暂坐七十年或八十年，而后，起身，离席，投身黄土，再不与人相见。

人云，一个人的一生最少要死亡三次：第一次，停止心跳和呼吸，一副皮囊宣告自然死亡；第二次，葬礼上，亲人故交目送棺椁落葬，深埋于黄土，亡人终在活人的视野里消失；第三次，伴随最后一个记得亡人名字的人离世，斯人终于彻底消逝于历史的风尘中，再也不着一丝痕迹。就像我的曾祖父、曾祖母，似一颗颗流星，唯在历史的长空一瞬划过，便消逝得无影无踪，仿佛，从未在这世上现身与停留过。

　　一抔黄土，掩埋着我的亲人，也埋葬了他们的一切荣光与耻辱，尽管，他们生前曾那么坚韧或强悍。中元节这天，在那香火燃尽之际，我也将拍去身上的尘与土，与他们一一挥手告别，就像告别心中的种种期许和执念、虚妄与怨恨，将欸乃一声长叹，抛洒到一座座坟茔前……

你的容颜

娘中风瘫痪了。一向劳作不辍的娘瘫痪在老屋的土炕上,从此,再也无法站立,再也不能操劳家务。即便是她要翻个身子,也需要儿女们搭一把手,方能勉强打个滚,换作另一种睡姿。

一辈子,娘极爱干净。老屋、老院,虽说早显破败,可经娘打理,哪儿都齐齐整整、利利索索,根本看不出普通农家常见的芜杂与凌乱;哪怕老屋的土炕沿,一溜儿大青砖,在娘几十年的反复擦拭下,磨去棱角,磨平尖刺,圆润光滑,竟形同一块又一块暗青色的瓷砖……

恰逢深秋季节,没有了娘的打理清扫,很快,老屋式微衰败,如同一位历经岁月沧桑的耄耋老者,身形衰朽、尘灰满面,凄然独立于瑟瑟秋风中。

一天天,娘的病情一直未见好转,反而日益恶化,彻底丧失了自理能力。那一天,当我和大姐连拉带推将娘的身子稍稍挪开,从娘的身下抽出那块拉满秽物的尿片时,我发现,娘的脸上忽然掠过一丝不易觉察的诡笑,讪讪的,仿佛一个做错事的孩子,生怕大人们发火生气,不敢言语,唯以这样的讪笑搪塞自己的"过错",试图掩盖自己拉到了土炕上的尴尬。我的鼻子有点发酸,扭过头,狠心不看娘的脸,匆匆将尚蒸腾着热气的尿片带出了老屋。

事实上,孝心也好,感恩也罢,统统不会丝毫减少秽物的刺鼻味道。我扭着脸,以左手拽着尿片的一角,右手拿起一把铁铲子,将大部分秽物刮进便盆，又用肥皂将它搓洗干净，连同其他尿片一并晾晒到院中央横挂的铁丝上。

　　回到老屋，娘面朝墙角，静静躺着，一声不吭，始终不愿回头看我一眼。我盘腿上炕，轻轻扳住娘的头，想将她的脸翻转过来。可是，任我怎么努力，娘却硬生生梗着脖子，不肯轻易就范。我不知道该怎样劝慰娘，唯有叉开五指，一次又一次梳理娘花白的头发，喃喃地对娘说："娘，俺知道您心里难过，可这又有啥法子啊？娘，您的八个子女，哪一个一生下来就会自己照顾自己？又有哪一个不是娘一把屎一把尿拉扯大的呀？娘！"

　　娘缓缓将头翻过来，噙满泪水的双眼带着几许欣慰，更多的，她的容颜里却带着一种难以捉摸的神情——或许是失落，或许是无奈，甚而，还有一丝深不见底的苦痛。这是怎样的一双眼睛啊？在经历生养八个儿女的艰难与辛劳后，无情的岁月早已将它往日的光彩活生生掠走，留下的，只有昏黄的色调、失神的困顿和了无生气的迷惘。

　　虽然，我并不知道在生我养我的数载光阴里，娘曾经多少次给我换洗尿布，然而，"养儿方知父母恩"，在养育我儿的日日夜夜，我却清清楚楚地记得我曾经为儿子换洗过多少次尿布，清理过多少次秽物。我想，我养育儿子时欢欣的笑容就是娘生育我时欢欣的笑容，我给儿子清理秽物的次数就是娘为我清理秽物的次数，我将养儿子所经历的辛苦也就是娘抚育我时所经历的辛苦！而今，娘倒下了，再也没有能力照顾自己了，但在她心里，却一直羞赧于儿子为自己清洗尿布，甚至，默默地为此耿耿于怀，始终不肯心安理得地面对儿女的侍奉。娘啊！普天下的父母怎么都这样自苦呀？为儿女，抓屎抓尿，总觉得是理所应当，而当有朝一日命运翻转，你们需要儿女尽反哺之恩时，你们却总是宁肯委屈自己，也不愿坦然地接受儿女的这份报答。娘啊，我多么希望您不要那么倔强，作为儿子，我所做的这一切，恐怕都不及您付出的万一，您又何必为此而心存忐忑，潸然泪下？

其实，娘付出的又何尝仅仅于此？

2001年，我的儿子三岁，到该断奶的时候了。暑期，我带着他回到故乡，回到爹娘坚守了一辈子的老院落。

娘看到心爱的孙子归来，满脸的褶子堆在一起，笑成了一朵绚丽的莲。她忙上忙下，变着法子给孙子喂饭、喂水，唯恐这娇嫩的生命在她这里受一丁点儿委屈。然而，孩子断奶，毕竟是一段让人撕心裂肺的日子。失去母乳喂养，尚没有习惯吃饭的儿子常常哭闹不止，喊哑了嗓子，哭肿了双眼。更要命的是，由于我照顾不周，儿子急火攻心，致使大便干燥，硬邦邦卡在肛门口，怎么使劲也拉不出来。儿子憋得难受，脸涨得通红。身为父亲，我搓着双手不停地在原地打转，却终究不知如何是好。幸好，有娘在！娘生我们姊妹八个，养我们姊妹八个，又有什么样的阵仗没见过呢？娘二话不说，随即从厨房拿出平时怎么也舍不得吃的一瓶香油，将香油滴在手指上，一边哄着孙儿，一边把香油涂抹到儿子肛门处，希望经过香油的润滑，孩子能顺利大便出来。然而，许是儿子火太大了吧，抑或粪便卡得太久，干成了硬疙瘩，这样的偏方终究没有奏效。娘面色冷峻而沉静，没有丝毫懈怠，打了一盆温水，"哗啦哗啦"洗净手指，伸手一把将孙子揽在怀里，褪下裤子，让他面孔朝下趴到自己腿上，径直以小指一点点往外抠那些久存的粪便。过了好一会儿，"哗"的一声，孩子大便通畅了，可是娘的手，却也被她孙子的粪便染成了土黄色。在弥漫的便臭中，娘的脸上，挤成一堆的褶子再一次舒展开来，在舒心的笑意中明晃晃绚烂成一朵灿然的莲……

在电影《全民目击》中，一位身家几十亿的父亲，情愿以生命为代价，给任性的女儿换取一生的自由。他的付出，恐怕并不仅仅是为着心爱的女儿偷生于世，而是深切地期望，期望能让女儿获得重生，并让她渐渐明白：漫漫人生，不唯财富与任性，更有爱与宽容、责任与担当。

　　娘也是这样！她以为人母的爱，以为人长辈的温情，照亮了儿子的人生之路，让我始终在爱的映射下，从不曾感受到人生的冷漠与寒凉！

第三辑　夜的隐喻

镜子

　　已记不清从什么时候开始，喜欢在出门之前照一照镜子。也许是因为人到中年，反而更多关注自己的样子了吧。正如毕淑敏所言，"小说中常说年轻的姑娘们最爱照镜子，其实那是不正确的。年轻人不必照镜子，世人仰慕他们的目光就是镜子。真正开始细细端详自己容貌的是青春将逝的人们。"是啊，眼看着丝丝皱纹一天天爬到额头、脸上，眼看着双鬓渐渐染上点点白霜，就不由得想多照一照镜子，极力想把一生中最年轻、最美丽的那一刻挽留在眸中，挽留在脑际。

　　照的次数多了，突然有了一个惊人的发现：镜中的我似乎总在变幻样子。有时是那么朝气蓬勃、神采奕奕，完全不像一个"知天命"的人；有时却目光呆滞、老气横秋，犹似七老八十的样子。偶尔，镜中的我笑起来很灿烂，就像是三春的桃花，就那样明晃晃绚丽着；更多时候，却是如水一般的平静，似悄然飘零的落叶一般淡然。

　　我很惊诧，这些样子都是我吗？如果都是，那又为何如此多变？我喜欢那个饱含激情的"我"，即便身患病痛，即便刚刚和什么人闹了别扭，可是，每当推开教室门，从踏上讲台的那一刻起，就会忘记病痛，忘记一切不快，一分一秒地陶醉于与孩子们的思想碰撞中。可是，那个脸上写满悲观沧桑的人，又是谁呢？"他"抱怨命运不济，抱怨生活不公，甚而对于一些芝麻大的小事，也总是愤愤不平。这个人，彻头彻尾就是当下的一类人——垃圾人。

我想，如果拿起那面薄薄的圆镜，照一照正在纵横捭阖、谈笑风生讲课的那个人，里面的人一定很帅——那是一个尽心尽职传经布道的师者，那是一个言传身教的灵魂工程师。他的眸子里只有学生，只有爱和责任，只有世界上一切美好的东西！然而，拿镜子同样照一照正在抱怨的那个人，里面的人一定很难看——他面目狰狞，相貌丑陋，而且还会像病毒一样，把自己身上的"负能量"传染给学生，传染给家人，传染给周围的朋友！

我怀疑是不是镜子出了问题，甚至怀疑家里的这面镜子是不是传说中巫婆手中的那面魔镜，直至我读到了英国小说家威廉·梅克比斯·萨克雷。手掩书页，抬头望望窗外，天空是一色的蓝，就像透明的蓝水晶。阳光也很明朗，暖暖地照耀着这个世界。广场里，有几个孩子正奔跑着放风筝。他们的脸上洋溢着欢乐的笑容，那笑容纯净得恰如头顶的蓝天，没有一丝杂质。是的！"这世界是一面镜子，每个人都可以在里面看见自己的影子。你对它皱眉，它还给你一副尖酸的嘴脸；你对着它笑，跟着它乐，它就是个高兴和善的伴侣。"

哦，原来镜中的那个美丑不同的影像竟然都是我！我给这个世界阳光，世界就将毫不吝啬地赐予我一片光明；我给这个世界阴暗，世界同样会公平公正地还我以无边的黑暗！萨克雷说，"年轻人必须在这两条道路里面自己选择。"年轻人如此，对于像我这样自以为成熟的中年人而言，又何尝不是如此呢？

其实，每个人都有一面镜子！

傻子的春天

惊蛰过后，天气渐渐暖和起来。每年到这个节令的时候，大地回春，气温也就稳步持续回升了。飞虫经历了漫长的蛰伏期，随着天地间响起的第一声惊雷，欣欣然张开眼睛，纷纷飞离巢穴，嗡嗡嘤嘤，加入了春天和谐的奏鸣曲中。

小区大门口的花坛里，一丛丛、一簇簇，嫩绿的小草扎成了堆。整个冬天，它们在积雪的呵护与滋润下，早已铆足劲，只期待着春风一声召唤，便偷偷从地里钻出来，毫不吝啬地以它的葱绿色调，去装点这个如诗似画的春天。

春天，一切都是新生的。就连广场西边靠墙的一个角落，也新生了一处"景致"——不知道从哪天开始，一个流浪汉悄然寄居到了这里。他叫什么名字，从哪儿来，又有着怎样的人生际遇，所有这一切，都像一个谜，没有人知晓。只知道，他可能已经把这里当成了安家落户的地方：一身破棉絮，一只缺了角的瓷碗，还有一只尺把来高的圆形油漆桶，构成了他的全部家当。

流浪汉胡子拉碴，长长的头发恐怕很久都没有剪过了，里面夹杂着尘土、草屑，乱糟糟的，就像是一个鸟窝。他身上的棉絮也不知道是从哪儿捡来的，绽开的破洞处，露着半旧不新的棉花；脚上一双绿胶鞋，应该是军队上的那种旧式军用胶鞋吧，一只鞋子还算得上完整，而另外一只，前端的胶皮已然磨破，张着口子，两只脚指头也不安分地露在鞋子外面。

平常的时候，流浪汉哪儿也不去，只是一个人蜷缩在向阳处，眯着眼睛，似乎在怡然享受着春日阳光的抚慰。饭时，他也会离开这里，捧着那只破碗，去附近的餐馆乞食。每到餐馆门前，他不言不语，只是高高擎起那只破碗，静候着忙碌的店小二抽空将客人吃剩的饭菜倒进碗里。他面容呆滞，眼神游离，右边的嘴角向下耷拉着，时有长长的口水顺着嘴角一点一滴流到身上。他，显然就是一个傻子。可他完全顾不上人们诧异的目光，一味痴痴地傻笑着，遇到进进出出的客人，还会时不时地向客人点头致意。

有时，傻子也并不需要亲自去讨食。小区里常有那些吃斋念佛的老太太，心肠好，见不得这个世上有可怜人。她们恨不得自己就是观音菩萨再世，每每没事的时候，就会下楼来，要么给傻子送来一些饭菜，要么就会将过年过节时家里收到的果品盒子，完完整整送给傻子。

每当这个时候，傻子的眸子里兀然闪过一道不易觉察的光彩，嘿嘿傻笑着，而且，一定要向那些老太太鞠躬致谢，那样子，完全不像一个痴呆的人。老太太们心软，遇到这样的情景，往往会不停地抹眼泪，口里喃喃有词地念叨："造孽啊，老天爷造孽啊！"

老太太们心好，懂得体恤傻子，孩子们就不一样了。他们三五成群聚在一起，远远站在傻子前面，跳着脚、拍着手，齐声大喊着"傻子，傻子，真是傻！一天到晚不干活。"也有一些胆大的，凑近过来，往傻子的破碗里扔石子，甚至还有往碗里吐唾沫的。傻子也不恼，始终嘿嘿傻笑着，任由他们使性子胡来。一来二往，越发让那些孩子放下他们心中仅有的一点恐惧，他们有时会从树上折下那些枯死的枝条，偷偷溜到傻子背后，冷不丁狠狠地抽打到傻子的后背上。傻子感到疼痛，回头去看时，那帮孩子却早已嬉笑着逃向远处。傻子也不追赶，依然痴痴傻笑着，甚至还会对着孩子们扮鬼脸。大人们碰到这种事，自然免不了要训斥孩子们，时间一久，那帮孩子才渐渐收敛了一些。

傻子其实并不完全傻，甚至可以说，在某些方面，他比正常人还要聪明。

一天天地，天气热起来了。临到傍晚时分，小广场里也渐渐热闹起来。就像往年那样，小区里的大妈、大嫂们，早已按捺不住发痒的腿脚。她们将家里的音响搬到广场，连上电源，伴着时下的流行歌曲，纷纷舞动手脚，跳起了广场舞。说也奇怪，在没有音乐响起的时候，傻子只顾斜卧在他的"寓所"里，呆呆看着来来往往的人们，痴痴傻笑着；而一旦音乐声响起，傻子就像打了鸡血一般，"噌"的一声从地上一跃而起，随着铿锵的音乐节奏，摇头晃脑手舞足蹈起来，那样子，仿佛中了魔。

在广场舞里，有些伴奏音乐，节奏是比较明快的。那些酷爱跳舞的大妈们，多多少少都能踏到点上。然而，有时遇到一些节奏复杂的曲子，大妈们的腿脚显然乱了套，不是早踏半拍，就是晚走了半步。但傻子却不是这样，他似乎天生就有一种敏锐的节奏感，无论节奏多么复杂，在傻子的脚下，却丝毫看不出一丝紊乱的迹象。

也许傻子也知道自己不能混到人堆里，他远远地站在自己的"领地"附近，用一根草绳子将松松垮垮的一身棉絮扎紧了，就那样随着起伏的节奏独舞着。这个时候，他挥舞手臂，扭动腰身，步幅与动作都很大，有些夸张，更有一些豪放的味道。他的眼神异常澄澈，看不到一丝一毫痴傻的痕迹，完全忘我地陶醉在自己内心深处的节奏中。广场里矗立的路灯，无言地将浅淡的光辉投射到傻子身上，在地面勾勒出一幅长长的舞动的剪影。这幅剪影，乐感鲜明，灵动而曼妙。傻子陶醉了自己，也看醉了大妈们，看醉了在场的所有人……

日子就这样一天天飞逝而去，调皮的春姑娘，随了日升月落的脚步，渐渐出落成为一位亭亭玉立的大家闺秀。她微笑着，不停地挥舞着手中的五彩巨笔，一面将广场四周的树木晕染得一片葱茏，一面又变戏法似的，在花坛里，点染出了姹紫嫣红的万千花朵。

红的、粉的、黄的、紫的，那些知名或不知名的花朵簇拥在一处，你不让我，我不让你，竞相争奇斗艳，一同装点着这个充满希望的春天。

也许傻子也感到了温度的变化，他脱下已经庇佑了他一整个冬天的棉衣棉裤，转而换上好心的老太太送给他的一身单薄衣衫。他依旧栖居在广场上，只不过，从向阳的西边转到了背阴的南边。他始终痴痴傻笑着占据在那个地方，似乎早已变成广场上一道不可或缺的风景。

然而，忽然有一天，不见了傻子的踪迹。在他的地盘上，一套烂棉絮、一只破碗，依然静静地待在那里，只是没有了傻子的影子，也不见了那只一尺见高的旧油漆桶。

人们往往都会有一种恋旧情结吧，哪怕是对于某个人、某个物或者一件事。因这个原因，没有了傻子的广场反而显得有些空旷，让人感觉似乎缺少了点什么。正当人们商量着准备清理傻子的衣物时，傻子回来了。他依旧穿着那身旧衣裤，在他的头上，居然顶着一方白色的透明纱巾。在微微吹拂的春风中，那方纱巾飘然起舞，颇像舞者身上俊逸的飘带，有一丝洒脱，更有一丝浪漫。

然而，更为惊奇的是，傻子的双手，正小心翼翼地捧着那只圆圆的油漆桶，就像是捧着一个襁褓中的婴儿。油漆桶里，一朵朵、一丛丛，满满都是娇艳欲滴的紫罗兰。

紫罗兰，女神维纳斯的眼泪幻化而成的花朵，是那样娇媚多情，那样芬芳馥郁。她浅笑嫣然的脸庞，正对着双眼放着光彩的傻子，没有傲慢，没有鄙视，只把美丽与馨香一并奉献给热爱她的人……

哦，春天，傻子的春天！

站成一尊傲岸的雕塑

一

三千年前，一位智者，一位一生颠沛流离却不改初衷的老者，在齐鲁大地升起一座圣坛。风轻柔，雨呢喃，朗朗的读书声响彻云霄。在氤氲的书香中，老者和弟子环坐一周，坐而论礼，切磋，琢磨。慈祥的微笑，就是三春的桃花，绚丽而馨香；一问一答的智慧，拨开重重云雾，折射出了"仁爱"的人性光芒。

透过时光的窗棂，一段深深浅浅的历史印迹渐行消逝，时至今日，这一幅言传身教的美好场景依然是那样轻灵俊逸，这一幅礼乐教化的蓝图依旧是那么圣洁崇高、温暖人心。

一千多年前，一位大文豪从历史深处走来。在"耻学于师"渐成风尚的世俗面前，他忧虑，他心焦。饱蘸经世济人之心，一篇《师说》横空出世。"传道、授业、解惑"，自此成为一代又一代师者义不容辞的历史使命。

人们常说，"家有三斗粮，不做孩子王"，但是，有那么一群人，不为流俗所动，青灯枯坐，将心血酿成锦绣篇章；傲然于世，以永远站立的姿势，凝成了一尊不朽的雕塑，他们，是师者。

二

　　循着先哲的足迹，十六岁那年，我踏进了一所中等师范学校的大门——山西省太谷师范学校。教学楼上，一行醒目的大字兀然闯进眼帘——"为人师表今日始"。这是母校的校训，也是激励万千学子奋勇向前的座右铭。

　　巍巍凤凰山，滔滔乌马河。那一方热土记得，那一座高高耸立的白塔也记得，我敬爱的师长们一朝一夕、一年一岁，固守这所与共和国同龄的"人民教师的摇篮"，一守，就是将近一生。

　　初秋的早晨，宁静而安详。一轮旭日蓬勃升起，透过巍峨的白塔，将万丈光芒洒向教学楼，也洒到了洁净而宽阔的操场上。一排排垂柳沐浴在晨光里，伸展腰身，轻舒秀发，那模样，就像一个个婀娜多姿的姑娘，清新、妩媚。

　　清脆的预备铃声响起来了，在与白塔叮咚的铃音遥相呼应下，静谧的校园顿时沸腾起来。上午第一节课，是赵翠萍老师的数学课。当少不更事的同学们匆匆从宿舍赶往教室的时候，却发现，赵老师早已等候在教室门口。阳光煦暖而温顺，映照着一张苍白的脸，在地上勾勒出了一幅修长的剪影。

　　课堂上，赵老师通俗易懂、简明扼要的讲解让我们陶醉在数学的奇妙世界中。她的额头上，微微沁出一层薄汗，晶莹的汗珠经由鼻际流到腮边，又点点滴落到讲台上。突然，赵老师身子一歪，就像垮掉的一堆棉絮，软软地倒在了冰冷的地板上。教室里一片惊呼，同学们一窝蜂涌上讲台，将赵老师拥在怀里，一声声急切地呼唤着赵老师。然而，赵老师脸色蜡黄，双眼紧闭，哆嗦着嘴唇，却一句话也说不出来。

　　慌了神的同学们七手八脚乱哄哄地将赵老师抬到医务室，把她放到洁白的病床上，密密麻麻围了一圈。值班大夫很快为赵老师做了检查，一边收拾器械,一边低声埋怨我们:"你们这帮孩子,老师都病成这样了,还让她给你们上课。唉,真是一群傻孩子!"赵老师似乎听到了大夫的责备,艰难地微微张开眼睛,用一种近乎耳语的声音断断续续地为我们辩解,"大夫,您别责怪孩子们……他们年纪小,还不懂事……"赵老师喘息着,"是我舍不得误课,怕落下教学进度……"

医务室里,大夫眼圈红了,大家的眼圈都红了,还有女生发出低低的啜泣声。"赵老师,对不起,是我们对不起您哪!"懊悔、自责,悄然溢出眼角的泪水汇成一股股清澈的溪流,流过面庞,也荡涤着每一颗年轻的心。

事后,同学们才知道,赵老师身怀有孕,又罹患贫血症,身体向来比较虚弱。医生几次劝她卧床休息,可她始终不肯请假,强撑着病体,一直默默坚持着,直至晕倒在讲台上。

再到后来,赵老师顺利产下一个漂亮的女婴,随丈夫调离了这所学校。虽然我们并不知道赵老师的去向,可她那一如雕塑般傲岸的身姿,却深深镌刻在了我们的心房。

三

塔铃声渐远,潇水起波澜。2006年,母校喜迁新居,由一个小县城整体搬迁到古老的魏榆大地。学校独立升格为大专院校,校名更改了,然而,永远不会改变的,是这所老校为基础教育奠基的耿耿情怀。

宽广的阶梯教室,灯火闪亮。高大的身影、粗黑的眉毛、殷殷的笑意,充满磁性的男中音飞扬着、跳跃着,一幅春的画卷渐次铺展开来:朗润的山,涨起的水,红润的太阳笑脸,偷偷钻出地面的嫩绿小草,还有朵朵盛开的桃花、杏花、梨花……千百学子于师者动情的朗读中感受着语言的无穷魅力,更在师者的引领下升华情感、净化灵魂。

桃李不言，下自成蹊。三十年，足以青山易色、沧海桑田；三十载，足以盛年不再、鬓染白霜。一个人，一生做很多事情并不足为奇，然而，日复一日，年复一年，能将同一件事情做到极致，却需要一份矢志不渝的大爱情怀。一支洁白的粉笔、一只透明的水杯，陪伴着他迎来一张张年轻而稚嫩的笑脸，又陪伴着他送走一个又一个坚实的背影。

身为教学副校长，日常烦琐的行政工作本已担子很重，然而，他离不开学生，离不开课堂，离不开坚守了三十多年的三尺讲台。

几百名学生，来自祖国的四面八方，口音不同，方言难改。从语句的重音、停顿、粘连，到每个字词声韵调的纠正，一次次示范，一个个辅导，连上四节课，一百八十分钟，除了课间的短暂休息，他一刻也不得停歇。一百八十分钟，对于一个年轻教师来说，身体尚吃得消；可对于一位年近花甲的老教师，其劳累程度可想而知。腰酸背痛了，自己轻轻捶一捶腰腿；嗓子嘶哑了，喝一口水滋润一下冒火的喉咙。

一位师者，他的双手也许掀不起滔天巨浪，然而，他可以紧紧挽住生命的线条，将它无限地拉长。他，没有多增加一份待遇，没有多挣一分钱，他哪里是在用身体教学，那分明是"捧着一颗心来，不带半根草去"，在以满腔的赤诚与全部的生命捍卫着教育事业的神圣殿堂。

他，我敬爱的前辈，有一个平凡而朴实的名字——赵介平。

四

在师长的谆谆教诲中，沿着他们来时的路，我也正昂首行进在教育事业的广阔天地间。1994年大学毕业回到母校参加工作，二十多年匆匆流逝，我，一个普普通通的师者，朝迎旭日，暮送晚霞，与我的同事们一道，也赢得了一批批学子的崇敬与爱戴。

每当登上讲台，我的心情总是激动不已。我，属于这里，属于课堂。

在这里，我找到了自己的人生坐标；在这里，我更找到了自己生命的价值！

小孙，是我的一名学生。女孩儿个头不高，肤色也有点黑，却有着一张乐观开朗的笑脸。每次考试，小孙的成绩总在全年级遥遥领先。我鼓励她好好学习，并帮她设计了"三步走"的人生规划——在校期间，保持良好的发展势头；中师毕业，参加全省的师范生选拔考试，考取山西师范大学；本科毕业后，继续考研，以谋取更大的发展空间。可是，当我与她谈心，提起这样的人生规划时，女孩儿一改往日灿烂的笑脸，偷偷抹起了眼泪。经过了解我才知道，出身于一个普通农家的女孩子，姐弟三个都在校求学，最小的弟弟刚上初中，成绩同样十分优异。他们三个人上学所需的一切费用，完全凭父亲种地，以及农闲时在当地的一家陶瓷厂打工赚钱开销。女孩儿告诉我，她很爱自己的弟弟，为了弟弟，她愿意放弃上大学的机会，尽早参加工作，帮着父亲供弟弟上学。

我的心猛地被揪了一下，多么懂事的孩子啊！小小年纪就已经懂得父辈的艰辛与不易，哪怕是放弃自己的人生理想，也要为父母分忧，为家庭解困。眼看女孩子的泪水簌簌落下，迷蒙双眼，打湿了衣衫，我告诉她："孩子，不怕！如果家里实在没有能力供你上大学，老师愿意以自己微薄的工资助你一臂之力，哪怕你工作以后再还给老师也不迟。老师实在不想看到，不想看到你这样品学兼优的孩子因家境困难而被埋没！"

万万没想到，过了一段日子，一个老实巴交的汉子找到了我。他，就是女孩儿的父亲。这位父亲，比我年长若干岁，然而，在我面前，更像是一名小学生。他局促地搓着双手，连说话都显得有点结巴。他说，是女孩子双休日回家时将我的话告诉了他。临走的时候，这位朴实的汉子一把抓住我的手，眼泪不停在眼圈里打转。"老师，谢谢您！有您一句话就已经足够了！您放心，我就是砸锅卖铁也要供闺女上大学！"

是的，这位父亲没有食言。中师毕业时，小孙果真考上了山西师范大学，后又考取北京大学的研究生，在父亲的供养下顺利完成学业，最终留校，成了北大对外汉语教学部的一名老师。

每每忆起以往的葱茏岁月，我的心里总会升起一股淡淡的暖意。我由衷地为她高兴，更为她而自豪！

师者，乃是世界上最无私的一种职业！因为世上没有哪一种职业甘为人梯、甘为铺路石，也没有哪一种职业更渴望他人超越自己！

五

打开手机微信，里面有好几个群，都是毕业后的学生所建的。看着一张张熟悉的面孔，听着一声声亲切的话语，我既感动又欣慰。

我的学生，我那些可爱的孩子们，从师范学校毕业后，纷纷飞赴祖国的每一个乡村，每一个集镇，接过我手中的接力棒，光荣地成了一名又一名战斗在基础教育第一线的人民教师。

小丽，我第一届学生中的一员。小姑娘高高瘦瘦，戴着一副深度近视眼镜。也许，她并非我最优秀的学生，然而，她同样做出了让母校荣光、让师长欣慰的业绩。1997年，刚一毕业参加工作，她就以踏实的作风、辛勤的付出以及令人艳羡的成绩，荣获当年的市级优秀教师荣誉称号！我不知道是什么力量支撑着这位瘦弱而腼腆的女孩子走到今天，但我坚信，对教育事业的执着信念，让她抛开了一个女孩子特有的娇怯，勇敢地站立在了教育园地的潮头浪尖。

在一次出差路上，偶遇年近不惑的小丽。她还是那样瘦弱，还是那样腼腆有加。她悄悄告诉我，而今，她已是本市一所重点小学的政教处主任，可以在更大的平台上施展抱负、发挥自己的才能。一阵微风掠过，拂动她额前的刘海儿，也拂动她因兴奋而涨红的脸。"小荷才露尖尖角，早有蜻蜓立上头。"她沐浴着绚丽的朝霞，就像霞光里的一只红蜻蜓，舒展五彩羽翼，正轻盈地飞翔在鲜花盛开的芳草地……

然而，那些坚守在大山深处的学生更让我心动不已。

小娥，一个来自偏僻乡村的穷苦孩子，在一次歌咏比赛中，忽然一头栽倒在了舞台上。原来，买不起饭票的她已经好几天都没有吃过一顿饱饭了。每天，她都是在别人吃过饭后，悄悄捞起泔水桶中的馒头充饥。作为班主任老师，我严重失职，竟然没有及时发现这样的问题。我的心被深深刺痛了！我奔走呼号，几次找校领导反映问题，争取学校资助，免除她的学杂费，并为她拿到了一笔生活费用。我发动全班乃至全校同学为她捐款，尽一切办法想帮她顺利完成学业。当我将同学们的捐款，还有我兜里的二百元钱交给她的时候，她却轻轻推开我的手，满眼噙着泪水，哽咽着对我说："老师，很感谢您对我的帮助，也很感激同学们的无私援助，但我，更愿意凭借自己的双手支撑我的未来！大家给我的温暖，我一辈子记得！毕业后，我一定要回到故乡，用知识改变家乡的贫穷面貌，让大山深处的孩子们再也不用吃别人的剩饭！"

三年后，小娥信守自己的诺言，婉拒城里一所小学抛来的橄榄枝，义无反顾回到大山深处，一干就是十几年。那里穷乡僻壤，交通与通信都十分不便。一所复式小学千疮百孔，孤零零地坐落在一座山坡上，就连附近村庄的孩子们上学，也要翻越几个山头才能到达学校。一个女孩子，一个正处于青春华年的女孩子，独自吃住在学校，代一到六年级小学生的语文、数学、英语、品德等多门课程，硬是将无情的岁月吟成一首诗，流成了一条奔腾的河！

在后来的一次通话中，我问她，你一个人在那里，晚上不感到孤独和害怕吗？她爽朗地笑了起来，"老师，如果说不害怕，那纯粹是假话。可是，一晚上要备好几门课，要一个一个地批改那么多作业，一着急，也就忙得啥也顾不上了……"

我也乐了，与她开心地聊了起来。她还兴奋地告诉我，前几年，当地小学撤并，现在的她，与丈夫一道，已经被调到了一所乡镇小学教书，生活条件也比以往有了很大改善。不过，她依旧很怀念那些年在山上教书的日子，因为，是大山锤炼了她的意志，更是连绵的群山赋予了她博大而沉静的胸怀！

六

唐代诗人陈子昂在《幽州台歌》中感叹道："前不见古人，后不见来者。念天地之悠悠，独怆然而涕下。"陈子昂是孤独的，他的内心，充斥着一种遗世独立的沧桑与悲怆。而我，并不感到孤独。在我的前面，有我敬爱的师长，他们的脚步铿锵有力，他们的脊梁坚挺而刚强，纵使年华老去，一任鬓染白霜。在我的后面，一代新生力量正大踏步走来，他们肩负着祖国未来的重托，朝气蓬勃，充满了战胜一切的勇气与力量。

也曾有过职业倦怠感，也曾抱怨过不及他人的工资待遇，然而，每当上课铃声响起的时候，所有的烦恼、所有的不快都会抛诸脑后。铃声就是冲锋号，铃声就是隆隆作响的战鼓声，一个战士，心中只有一个方向，那就是，向前、向前、再向前！

"教育是人类一切美好生活的源泉。"千百年来，我们始终抱着这个坚定的信念，披肝沥胆，在三尺讲台上，站成了一尊傲岸的雕塑。

千百年来，我们执着守望着一片青草地，在那里播下希望的种子，精心浇灌，培土施肥，期待着一株株幼苗茁壮成长。

千百年来，我们固守一方崇高的精神家园，穿越历史隧道，传承人类文明，将生命化作照亮暗夜的点点星光。

我们无怨，因为，我们拥有一个共同的名字——教师！

我们无悔，因为，我们拥有一个响亮的名字——教师！

旅行，只为灵魂的一场场遇见

"世界很大，我想去看看。"这是时下的网络流行语。世界的确很大，可看的地方也很多。不仅"看"，而且，如同一对形影相随的孪生兄弟，必定伴随"闻"。正如苏东坡在《前赤壁赋》中所言："惟江山之清风，与山间之明月，耳得之而为声，目遇之而成色。取之不尽，用之不竭。是造物者之无尽藏也，而吾与子所共适。"在赤壁，东坡大学士与友人共对江上之浩浩清风，举杯邀约皎皎之明月，耳得之而为声，目遇之而成色，一同尽享造物主之所赐，心胸愈发超脱而旷达。

旅行，对于大多数人而言，其实是为着见平生之所未见，闻此生之所未闻，以慰耳目之娱。然而，若将旅行仅仅定位于此，恐怕，颇有点辜负造物主之美意。

知天命之年，走过不少地方，见过不少景色，于我而言，旅行，更为灵魂的一场场遇见。

一

站在苍茫的黄土高原，极目远眺，天空寥廓，残阳如血。巨大的穹庐笼罩下，广袤的黄土地裸露着凹凸不平的胸脯，一眼望不到边际。一座座山包，就是黄土地饱满的乳房；一条条溪流，就是黄土地奔流的血脉，千百年来，滋养着生于斯、长于斯的芸芸众生，成为先民顶礼膜拜的图腾。古人云：皇天在上，后土在下。后土，中央大帝黄帝的佐神，掌阴阳，滋万物。在她宽广的怀抱中，树木葱茏荫草芥，草芥繁茂育鸣虫。成片的玉米高粱，如云的牛羊，养育了世世代代辛勤劳作的古老民族。在这个世界上，没有什么东西比土地更加神奇。只要有一粒种子，深深埋进或富饶或贫瘠的泥土，辗转几年，必能换得千钟粟、万石粮。

我临风而立，驻足陕北高原上的宝塔山，手指滔滔不绝的延河水，想到了《左传》中那个跪受土地、叩谢上苍的亡命王子。是的，土地，是上苍不可思议的恩赐，是一个民族安身立命之本。王子，向土地叩拜，代表着对土地的尊崇与信仰。也许正是这样，历代帝王将疆土分封给诸侯时，一定是要举行一个仪式的——皇帝会用茅草将一块泥土包了，双手高高举过头顶，赐给受封之人。即便是平民百姓，远离故土之际，也定要以一方手帕包裹一撮泥土，时时珍藏身边，每每在他乡水土不服时，喝下经由故土过滤过的清水，便可治愈种种疾病。

我叹服于这片神奇的土地，灵魂，也与这片土地紧紧相连。无论我走到长河落日、喇叭声咽的大漠边关，还是徜徉于高墙林立、青石铺就的江南小巷，我的心跳始终与她同音，我的呼吸始终与她同在。这是我生命中最重要的遇见，仿佛头枕在母亲的臂膀，沉睡于母亲的怀抱，不惊惧、不担忧，安心而坦然。

二

那一年暑期，携妻儿去北戴河，第一次遇见魂牵梦绕的大海。天空薄阴，海水浩渺，浓郁的海腥味在空气中持续酝酿与发酵。一家三口，等不及热身，来不及套上救生圈，穿过沙滩上熙熙攘攘的人群，一同奔向大海，齐刷刷投入涌动的波涛中。

大海，连着天，接着地，一色，无涯无际。他漫过脚踝，漫过膝盖，漫过腰身，激灵灵使人不由得打个寒战。猛然发觉，我们太过性急了，性急到尚不知海的习性，便贸然闯入他的禁区。后撤，退守岸边，仔细端详他的容貌。深蓝，不可捉摸的颜色；深沉，望不到他的内心世界；唯有涌动的潮水，有节奏地发出"哗啦哗啦"的声响。

再次伸脚，测量他的体温，似乎已经不像第一次入水那样冰凉。波浪抚摸着脚背与小腿，柔柔的，像父亲的大手。我们又一次欢呼起来，与其他首次下海的游人一样，一步一步试探着向深处走去。大海缓缓托起身体，渐长的浮力不停催动腿脚离开沙滩，仰躺，忘情地仰躺，接受大海的抚慰。

这是一场伟大的遇见，我半浮半立，望着妻儿，望着众多的游人在海边尽情嬉戏，心中一片舒畅与安详。海，波塞冬的领地，也是父亲的领地，虽然，他脾气暴躁，曾吞没过无数船只，吞噬过很多生命，然而，大多时候，他是刚烈而温顺的父亲，教会弄潮儿劈波斩浪，更为渔家儿女源源不断奉献取之不尽的宝藏。

我与他对话，他朗声告诉我，只有不畏艰险的人，才是真正的硬汉与勇士，一如桑提亚哥。"一个人并不是生来就要被打败的。""人尽可以被毁灭，但你永远也打不败他。"

这就是父亲，在我的血管里注入勇气与力量。我的血脉，奔突，与他壮阔的波涛遥相呼应，承受着苦难，承受着失败，灵魂，却永远屹立不倒！

大地母亲哺育着我，性格刚毅、胸怀宽广的父亲同样赋予我挺直的脊梁。一次次遇见，丰富着我的生命，让灵魂变得愈发圆融而饱满。

三

西子湖，"淡妆浓抹总相宜"的西子湖，在杨万里笔下，是一方"接天莲叶无穷碧，映日荷花别样红"的西湖。一个温柔的遇见，让我读懂了一种别样的爱。

与西子湖的相约，简短，匆忙。一叶扁舟，万千思绪：沉静的西湖，苏堤杨柳，柔若秀发，似情思缠绵；断桥魂牵，伞下柔情，成千古绝唱。碧绿的一弯清波里，是否还隐藏着白娘子的眼泪；雷峰塔下，是否依旧镇压着凄婉的爱情？

眸中，一位素衣霓裳、衣袂飘飘的女子，手擎一把油纸伞，轻移莲步，款款走来，瞬息间，与我擦肩而过，只在微风中抛下一声欸乃长叹。但她不应该全是哀叹，至少，她爱过，真诚地爱过。而那位耳根子有点软的书生，同样付出过刻骨铭心的爱情。这便足够！爱，未必能一辈子拥有，也未必会天长地久，只要曾经有那么一刻，心与心相连，手与手相牵，便也无憾！谁说残缺不是美呢？或许，残缺，会更让人心动神摇、柔肠百结。

"人有悲欢离合，月有阴晴圆缺，此事古难全。"西子湖畔的许仙与白娘子，化蝶的梁山伯与祝英台，还有罗密欧与朱丽叶、敲钟人卡西莫多与吉普赛姑娘……人世间，太多的不圆满，太多的遗憾，又有谁能逃脱？我问西湖，西湖不语；我问白莲，白莲无言……

小舟中，饮下数杯莲子酒，养身安心，于醉眼蒙胧中，安然将目光穿越晴日的雨帘，笑看一道彩虹横跨天宇间……

四

当克服艰辛与疲惫，一举登上芦芽山最高峰的时候，我的灵魂又一次被深深震撼了。头顶，清亮的透蓝；眼前，芦笋般的怪石，嶙峋，坚毅，挺拔。对面的山峰上，一棵棵油松傲然直立，直冲霄汉。风过处，松涛阵阵，如轻雷贯耳。我的躯壳、我的灵魂，似一缕青烟，随着清风升腾，轻扬，融到蓝天，融到松海，渐行无影无形。

就像当年李白曾与敬亭山"相看两不厌"，时间仿佛凝滞，芦芽山看着我，我凝视着芦芽山，他能听懂我的言语，我能洞悉他的思想。久久地，交汇、碰撞，摩擦出绚丽的火花。

在这位"巨人"面前，再次感受到造物主之伟大，相比于芦芽山傲岸的身姿，我就是一粒尘埃，一粒微不足道的尘埃，心中升腾的，唯有对大自然的无限敬畏。这种敬畏，超越生死，超越世俗，将高山之沉静、松柏之傲然深深浸润到骨髓中。

五

子曰："知者乐水，仁者乐山；知者动，仁者静；知者乐，仁者寿。"倘若，大自然无声的言语能予人启迪的话，那么，旅行中，与一处处文物古迹的相遇，则是与古圣先贤的心灵对话。

茅盾《风景谈》中说，"自然是伟大的，人类是伟大的，然而充满了崇高精神的人类的活动，乃是伟大中之尤其伟大者！"

青瓦红墙、雕梁画栋、飞檐斗拱、琉璃鸱吻、彩绘雕塑、题字楹联……无不透露出前人丰满鲜润的精神生活。沉醉其间，似乎看到一位须发皆白的长者，在追述人类的前世今生，幽幽述说历史的沧桑巨变。我的目光，洞穿重重迷雾，思接千载，想象着一代又一代能工巧匠的双手。这是怎样的一双手啊！指节突出，布满老茧，硬是将一砖一瓦、一楼一宇，刻画成一首婉约小令，雕琢成一幅精巧图画。

创造，乃是最崇高、最圣洁的人类活动。创造，带来的是幸福生活；创造，更寄托着人们对美好未来的憧憬与渴望。我叹服先人的智慧，更为灿烂辉煌的人类文明由衷地感到自豪。

旅行，可以是上下五千年的相约，可以是纵横八万里的相遇，或壮美，或清丽，牵动如潮的思绪，将短暂的生命无限延长，将单薄的灵魂变得日趋丰盈而厚实。感谢生命，感谢生命中的每一场美好遇见，只要双脚还能走得动，我愿斜挎背包，让灵魂永远昂首行走在路上！

不必羡慕他人，你我皆是"绝版"

做了二十多年的教育工作者，常有学生这样对我说："老师，您看，某某多么优秀啊，我好羡慕人家！"

不独未成年的学生，在我周围，不少成年朋友也有过类似的感叹。他们之中，有艳羡马云多金的，有感叹莫言荣获诺奖的，甚至还有攀比谁家的老公最能干、谁家的老婆最温柔体贴的……凡此种种，不一而足。

毋庸置疑，在社会各个领域，的确不乏功成名就之士；即使在日常生活中，也并不缺少过得有声有色的人。然而，对于我们大多数人来说，即便穷其一生，也只不过是一名平凡得不能再平凡的人。于是，有人觉得悲哀，有人觉得失落，甚而，还有人为自己的平庸感到绝望。尤其是刚刚踏入社会门槛的年轻人，想来，人人渴望与众不同，个个渴望建功立业，都希望能活出一个不一样的自我。我想，作为年轻人，有着这样积极入世的人生态度，本来无可厚非，然而，在前进的道路上，倘若屡屡遭遇失败，便由此放弃初衷灰心丧气，进而怨天尤人，却万万不可取！

人，在认识自然界的同时，也在不断认识自我。可以说，对宇宙世界的探索发现，与人对自身的内省内察，始终相伴而行。

科学技术发展到今天，人们对宇宙自然的认识与理解不断得以深化，上至载人航天，下至解析物质世界细微的内部结构，人类取得了比以往任何历史时期都要辉煌的科技成果。认识世界固然不易，然而，人们客观地认识自我则显得更加困难。

人，最难过的"坎"，莫过于自己内心深处中的那个"坎"。它透入骨髓，会让人陷入苦恼的泥潭而无力自拔。这样的人生死扣，古有之，今有之，恐怕，未来依然会存在。

佛曰：人有八苦，生、老、病、死、爱别离、怨长久、求不得、放不下。生老病死，乃是自然规律，我们无力改变。唯一能够做到的，就是学会释然，学会"放下"，学会悦纳不尽如人意的自己。

也许，你长得不够漂亮；也许，你显得不够聪明；也许，我们一辈子都没有值得骄傲的资本。但是，所有这些，都不应该成为一个人看不起自己的理由。

哲学上讲，"世界上没有完全相同的两片树叶。"我始终坚信，我们每个人都是"绝版"，都是这个世上独一无二的存在！别人的生命状态不等于自己的生命状态，别人的生命体验也完全不能等同于自己的生命体验。

大树有大树的挺拔，小草有小草的葱绿，正是由于自然界存在若干个"不同"，才造就了这个五彩缤纷的世界。人也是这样。你做不了参天大树，可以选择做灌木丛；即便做不了灌木，你尽可以做一株小草。天下万物，各美其美，又有谁能否认小草之美呢？

尺有所短，寸有所长，造物主是公平的。一个人在赢得一些东西的时候，势必还会输掉点什么。马云赢得了财富，也许，他输掉了很多陪伴妻儿的时光；莫言获得诺奖，可能，他因潜心写作而遗失了一些其他的人生乐趣。当人们在羡慕他们光彩照人的一面时，说不定，他们还在羡慕一个普通人独自游走在旷野中的那份清欢与怡然自得。

有这么一则故事：关在兽笼中的老虎十分羡慕野生老虎的自由，而野外的老虎呢，又反过来羡慕笼中的老虎用不着经常饿肚皮。于是，两只老虎商量，互换相互的角色。但最后的结局是——走进笼中的老虎因失去自由郁闷而死，跑到野外的老虎因丧失捕食能力病饿而终。它们，都犯了一个小小的错误——光看别人拥有的东西，而独独忽略了自己拥有的优势。

毕淑敏说："我们常常过多地注视别人，而自己在不知不觉中失去了最宝贵的东西。"是的，"我们每个人都有自己的位置，有一宗谁也掠夺不去的财宝。"这些"财宝"，可能是如花般的年龄，可能是健康的身体，也可能是一家人尽享天伦之乐的小确幸。

永远也不要盲目地羡慕别人，与其如此，不如珍惜当下所拥有的一切，坦然面对不尽完美的自己，以平和的心态过好生命中的每一天。

世有"我"这样的"绝版"，其实甚好！

等以后·趁现在

少时，说的最多的一句话，大概莫过于"等以后吧"。

家贫，兄弟姐妹多，常常还没等到娘端起饭碗，锅里的饭已然见底，于是，依偎在娘的怀里，满脸谄笑，"娘，等我长大以后，一定挣好多好多的钱，给娘买一大堆好吃的。"似乎，为着强调那个"一大堆"，还将短短的胳膊伸开，两只小手一左一右划拉半圈，比画出一个"一大堆"的样子。

半夜，被尿憋醒了，迷迷糊糊睁开双眼，煤油灯细长的脖子上，灯火如豆，映照着娘的脸，也映照着她结满老茧的大手。娘的手里，有时是父亲的布鞋底儿，更多时候，是我们兄弟姐妹的衣衫。这些衣服，不是磨破了衣肘，就是裤子的膝盖处张开了大口子。家里，常有一些零碎布头，剪成圆的、方的，大体搭配颜色，方形的，缝补到膝盖处；椭圆的，最适合补到屁股和胳膊肘那里。娘戴着老花镜，就着昏黄的灯火，穿针引线，像是在缝缀光阴，又像在缝缀绵长的爱。解完手，翻身躺下，口里一定还会嘟囔一句，"娘，早点睡吧，等我以后挣到大钱，您就再也不用熬夜缝衣裳了。"

不知不觉，时光在娘的指缝间缓缓流淌，想不到，这句"等以后"，竟变成了时常挂于嘴边的口头禅。可不是嘛，总觉得年少，总觉得娘还年轻，美好的未来可期，更有大把的时光可以挥霍。于是，背起书包，在走进学堂的那一刻，向紧跟在身后的娘挥挥手，"娘，等我以后考上大学，找到工作，一定给您买一座大房子。"后来，大学是考上了，工作也找到了，可是，还没等到买上大房子，却又向娘许诺，"娘，等我娶上媳妇，也让她伺候您，再不要让您天天为我操劳！"再往后，远未兑现之前的承诺，每次匆匆回家，匆匆离去，又劝慰将我送到村口的娘，"娘亲，等我什么时候有空了，再回来好好陪伴您、孝敬您……"无数次许愿，又无数次将诺言轻轻抛掷到风中，直到某一天，娘忽然老去，又猝然离开了这个人世间。痛定思痛，却原来，在血浓于水的亲情面前，时光是多么经不起等待啊，而自己，为什么又偏偏不知一切的承诺本应"趁着现在"？

荣，乡野间一起长大的女孩子，一双明亮的眸，一根乌黑油亮的长辫。也曾于懵懵懂懂情窦初开的时候，牵着荣的小手，轻声许下轻狂的诺言——"等我以后考上大学，一定回来娶你。"可是有一天，当真的走进大学校门的时候，却已然看不上身为村姑的她，并将"金屋藏娇"般的轻诺深深埋葬进故乡的黄土中。某一年暑期，偶遇荣，却不敢正视她热切的眸，唯有低头抚弄衣角，嗫嚅着，如同私语，"荣，对不起！年少诺轻，你还是将我彻底忘掉吧！"言毕，如同逃离，风也似的，以一个转角阻断她紧紧追寻的视线。

大学校园里，也曾有外地的姑娘眼眸含春，顾盼流连，却是生生不敢接受这份沉甸甸的情愫，心中，也一直在默默告诫自己，倘若大学毕业各奔天涯，又该如何拾掇这份残破的感情？既如此，远不如等到工作安定之后再考虑个人的情感问题。就这样，错过，一再错过，在最美的年华里，没有谈过一场轰轰烈烈的恋爱，更没有牵过一个女孩子的手，便已经与冒着热气的大好青春黯然告别！而今，人到中年，回首，凝望那段逝去的岁月，却只剩下无尽的遗憾与感伤——哦，却原来，何止亲情？此生中，上天所赐予的唯一一段青春时光，还有那只栖息于青春园地的爱情小鸟，一旦离去，却是再也不会回来！

初为人师，在一所中师学校，任班主任，思想正统得很，凡是遇到班上的男孩子与女孩子谈恋爱，便粗暴插手，横加干涉，仗着"年轻人当以学业为先"这样冠冕堂皇的理由，一次又一次，苦口婆心，做着所谓耐心细致的思想工作，目的，无非只有一个，就是硬生生要拆散人家。等到第二次再带班的时候，突然"良心"发现，以前的做法该是多么可笑，自己虚掷了大把的青春时光且不说，干吗还要非逼着孩子们步我的后尘？孩子们业已长大，且不如睁一只眼、闭一只眼吧，只要不出格，大可不必将勃发的荷尔蒙看作洪水猛兽，也不必把刚刚萌芽的爱情之花残忍地扼杀在摇篮中！

也许，我们每一个人，真的一直都没有学会说"趁现在"，而是习惯于一味地将"等以后"放在心头、挂在嘴角。朋友会面，挥手告别，一句"改天，我再请你吃饭"，似乎根本无须思索，便已脱口而出。明媚的春天来了，当妻一再央求同去踏青，又以"今天写文章，忙得很，等下个礼拜天抽空再去"为借口，胡乱将她搪塞过去。可哪里会想到，玉兰花，是会凋零的；春天，也不可能永远停留在原地等着我们，甚而，我们根本无从知晓明天与意外哪一个先行到来，就像我的一位大学同学，一个活泼可爱的女孩儿，一次别离，却已是终生不得相见！

前年暑期，趁着孩子放假，一家三口，去玉龙雪山玩了一遭。旅游大巴里，那个粗粗壮壮的纳西族导游告诉我们，其实，旅行是件极奢侈的事：有钱、有闲、有体力，三者缺一不可！话很简单，人人都懂，可是，谁又能深切体悟其中的滋味？人到中年，忙于工作，忙于追名逐利，每日里，都像一只高速运转的陀螺。钱或许挣到了，却有意无意丧失了"闲"的心情与"闲"的本领。每每如此，心中又不免以种种借口自我欺骗和自我麻醉——"等到退休了，等到不差钱的时候，有的是闲工夫游山玩水，又何必急在这一刻呢？"然而，细思量，如果那一天真的来临，我们是否还拥有健康的身体，是否还如今朝般活蹦乱跳，有着用之不竭的体力？

　　2014年年末，开始学习写作，不觉，已累积到四十余万字。眼见文友都有了自己的文集，眼热得很，也曾不止一次在师友面前表示，"等到老了，等自己的文字积累得再多些、再厚些，也一定要自费出版一本属于自己的集子。"前一段时间，与一位长者闲聊，他再次与我提起这事。他说，你干吗非要等到年老之后再做？趁现在，趁久坐时腰腿还不至于太酸痛，趁着眼睛还不至于花到看不清字，赶紧去做吧。须知，剩下的光阴里，当下，就是你最年轻、最美好的一天！

　　可不是？"盛年不重来，一日难再晨。"为此，李太白曾仰天长啸："人生得意须尽欢，莫使金樽空对月。"东坡居士也低首吟哦："且将新火试新茶。诗酒趁年华。"这样的三观，貌似有点游戏人生，殊不知，这些诗句，却蕴含着无数过来人深沉的人生思考与感喟，更饱含着他们对短暂生命的深刻体察与领悟。"等以后"？我真的不知道到底还有多少个"以后"容许我耗费，为着余生不再有任何遗憾，不妨砸碎外界强加于内心的种种桎梏与枷锁，一切遵从自我，心随意转，学会说"趁现在"吧！趁自己依然有强劲的心跳，趁自己依然还能畅快地呼吸……

　　窗外，像是伴着一声沉重的叹息，一轮残阳轰然滚下山坡。这意味着，旧的一天即将要逝去了。翻开一本书卷，海子的诗踏着韵脚跃入眼帘：从明天起，做一个幸福的人／喂马、劈柴，周游世界／从明天起，关心粮食和蔬菜／我有一所房子，面朝大海，春暖花开……

吃

一

　　小时候吃饭很挑剔。那会儿家贫，整个社会也不富裕。有的人家，五六天时间能吃上一顿白面，就算是富庶之家了。大多数家庭，恐怕一个月也吃不到两三顿白面。在我家，每当母亲做一顿打卤白面，定是要狼吞虎咽吃上一大碗的，只吃得两眼放光，肚子撑得溜圆；反倒是平日里吃那种小拇指粗细、泛着紫红色光泽的高粱面剔尖，却是一件颇令人发愁的事。面质粗糙，有如细沙，口舌不爽暂且不说，似乎，还膈应得食道难受。蹙着眉，眯着眼，硬生生将那一条条"红鱼儿"咽到肚子里，勉强混个饿不死的地步，也就死活不肯再多吃一口了。所幸母亲手巧，常常变着花样儿粗粮细做，或于红面外包一层白面，擀开，切成特制的"包皮面"；或将高粱面一小把一小把撒进滚水中，"咕嘟咕嘟"冒着热气，熬成暗紫色云母石状的红面糊糊，而后，蘸着调料吃……这些吃法，虽然并不能从本质上改变高粱面的质地，可吃起来倒也可口，终将我这个口味精细刁钻的儿子养到了一米七的个头。

　　当然，这样的日子也有例外。偶尔，有姑姑舅舅等长辈上门走亲戚，母亲见有贵客来，一定要在面坛子底部搜刮一番，用木瓢舀出平时怎么也舍不得吃的半瓢子白面招待客人。其实，半瓢子白面怎么够客人吃饱？只不过姑舅长辈看着一帮子甥侄辈儿馋得直流口水，吃个半饱，

109

便谎称自个吃饱罢了。这是一次难得打牙祭的机会，可毕竟弟兄姐妹多，分到每个人碗里的白面条，也就那么几口。即便如此，如同暗夜里期冀东方早早透出一缕曙光，儿时的我们仍然极渴望有亲戚朋友来访，并不为他们抚着脑袋，说些长大了、长高了的客气话，只为能解解馋，能享受一回白面滑过口舌时那种劲道而细腻的感觉。

吃饭，是很有讲究的。倘若姑姑或舅舅在堂，母亲除了以白面款待外，总是想尽一切办法再弄两三个小菜佐饭。饭时，不单是一帮子娃儿没资格坐桌子，即便母亲，也不具备这样的权利。家里，唯一能陪客人唠嗑吃饭的，只有父亲。常常临到开饭之际，母亲一句"都出去玩吧"，就将我们兄弟姐妹都打发到了院子里或院门外。直至客人吃完，母亲才会用手撑着门框，探出多半个身子，声声呼唤我们回家。

少不更事，实在搞不明白母亲因何这样做。也曾噘着嘴，嘟嘟囔囔表示过自己的不满情绪：哥哥姐姐们在学堂里上学，我也在乡野间疯跑了一上午，肚子饿得咕咕直叫，为啥非得要等到客人吃完才有我们的份儿？母亲也不作过多解释，把眼一瞪，扔下一句"为啥？老规矩"，头一扭，便又兀自忙活去了。这下，不但没能问个清楚，反倒是吃了一记闭门羹。也许，对世事人情的好奇，就如同在人们的心口撕开了一个洞，倘若不能及时缝补，总觉心里不大踏实，且急切地想要把这个谜底揭开，更何况，这样的疑问，关乎嘴，关乎肚皮，始终都是一个萦绕于脑际难以解开的疙瘩。

及至长大成人，历经春耕、夏播、秋收、冬藏种种艰辛，再重新审视这则"老规矩"背后所隐藏的潜台词，这才恍然大悟：吃饭岂是填饱肚皮那么简单？在传统农耕的文明背景下，在物质生活极度贫乏的岁月里，于每一户普通农家来说，这么做，既是主人对客人表示礼遇与尊重的一种独特方式，更饱含着一位家庭主妇对稼穑者（父亲）地位的认可与尊崇。

是什么时候我才具备了坐桌子的权利？大概是大学毕业参加工作以后吧。某一天，母亲说："你已经长大成人，参加工作挣了钱。以后，你就与你爹，还有你哥哥一起陪客人吃饭吧！"作为家里的男丁，终于争取到了成人应有的权利，而我的四个姐姐，不仅当闺女时从未得到过这样的优待，即便出嫁后生儿育女做了母亲，无论在婆家，还是回到娘家，却始终没有赢得与男人同桌而食的资格。这固然是传统社会男尊女卑思想的遗存，但我更愿意相信，它根本上源于女性对劳动者的崇拜，对雄性力量的一种臣服。

后来，生活条件好了，小孩子，尤其是不允许女孩子与大人同桌而食的旧例渐成"古董"。岂止温饱？顿顿大米白面也根本不是什么稀罕事，反倒是怀旧情绪作祟，又有人怀念起高粱面、玉米面之类的粗粮来。学着别人家，在白面里掺杂一些淡红色的高粱面，倒水和面，那不可更改的紫红色因清水濡湿再次浮出表面。擀成面条，煮熟出锅，盛于白瓷碗，以竹筷送至齿舌间，那细沙般的粗糙劲儿依旧，忽然想到，原来，那个讲究"食不厌精，脍不厌细"的孔老夫子，他的味蕾与咱一样挑剔。

二

民以食为天。在"吃穿住行"这四个人们所必需的基本生活条件里，"吃"，无疑排在首位，亦可见这个"吃"字对人类生命延续与繁衍的重要性。兹事体大，真的不可小觑——有没有吃的东西，吃什么，怎么吃，什么时候吃……诸如此等，不仅关乎人能不能活下去，还关乎人们是否活得滋润，是否像"人"一样有尊严地活着。

在农村，我家和街坊邻居们，养猪、养鸡都是为着补贴家用。我家几乎每隔两年出栏一头成猪。从抓回猪娃子的那天始，喂泔水，喂青草，偶尔还喂些米糠、麦麸，直到将猪娃子养到二三百斤重。用绳子绑了四个蹄儿，扁担穿绳而过，两个大人一前一后，抬着四脚朝天、哼哼唧唧乱叫的肥猪，将它卖到食品站，即可换回百八十块人民币，用以平日里捏盐打醋，或扯上几尺新布给我们兄弟姐妹添置过年的新衣……那被宰杀的肥猪，功劳实在不小，却哪有什么"尊严"可言？喂它稍微精细一些的麦麸子，它吃；喂它稀汤寡水的泔水，它照吃不误；更别说车前子、苜蓿、"猪耳朵""羊耳朵"等一干子青草。冬日里，田野萧瑟，已无猪草可打，母亲常常将废弃的白菜帮子剁碎，混上谷糠，胡乱煮到一锅里，再撒些盐，端了，送到猪圈口，倒进喂猪的石槽中，招呼猪娃子来吃。那头猪也不讲究，更不客气，一头从窝棚里蹿出来，猪嘴往石槽里一拱，埋头大吃起来，哪里会顾及食材是否精细、食物是否可口？说真的，作为改善人类饮食结构、满足人们口腹之欲的一头食材，它的吃，根本与格调尊严，与礼仪节操，统统扯不上半毛钱关系，显得是那样可怜又可叹。

猪，毕竟是头畜生。然而人却不是这样，作为万物之灵长，对于"吃"，人们又赋予了它种种关乎生命的意蕴和内涵。

婴儿一生下来，他（她）的母亲，创造出新的生命，一定居功至伟，不仅一个月的时间里不需要再辛勤劳作，而且，在吃的方面也是万万亏待不得！一家子，节衣缩食，只为集中有限财力，或称几斤白面，或割一刀猪肉，甚至杀鸡宰鹅，用以犒劳这位家族的大功臣。这种被民间称为"坐月子"的仪式，一方面是庆贺产妇顺利闯过鬼门关为家族延续香火；另一方面，或许也是对孕妇十月怀胎付出辛劳的一种补偿吧，其中的深意，又何尝不是人们在无声地传达对生命创造的尊崇与礼赞呢！当然，这一风俗还有另外的一层意思——"母壮儿肥"，母亲吃不好，下不来奶水，饿肚皮的，只能是嗷嗷待哺的婴儿。

于人而言，出生，无异于是开天辟地般最为非凡的一件事，与此相同，另一件极具重大意义的事情，无非一个"死"字。在我的家乡，无论谁家老人故去了，即便家境再不济，也一定要邀请七大姑八大姨前来为逝者送行。亲戚们来了，自然不能饿着肚皮回去，"吃"，甚至再喝上几盅酒，都是必需的礼节。条件优渥的，还会大摆筵宴，请来三五个艺人轮番献唱，直至敲锣打鼓将老人家送到山坡沟底，送进黄土垄中。倘若逝者高寿，乡民称之为"喜寿"，是要当作一件喜事来办的。这期间的大操大办、胡吃海喝，无疑是传统农耕文明厚葬习俗的延续，自有其历史的局限性，然而逝者为尊，这样隆重的场面与仪式，恐怕也是生者向逝者表达怀念与哀思，向生命表达尊崇与敬畏所不可或缺的形式吧？

三

一日三餐，司空见惯，然而，吃饭何止是为着温饱，为着生命延续，为着昭示人们对生死的敬畏？在一些特殊时期与特定场合，吃与不吃，却在拷问人的良知与品性，拷问人的价值取向和节操。

第一次读到人们将"吃"与品格气节相联系，当是殷商时期伯夷与叔齐的故事。

伯夷和叔齐本是殷商时期孤竹君的两个儿子，由于不满于身为藩属的周武王伐纣，誓死不食周粟，跑到首阳山躲了起来，日日采薇为食，最终，双双饿死在了首阳山。在伯夷、叔齐看来，饿肚皮固然难受，然而，相比于保持自己独立的人格节操，挨饿受冻又算得了什么呢？哪怕自己被活活饿死，也绝不向周王朝低头屈服。

无独有偶，年少求学，又读到了《礼记·檀弓》中的一个典故：

齐大饥。黔敖为食于路，以待饿者而食之。有饿者，蒙袂辑屦，贸贸然而来。黔敖左奉食，右执饮，曰："嗟！来食！"扬其目而视之，曰："予惟不食嗟来之食，以至于斯也！"从而谢焉，终不食而死。

这则故事里，在肉体需要与精神追求之间，在人格侮辱与人格完整两个选项里，饿者，显然看重的是个人操守与人格的实现。人，可以饿死，然而名节岂能轻易丢弃？

佛曰：众生平等，万物有灵。深山宝刹，青灯古卷，暮鼓晨钟。三千比丘，布衣僧袍，戒杀生，吃素斋，悲天悯人，普度众生。清规戒律里，戒的是贪嗔，禁的是欲望。"我不下地狱谁下地狱？"这何止是对造化的遵循？又何尝不是对残缺人性的启蒙，对人世所犯累累罪行的忏悔与救赎？

"以教印心，以律严身，内外清净，菩提之因。"世传，生命绚丽至极终归走向平淡的弘一大师，每坐藤椅前，必先摇动几下椅子，以免藏身其中的小虫子被活活压死；每每洁面，也以白纱袋过滤清水，再将白纱袋翻转，让卑微到人眼所不能及的生命重返水中。行将圆寂前几日，大师拒绝吃药，也拒绝进食，净身、净心，如月明澈，如风清新，绝尘而去，救赎自我，也救赎了他人。

岂独佛家？即便主张经世致用的儒家，同样也讲求"食无求饱，居无求安"，清心寡欲，不耽溺于物质享受。古人凡遇祭祀等重大活动，必熏沐更衣，斋戒三日，素食戒欲，洁净身心。所谓"止绝臭腥，休粮清肠"。身体洁净只是一种形式，而正心，净心，使之纤尘不染，才是人们对天地造化的一种虔诚礼敬。

四

朋友中有修习辟谷之术的。据说，不食五谷杂粮，仅凭吸收天地精华之气，即可排毒养生，达到参透天机、了悟人生、神明自得的境界。我笑言："老百姓常说，人是铁，饭是钢，一日不吃饿得慌。三日不吃饭，估计人早就饿死了，哪还能像你这样大喘着气在这里给我讲参透生命的道理？"朋友不语，从书架抽出一本《大戴礼记·易本命》，轻轻翻开，用手指给我看。在泛着油墨馨香的一页素纸上，一行小字活蹦乱跳闯入眼帘："食肉者勇敢而悍，食谷者智慧而巧，食气者神明而寿，不食者不死而神。"朋友告诉我，这正是古人有关辟谷之术的经典论述。

见我依旧半信半疑，朋友来了兴致，将几榻移至窗前，邀我盘膝端坐于竹席之上，三分清风，几缕华光，一壶新茶，一同品茗论道。时值晚春时节，窗外，天空澄明，地铺浓绿，茵茵绿草中，间有野花幽幽兀自绽放。朋友说，究其实，辟谷并非人们所说的那么神秘，只不过是教人有意识地节制食物的摄取罢了。节食，也是在节制欲念。欲念不生，心灵轻健，自然明心见性。饿，让身体空下来，那被世俗名利所拖累的灵魂，才能摆脱外界强加的种种桎梏，变得如同羽毛般轻盈！

哦，忽然想起庄子《逍遥游》中所说的一句话："若夫乘天地之正，而御六气之辩，以游无穷者……"或许，所谓的辟谷，正是借天地之正与六气之辩，让轻灵的魂魄尽情遨游于无穷无尽的境域吧。

"吃饭啦！"朋友之妻腰系围裙，浅笑嫣然，挥手呼唤我们一同去吃饭。俗语说，饭求七分饱，今日，不妨降为五分，只为灵魂轻盈些，再轻盈些……

面具

一

生平第一次见人戴着面具，是在乡下的社火节。

每年大年初一，直至元宵节前后，乡下集镇大多有闹社火的习俗。"社"，传说是水神共工之子，是主掌土地的大神。土地滋养众生，化育万物，于农家而言，闹社火，自然是为着祭神、娱神，以便祈求风调雨顺，能有个好的年景。人与神一样，庄严得时间久了，都需要偶尔轻松与放浪一下，人们祭神拜神，顺便娱人娱己，多少也能图个乐呵。

在"咚咚锵、咚咚锵"震天撼地的锣鼓声中，灯棍、背棍、旱船、高跷、秧歌、大头娃娃……种种模仿生产劳动与日常生活的社火轮番上阵。扮演者披红挂彩，扮相或庄严，或诙谐，踩着鼓点，扭腰甩臂，极尽表演之能事。观看的人里里外外围了几圈，眼睛直勾勾盯着场子中央，小心脏也与铿锵鼓点同声共振怦怦乱跳。那些被挡在外围的观众，侧着身子，耸动肩膀，可劲儿往里挤，若实在挤不进去，就只能踮起脚跟，抻长脖子，从高高低低的人头缝隙间向里张望。

那头戴各式面具，形似藏舞般腾挪跳跃的，自是被乡民称之为"大头娃娃"的社火节目。说是"娃娃"，其实并不尽然，装扮者里有小孩，也有大人。他们一般穿着宽袍大袖的古装，抑或是小衣襟短打扮，衣服的颜色与样式也是多种多样，唯在头上，通通套着一副假面具。这些面具，所扮大多为鬼神，有如来、观音、玉皇、土地，也有恶鬼、夜叉、黑白无常，当然，还有《西游记》《水浒传》里的人物和日常生活中的烟火男女。有俏皮的汉子，随鼓点舞动如风，偶尔，冷不丁将狰狞面目凑到观众面前，直吓得那些大姑娘、小媳妇吱哇乱叫，急急闭上双目，挥舞双手劈头盖脸打将过去。这也难怪，大姑娘、小媳妇年龄尚浅，并不知晓"大头娃娃"丑陋的面相里暗藏着降魔驱鬼的本领与神通——鬼怕恶人，病魔又岂敢轻易袭扰面相凶恶之辈？

若论起这"大头娃娃"，它的来历应与中国传统戏剧同源，都源于远古时期的一种祭祀仪式——傩戏。对于生老病死，上古先民是既恐惧又迷惘，冥冥之中，种种不可捉摸的灾殃终使他们觉得，生病与死亡，似乎都是鬼神在作祟。每年季春、仲秋、深冬时节，尤其在除夕之夜，由巫医装扮驱疫辟邪的神祇方相氏，身着玄衣朱裳，头戴彩绘面具，掌蒙熊皮，执戈扬盾，驱除鬼魅，自可求得人畜平安，四时和顺。

傩也好，演变到今日的"大头娃娃"也罢，青面獠牙，扮相凶恶，却可以驱邪逐疫、酬神纳吉。人们终究无法把握自己的命运，也只能将长寿安康的愿望寄托于鬼神垂怜，期待着他们护佑一方，祛除种种不可预知的苦难。

后来，傩戏面具几经演变，又演化出了戏剧脸谱。国粹京剧与全国各地的地方戏曲，通通都以油彩涂画的脸谱标识人物身份——红脸关公、白脸曹操、金色猴王、银色妖怪、粉面佳人、黑脸包公……生旦净末丑，种种脸谱也在无声地透露各色人等的心性长相。人们看戏，根本无须了解故事梗概，仅凭这一张张脸谱，即可分辨清忠与奸、善与恶、美与丑。

然而，有时又并非这么简单。川剧中有"变脸"的绝活儿，能以"抹脸""扯脸""吹脸"种种技巧变换脸谱，用以表现戏剧人物的情感波折与内心激变。技艺高超的角儿，能在刹那之间变幻出十余张不同的面孔：神圣与卑微、高贵与庸俗、良善与凶残、厚道与奸诈、威严与诡媚……林林总总，形似世相百态。

少时，也曾看过一部颇为恐怖的国产武侠片，名叫《神秘的大佛》，其中有一反派人物，于月黑风高之夜，在不断变幻一张张鬼脸的同时，还在歇斯底里地叫嚣——"你看我是谁？你看我是谁……"这样的一组镜头，着实吓坏了年幼的我，以至于后来才渐渐知晓，戏画脸谱，傩戴面具，看得见，摸得着，善恶自是分明。然而，当人们脱掉戏服，摘下面具，洗去脸谱，于戏外，各自的脾气禀性是否依然简单明了，是否依旧像戏里一般程式化、脸谱化？恐怕，久久浸淫于烟尘俗世的人们，远非这么简单。

二

成年后，常做一个噩梦。梦境中的我，赤裸身子，于光天化日之下僵卧在众人面前，身上，唯有一床棉絮能够勉强遮羞。有时，甚而没有一根丝线，没有一块遮羞布，就如同一个刚落地的赤童，完全暴露在天地之间。这个梦，就像灯下迷离恍惚的暗影，一直顽固地潜藏于意识深处，任凭我怎样拼命挣扎，终也无法逃离它魔爪的掌控。

一次又一次，羞耻、恐惧、惊骇，恍然惊觉，依然大汗淋漓……

自从亚当和夏娃偷吃禁果，人便有了羞耻之心。人们穿衣，自然是为着护体保暖，也是为着遮羞。身体被衣服所包裹，保护的，不只是娇嫩的躯体，还有薄脆如琉璃的自尊与神性一般的庄严。

身子算是被或薄或厚的衣裳包裹起来了，然而，人的头、人的脸，却长期暴露在外，极易被艳阳晒黑甚至灼伤，风雨的侵袭同样可以让裸露的肌肤饱受摧残。在古印度和中东地区，还有一些其他地方，多有女子头戴面纱的传统习俗。这恐怕不单单是为着遮阳避雨，还为着阻断男人们如窃贼一般偷窥的邪恶视线吧？

头和脸尚且如此，那极易暴露善恶与美丑的言语行为，是不是也该裹上一层厚厚的外套隐藏起来？刚刚落地的婴孩不晓得这一点，他们单纯如初阳，透明似草叶上晶莹的露珠，心灵底色纯白，并不曾沾染一丝俗世的尘灰。他们的身上，似乎都带着一种神性的光芒。

然而，成人的世界就要复杂得多。在遭遇一次又一次挫折后，慢慢地，每个人都能学会将自我、将原有的脾气与秉性深深隐藏起来——低头、弯腰、敛眉顺眼，说一些不疼不痒的假话，甚至，昧着良心做一些违心的事。虽然，偶尔也会露出狐狸尾巴，但更多时候，却为自己准备了一套又一套厚厚的铠甲、一副又一副带着假笑的面具，就像契诃夫笔下的套中人，从身体到头颅，从言语到行为，一概紧紧包裹起来，生怕漏进一缕阳光，渗入一点空气。

本来，这个社会就是一个庞大的面具加工厂与批发零售部，它会根据每个人的性别、年龄、身份地位、职业特点、心性长相、家庭与社会角色，依照俗世社会早已预制的"模具"，大批量生产销售各色面具，甚而，如同一场盛大的化妆舞会，按照人们的不同需要，为顾客量身定做与舞会相适应的一张张面具，并最终将他们雕画成他们想要的模样。坠落于凡间的每一个成年人，似乎都无法拒绝若干个这样的面具，也没有任何人可以如赤童一般，以"素颜"面对这个尘世，除非，他（她）只是一个狂人，抑或是不谙世事的傻子。

然而很有意思，当这些面具戴久了，不自觉地，竟牢牢嵌入肌骨中，即便有朝一日想摘下来，都已是万难。

三

一生中，每个人都会扮演不同的角色。男儿，为人子，为人夫，为人父；女子呢，同样也会为人女，为人妻，为人母。身在社会，迫于生计，我们又不得不强打精神，努力去饰演各种各样的社会角色。

　　于我而言，自爹娘双双过世，"为人子"的角色旋即不复存在，那些个承欢膝下骄纵任性、撒泼耍赖的权利也被上苍无情收回。这个世界，不再允许我脆弱流泪，不再允许我依偎在父母怀里诉说自己的落寞与委屈，也不再赐予我人世间最广博、最无私的温情。有的，只是被人打落牙齿后，和着眼泪默默吞下去的隐忍，还有在妻儿面前梗着脖子、挺起胸膛刻意装出来的坚强。

　　女本柔弱，为母则刚。其实，男儿也并非天生勇猛，天生的顶天立地，只不过，在长大成人娶妻生子后，面对比他更加孱弱、更加没主意的妻儿，为人夫者、为人父者，也只能毫不迟疑地接过父辈手中的接力棒，将自己的脊梁化作一座巍峨的山峰，化作一座不倒的靠山，高高擎起粗壮的手臂，荫妻庇子，以使他们免受凄风苦雨的侵蚀与凌厉寒霜的荼毒。这本是上天赋予雄性的不可更改的宿命，这副"面具"，没有谁能轻易摘下，也不允许任何人随意放弃！

　　为人师，每每讲授新课，最爱说的开场白是："同学们，在我精神抖擞踏上讲台的这一刻，我已不再是父母的儿子，不再是一个女人的丈夫和一个孩子的父亲，我的身份只有一个，那就是你们的老师！作为你们的老师，我并非百毒不侵的钢铁巨人，也并非无欲无求、云淡风轻的圣人与智者，我也会生病，也会有数不清的烦恼，但是，我绝不允许自己没精打采地走进教室，更不会把生命中的种种不如意带进课堂，因为在此刻，我的身份只有一个，那便是你们的老师！"

　　的确如此！与其他绑架灵魂、束缚手脚的身份相比，似乎，我更乐意做一名师者，一个春风满面、传经布道、答疑解惑的师者。自二十多年前步入一所师范院校的大门，我的社会角色便早已注定——与师为伍，与生同行。这么多年一路走来，唯有站在三尺讲台上的"我"，才是卸下其他面具后，相对而言最纯粹、最本真的我。这里，墙壁一色的白；窗台上，三五朵鲜花幽幽地兀自绽放；一双双明亮的眸子里，写满真诚，写满了对真理与学识的热切渴念。我深知，这方小小的天地容不得任何伪饰、阴暗、欺诈，也容不下任何虚无、颓废与消沉。在这个少有的洁净世界，微风拂面，丽日正红，我的心跳、我的呼吸，也格外轻松畅快，格外惬意舒坦——我与孩子们的灵魂，正一起乘着文字的翅膀，于浩瀚的晴空不断升腾、升腾，再升腾……

舌下有矛

一

"说曹操，曹操就到。"世间的一些事，总是极为巧合，仿佛冥冥之中早已注定。这些事，躁动不安，耐不住寂寞，常会借着某人的口舌隐隐透露出来，就像某种神谕。

夏日，温度的变化如同乌马河里流动的水，潮涨潮落，起伏不定。日上三竿的时候，艳阳细细密密地探出无数支看不见、摸不着的细管，将乌马河水一点一滴吸到半空，转而用手一抟，抟成几朵洁白的流云，又随手将它们粘到了天幕上。空气燥湿，凝滞，不曾有一丝流动，像是正与太阳密谋一场酣畅的透雨。

车子在国道上疾驰，即便打开所有的车窗，也感觉不到丝毫凉意，反而将更多燥湿的气流吞进车里。乌马河水泛着粼粼波光，像千万双眼睛不停地眨。这条古老的河，从时光上游一直顺流而下，似乎于沿路窥探到了一些不为人知的秘密，焦急地在向当下的人们诉说着某种不祥的信息。在这黏糊糊的氛围中，无疑，每个人都接收到了这样的讯息，即便偶尔从路中央穿行而过的一只野犬，也由此显得焦躁不安。这只野犬，前爪据地，将头颅高高仰起，龇出白花花、阴森森的尖利牙齿，烦躁不宁地向着过往的车辆吠叫不止。

一些隐藏在心底的担忧，最好不要在这么烦闷的日子里提起。然而，不知受着什么欲念驱使，这些话却是难以压制于舌根之下，只要人们稍稍放松警惕，它们就会自动扳起舌头，穿过严密的齿缝，从嘴角唇边偷偷溜出来。

唔，你的驾驶证是不是已经过期了？记得，好像六年前领的。若是过期了，路上遇到交警怎么办？妻惴惴不安，连舌头都在打战。减速，翻腾，找出乱丢在前台的驾驶证，果然，已过期半个多月。踌躇间，车子已行出十几千米远。不远处，警灯闪烁，居然真有交警拦车检查。硬着头皮往前冲，心底默默祈祷，期望能够蒙混过关。然而，那些穿制服的，似乎都长着一双可以洞明一切世相的眼睛，能将人心一眼看穿。其中的一位，挥挥手，责令车子停靠在路边。

"师傅您好，请出示您的驾照与行车证，配合我们接受检查！"

面无表情，语气果决，容不得半点商量，只好将证件乖乖交到他手里。查验，开单，罚款，仿佛一切都是天定，纵然肋生双翅，终归无法逃离……

二

活得时间久了，诸如此类的事情又岂止三五件？

在乡间，人们普遍厌恶与惧怕一种鸟，乌衣，长喙，生性贪鸷，神秘而阴冷。据说，它是死神驾前的神鸟，也是厄运与恐惧的化身，常能预言人的死亡，并以嘶哑的嘎嘎鸣叫，口无遮拦地发出种种不祥的预兆，继而，带走人的性命，抽走人的魂灵。在一些偏远闭塞的地方，有的人，不知穿越哪条不为人知的秘密通道，如乌衣神鸟，也获得了预知未来的神通。他们与上天的神明、地狱的冤魂，还有游荡于尘世间的种种神秘力量达成了某种灵魂默契，并借着占卜，与鬼神实现讯息交换，以此预言人们的命运与前途。这些人，男的叫作"神汉"，女的叫作"神婆"。乡民凡是遇到婚丧嫁娶、搬家动土、遴选阴宅这等大事，都会备好三牲大礼去神婆神汉那里叩问吉凶祸福。这些神棍，盘腿端坐于莲花台上，若有人来问询，则会突然双目紧闭，体若筛糠，念念有词地卜知凶兆，或者替人选定吉日。人们传言，他们的预言都会如期兑现，并无任何闪失。对于这样的神迹，人们既崇奉又恐惧，生怕从他们口里吐出不利于自己、不利于家人的讯息。在灯火明灭、香烟缭绕的神堂里，男女老少表情端肃，虔诚地匍匐于莲花台下，叩谢神灵垂训，没有任何一个人胆敢露出一丝一毫的轻慢之色。村子里也有那么几个后生，像新生的牛犊子，曾在学堂念过书，接受过"无神论"的教育，对此颇不以为然，多次扬言，这些事情纯粹就是封建迷信，无非为着骗取他人的钱财。年纪大的人听到他们口出狂言，骤然变色，如同见到瘟神，急急离去，唯恐与他们一道触怒过往的神灵，给自己平添几分罪愆。

　　民间多怪异，还有一些人，似乎天赋异禀，能在某个特殊时空，以灵魂的触角接收到神灵的启示，并通过一种不自觉的方式，将压在舌根下的话语急不可耐地透露出来。这些话语，有的是喜讯，比如，人们常让不谙世事的孩童猜测孕妇肚子里的胎儿是男是女。那被问话的孩童并不知晓到底是大人们在逗他（她），还是他们本来就是极认真的，乖巧地闪着一双清澈的眸，或以小手轻抚孕妇的大肚子，或纯粹将耳朵凑到肚脐眼上倾听，于此，便能大声回答出大人们想要的答案。然而大多时候，人们所言并非如此温馨浪漫，往往充斥着忌妒、怀疑、嘲讽、抱怨与仇恨，甚而因愤怒爆发出恶毒的咒骂。这样的恶语，一旦冲破双唇的禁闭，便会迅速蹿到屋顶、树梢，抑或散落于砖缝和尘埃，在空气中酽酽地发酵、扩散，而后沾到人们的肌肤，渗进人们的血液与骨肉。

三

　　这世上，恐怕没人能容得下他人的奚落或咒骂，即便是貌似戏谑的玩笑话。但可悲的是，我们每个人的舌下又都暗藏着一支寒光闪闪的长矛，或有意，或不经意间，时时露出它锋利无比的尖刃，刺中亲朋，刺伤同事，甚至陌不相识的路人。

　　如同手有手心、手背，对口舌的诸种禁忌，有人信奉与忌讳，就有人偏偏不信这一套。在村里，二孬家媳妇就是这么一个主儿。

　　说起这二孬媳妇，可不是一盏省油的灯。这个妇人长着两片薄嘴唇、一张伶俐口，在人前牙尖嘴利，百无禁忌，话把子上从来不饶人，不只街坊邻居们惹不起，就连二孬，也常因家长里短鸡毛蒜皮挨媳妇臭骂。

　　村子里的女人大多没多少文化，骂人又常常不忌口。若在气头上，什么话难听，偏拣什么话儿骂，诸如出门被车撞死、过河被水淹死、下雨被雷击死……似乎，若不与"死"字挂钩，就骂得不够解恨。二孬多少知道跑车的人最忌讳"撞车"之类的说辞，几次劝说媳妇口下积德，可那妇人哪里听得进去，反而觉得抓住了二孬的软肋，唯有如此才能降服时常犯浑的二孬。

　　夏秋之际，连日暴雨，乌马河泛滥如狂。混浊的河水，就像一位指挥着千军万马的暴君，口吐白沫，纵马扬鞭，死命拽着连根拔起的矮杨，提溜着一个个从上游瓜田里摘下的南瓜，与泥沙混杂一处，浩浩荡荡，咆哮而下……

　　天气刚刚放晴，临出门的时候，因夫妻两个多年也没生下一儿半女，二孬媳妇嫌在家里骂得不够解气，又跳着脚，追着二孬的脚后跟骂到了大街上。

　　"你这个天杀的，出门让车给撞死！自个儿不行，还嫌弃老娘不下蛋。大伙倒是评评理，俺哪儿有毛病了？俺啥地方有毛病了？"

当唾沫星子从嘴角急速飞出，于空中悠悠晃荡两圈，刚刚"砰砰"砸到地面的时候，那妇人似乎一瞬间意识到了什么，一愣神，随即，扬起右手，照自己嘴巴上狠狠掴了一掌，又朝着地上"呸呸"吐了几口。然而，她知道，说出去的话就是泼出去的水，想要收回，已是不太可能，唯有在心底里暗暗祈求路过的神明耳背，不曾听到她的咒骂，或者，鬼神洞察秋毫，能谅解她的无心之过。

　　天快擦黑的时候，本应按点回家的二孬没有回来。妇人从屋内逡巡走到院子，听到巷子里有人声，又急急跑到院门口，扒住门框向巷子两头张望。不见二孬的身影，妇人多少有些不安，她实在弄不清二孬是因生气故意不回家，还是果真发生了什么事。临到半夜，伴随一阵杂沓的脚步声、闹哄哄的说话声，村里几个后生将浑身血污的二孬抬回了家。刹那间，妇人傻了眼，呆呆的，如同一根木头桩子，牢牢钉在了炕沿边。当下，一口气没喘上来，眼一黑，腿一软，昏沉沉晕死了过去。

　　当妇人一嗓子号哭出来的时候，已是后半夜。听那些帮忙的人议论，不知妇人的咒骂到底是惊动了哪一位鬼神，终使它主动放弃神的聪慧睿智，并协助妇人将咒骂变成了活生生的现实。

　　二孬死了，像是如妇人所愿，雨湿路滑刹车不及，与对面疾驰而来的另一辆大卡车轰然相撞，当下魂归地府气绝身亡。妇人斜倚着炕沿，一动也不动，只是痴痴望着来来往往帮忙操办后事的人们。头顶，煞白的一钩弯月如同天幕上睁着的一只眼，正冷冷地看着她发笑……

四

　　娘在世时，也曾听她提起过二孬的故事。她的眼神、她的语气，分明夹杂着愤怒、惋惜，还有一丝恐惧。但我更愿意相信，二孬的事不过是一次巧合。至于后来，二孬媳妇因丈夫的横死变得神神叨叨，也无非是她自己吓唬自己！

与我娘、与村里人们的分歧，我一直坚持了好多年，直到巷子东头的李老汉家接连发生那么多变故。

这一年，当气温与乌马河水一同涨潮的时候，整个村庄，人们的肾上腺素也在急速蹿高。

巷子东头，李老汉与万全老汉家斜对门。万全老汉八十多岁，须发皆白，细密的皱纹里藏着时光缓慢爬过的痕迹，也镂刻着一辈子厚道带来的福分。万全老汉名字虽叫"万全"，可也并非万全，一直到耄耋之年，才刚刚抱上一个小孙子。人们都习惯往下亲，又因小孙子承担着给万家延续香火的重任，一家子，自然将他当成了心肝宝贝。

临近中午，万全老汉拄着一根拐杖，将孙子带到巷子里玩泥巴。乡村的孩子，落生在泥土打成的土炕上；断奶以后，吃的是田里生产的粮食，喝的是泥沙中沁出的泉水；就连蹿猛子生长，也吸收的是泥土里蕴藏的矿物质。自小，他们就与土地结下了不解之缘，如同以脐带与母亲相连，天生喜欢亲近泥土。万全老汉家孙子如此，一同在巷子里玩耍的李老汉家孙子也是这样。

占有欲，是人之天性，即便孩童。争抢稀泥产生的纠纷，足以让两个孩子扭打到一处。万全老汉本已老糊涂，眼瞅自家孙子吃了亏，情急之下，操起身边的拐杖，戳倒了李老汉的孙子。小孩子声嘶力竭的哭声惊动了李老汉的妇人，这老妇人从自家院子飞也似的扑出来，本来偏高的肾上腺素又迅速激活了身上的每一个细胞。她左手叉腰，右手伸出一根食指，直直点向万全老汉霜雪遮顶的头颅。

"你这老不死的！一把年纪也不害臊，祸害一个娃娃！你咋还没有让黑白无常接走？照你这德行，用不了三五天，一准，阎王爷就会派小鬼把你钩走！"

老妇人越骂火气越大，万全老汉像是恍然从梦中惊觉，自忖有错，敛眉顺眼，不敢言语，听凭老妇人的唾沫星子雨点一样浇到头顶上……

邻里间这么一次小小的冲突，在村子里，实在算不得什么大事。没过几日，巷子里的人们，除了责怪那个老妇人多少有些嘴臭，很快，便已将这事淡忘。然而，任谁也想不到，仅仅过去一年，被咒骂的万全老汉依然"万全"，李老汉家却接二连三发生若干变故——先是李老汉不到七十就患上恶疾，无药可治，猝然西去；紧接着，大儿子查出严重的尿毒症，虽花大价钱换过肾，终究没扛多久一命呜呼。似乎，灾祸与厄运的阴云一直不肯散去，不久，二儿子又遭遇车祸，年纪轻轻即撒手人寰，只留下老妇人独自承受着白发人送黑发人的种种苦痛。

遭此变故，着实让村子里的人们惊惧万分。或许，恶言有时就是舌尖射出的一枚枚子弹，会变成命运的箴言，将被咒骂的人一一射杀；而有时，它又如同一道道光线，一旦遭遇明晃晃的镜子，即会原封不动悉数返回，伤及那个发出恶咒的人。私下里，人们指指点点，都说万全老汉福大命硬，命硬的人，连鬼神都惧怕三分，反而是老妇人，搂头盖脑将泼出去的脏水浇到了自己身上。

老妇人日夜不宁，陷入了极度的恐慌与懊恼之中，她面容憔悴，眼神迷乱，时常一个人披头散发跑到庙里，长时间跪在佛像前，喃喃地向佛祖许愿，愿独自承受上苍降给她的所有责罚，只求神明慈悲，能够宽宥她的罪责。

然而，好像老天爷故意要惩罚她，偏偏让她背负沉重的忏悔活了好多年。就在她咽气的那一刻，茫然无助的眼眸里依旧充斥着一种无以名状的恐惧……

五

"话说得太多，本来没事也会说出事来。"慧律法师如是说。

或许，老妇人至死都没弄明白，天地不仁，以万物为刍狗，生而为人，止语，恐怕也是一种修行！

老妇人走了，村庄复归宁静，时光以绵密的针脚终将过往的伤痕一一缝合。庙堂里，往来祈福卜卦的人依旧络绎不绝，而在佛像前诚心忏悔的人却越来越多，为着之前的恶言，为着曾经的恶行。作为一把可以伤人也可以伤己的利器，人们舌下的长矛其实一直都在，它悄悄潜伏于唇齿背后，敛藏着嗜血的锋芒，随时准备在人们头脑发热放松警惕的时候，冷不丁直刺出去，枪枪见红，血肉横飞……

面若桃花向阳开

一

每日清晨，当一抹微曦从远山背后偷偷钻出来时，我连连打着哈欠，起身，穿衣，收拾床铺。待一切妥当，第一件要做的事，无非就是以清水濯面，洗去一夜的困倦或梦魇。深夜，万籁俱寂，星子羞涩地眨着睡眼，借着灯火，我同样也要打来一盆清水，洁面洗足，用以去除整日奔波带来的尘灰与困顿……这是过往几十年的时间里每日必做的两门功课，仿佛就是一场不可或缺的仪式。我喜欢清水滑过面颊的那份怡然与喜悦，清爽，润泽，就像脸上的每个细胞都是久旱的禾苗，急切等待甘霖的滋养。这也是一日两次的修行，像僧人禅定，在清流的荡涤下，净面，净心。若是秋冬季节，盆里的水汨汨冒着热腾腾的蒸气，掬起一把，敷于额头、颊上，那潜藏于水中的温暖瞬间穿透肌肤，渗入血管，融入血液，向着心的方向悠悠奔去。整个人，也由此而变得周身温热，柔肠百结。现代科技催促人们不断变换洁面方式。早年，并无香皂、洗面奶之类的洗涤用品；而今，诸如此类的日常用品却名目繁多，大把赚取着那些酷爱靓美的女子手中的钞票。而我，多少有些倔强和偏执，极喜欢双手搓动香皂时那种温润顺滑的感觉，也喜欢它如同女子光洁的手掌，轻轻抚过面颊的亲昵与温柔，以致妻子多次劝说我换用洗面奶，我都迟迟不肯接受。

洗脸，自然可以洗去尘灰，洗掉肌肤渗出的油脂，甚而，还能洗去眼角的泪滴，洗去往日的种种忧伤与不如意。然而，它却难以去除岁月缓慢爬过面孔时留下的痕迹。透过那面薄薄的圆镜，镜中的容颜日益苍老。额头，镌刻着三道弯弯的沟壑，像是蠕虫蜿蜒而过留下的可恶黏液，纵然日夜反复搓洗，终究无法将它彻底去除；法令纹更加张狂，即便面无表情，它也照样赤裸裸地牢牢盘踞在鼻翼两侧，像是在无情地嘲笑我对抗时光的无能为力；还有早已失去光泽的脸颊，不知何时，星星点点，布满了大大小小黑褐色的斑点，就那样顽固地恣意暴露着人的年龄。

看来，洗脸是洗不掉它们了。即使一日两洗，甚至一日三洗，终归再也不能将面容清洗得似新月般光鲜，如同初阳般艳丽。

二

习惯，就是一个顽固的倔老头儿，喜欢一条道儿走到黑，即便用九头牛拉拽，他也不肯轻易回头。譬如这张脸，早已习惯清水的日夜滋润，倘若因断水而被迫中断，总觉得脸上皱巴巴难受，甚而，隐约像是脸上不小心挂上了杂乱的蛛网，丝丝缕缕，痒痒得让人烦乱不已。

及至年长，读过几本书，才渐渐知晓，这洗脸洁面，又哪里单单止于个人的卫生习惯，更多的，还是一种礼节——一种敬天地、畏鬼神及尊重他人所不可简省的庄重仪式。

史载，历朝君王每逢祭祀封禅、登临大宝，抑或接见贵客，都要沐浴更衣，斋戒三日，以示恭敬。大明朝崇祯十五年（1642年），崇祯皇帝在北京东华门举行社礼，为天下苍生祈福。沿途清水泼街、黄土垫道自不待言，钟鼎、号角、旗幡等礼器更是焕然一新。临到大典之日，崇祯皇帝沐浴更衣，衣冠整肃，敬天拜地，祈求神灵降福。只不过此刻的大明朝气数已尽，纵使他胸怀定国安邦之心，拥有经天纬地之志，虔诚礼天敬地，终归也未能挽狂澜于既倒、扶大厦于将倾。

三国里，刘玄德三顾茅庐，在两次均未得遇大贤之后，"荏苒新春，命卜省揲蓍，择日已定，遂斋戒三日，熏沐更衣，准备鞍马车仗，再往卧龙岗谒诸葛孔明……"

从这一段描述里，完全可以看得出，玄德欲得大贤的那一颗谦恭礼敬之心。

岂料一行人辗转到达卧龙岗，孔明先生竟然昼寝未醒。玄德只好叉手立于阶下等候，乃至"浑身倦困，强支不辞"。

更有趣的是孔明先生的表现——

孔明忽醒……翻身，问童子曰："曾有俗客来否？"童子曰："刘皇叔在此，立等多时。"孔明急起身曰："何不早报？尚容更衣。"孔明转入后堂，整衣冠出迎玄德。

贵客谦卑有礼，主人自然不敢怠慢，孔明转入后堂更衣戴帽，直待将衣冠整理得齐齐整整才肯出来会客，亦可见孔明对贵客的尊崇与敬重……

修脸饰面，如同雕刻内心。面孔洁净与否，衣冠是否齐整，一定程度上也在透露人的心性长相。自古以来，岂止君王、士大夫及普通士子常以焚香沐浴、更衣斋戒表示庄重敬畏之意，即便一介草民，凡是遇到重大节日，也绝不会草率行事。

旧时，少女出闺嫁人，民间普遍流传着一种绞脸的习俗。

绞脸，又叫开脸、开面。在新郎迎娶新娘子的前一夜，由一位公婆丈夫子女俱全的长辈，使用一根细麻线，交叉成三角，在新娘子脸上反复绞动，用以去除皮肤上细小的汗毛。汗毛拔光，肌肤光洁白净，娇艳得如同盛开的桃花；眉鬓修整，毛发整肃，容颜自是焕然一新。这样的一种洁面方式，于出阁的少女而言，自是一场别开生面的成人礼，更像一个辞旧迎新的祝福仪式。经过绞脸的女子，仿佛由此获得新生，那一扇美妙的婚姻生活之门，正等待她徐徐开启……

三

有时，我也在想，烟火红尘中的男男女女，于每夜洗漱完毕才肯上床休息，他们的心里，是否有着与旧的一天断然告别的决绝？次日凌晨，精心整理衣衫，耐心梳妆打扮，是否也有着凤凰涅槃般迎接新生的欣喜与欢畅？于我，渴望着这样的新生！当鲜红的初阳映照着如银的清流，我似乎在激滟的水波里看到了一张脸，一张同样灿若桃花的年轻面庞，正面向朝阳嫣然绽放！

或许正是如此吧？不只是我，世间的每一个人，每每洗脸，统统都要摆出同一个姿势——弓腰、低头——哪怕是帝王将相，也不得不低下他们高贵的头颅。水能荡涤人们脸上的污渍，也能洗刷人们内心深处潜藏的积垢，最终，还人以洁净的肉体与灵魂。弯腰、低头，又何尝不是人们感恩于造物主的神奇馈赠呢？

作家指尖在一篇散文中讲到弘一大师洗脸的故事：弘一对盥洗用水极其讲究，先把清水倒进白纱袋过滤，洁面后，再把白纱袋倒翻，让生物重返水中。这样的洗脸过程，有了对水的感激和小心，也有了对万物和生命的恭敬，于此，便有了心怀大千、护生、护己的自觉，懂得了爱和慈悲。

是的，日日洗脸洁面，洁净己身己心，也在无言地表达着对天地、对他人的礼敬，对生命之源的尊崇与感激。世事沧桑，青春不再，可人一旦参悟爱与慈悲的深意和力量，便又向神靠近了一大步……

死亡与慈悲

从秋到冬，一季之间；从恨到爱，一念之间；从生到死，呼吸之间；从迷到悟，一思之间……

一

季节的脚步走过火热的夏，蹚过丰硕而饱满的秋。在人们的一声声欸乃长叹中，寒风乍起，北雁南归，冬，一个肃杀的季候，驾着西伯利亚的寒流呼啸而来。

漫步街道，或者楼下的园子，不同品类的树木，各以其独有的风姿敞开怀抱，盛情迎接冬的来临。高大的白杨，叶子由绿而黄，凋落殆尽；长长短短的枝桠失却叶片的遮挡，如同一张张繁密而杂乱的网，在风中瑟瑟摇曳。白杨树顶端，还是顶着几片叶子的，或三五片，或七八片，样子，有点儿滑稽。它们就是一帮兄弟姐妹中最贪玩的那几个，调皮，执拗，依然深深依恋着枝桠，迟迟不肯落下。然而，不出几日，它们同样也会在大地母亲的邀约下，殷勤告别滋养它们的枝条，似翻飞的蝶，轻灵灵投入大地母亲的怀抱。与白杨树略为不同，国槐、梧桐，幻化出一树的黄。它们的叶子虽然依旧浓密，但总有一些急性子的，嘻嘻哈哈抿嘴儿偷笑，急不可耐地在风儿召唤下，如同自由落体的跳水运动员，循着不同的轨迹，在半空中纷纷划出美丽的弧线簌簌而落。柳，无疑最具个性。相较于其他落叶植物，它们在早春时节最为勤快。当其他树木尚在乍暖还寒的春风中偷懒沉睡时，柳树们却早已从冬眠中醒来，借着淋漓的雨露，一天一天，慢慢抽出嫩黄的芽苞。这些芽苞，星星点点，似一个个羞涩的小姑娘，悠然倒挂于柳树长长的发辫之上，轻盈地伴着风儿荡秋千。历经夏秋的恣意蓬勃，到这个时候，它们依旧卓尔不群，繁密的叶子一半黄一半绿，呈现出深沉的、重重叠叠的层次感，一直在固守那份执着与倔强。但柳树的丝绦们深知，叶眉儿终归是挽留不住的，就像白杨，就像梧桐与国槐，还有园子里许许多多落叶家族的伙伴们，顺天应时，不逆潮流，恰恰是它们拥抱寒冬最正确的打开方式。每每风儿加重力道，稍稍撕扯，叶眉儿不慌不忙，一片、两片、无数片，成群结队，打着旋儿，沙沙落下，顽皮地爬到人们肩头背上，随人走步的节奏，形似孩童玩滑梯，顺势往下一滑，吻到脚尖，吻到脚面，而后，在地上横织出一层厚厚的毯子……

草木有灵，即便漫铺于树荫下的草儿们，于此刻，也现出斑斑驳驳的样貌，微黄、浅黄、深黄，相互穿插交织，似乎在深情地拥吻与告别。它们深谙，这一载，扮亮世界、装点寰宇的庄严使命已然完成，纵然被野火烧尽，又有什么值得遗憾呢？

杜甫诗曰："无边落木萧萧下，不尽长江滚滚来。"意境雄浑阔大，却不乏沉郁悲凉之意。纳兰性德词亦云："谁念西风独自凉？萧萧黄叶闭疏窗。"同样，也在极力渲染自己丧妻后的孤单凄凉之情。

所谓"一切景语皆情语"，究其实，这些诗句，无非是诗人们将自己的身世遭遇和主观感受，投射于寒风，投射于落叶，借以表达自己心中无尽的哀愁罢了，然而，落叶似乎并不这么想——四时有序，夏冬有别。在生命蓬勃之时，自当尽绽繁华，纵情点缀这个如花似玉的世界；而当生命的大幕缓缓垂落，无论主角，抑或配角，统统都该以通脱达观的心态向观众鞠躬谢幕！这是天道，也是必然。这世上，又有谁能够只接受

"明媚鲜妍",而独独拒绝衰朽与没落呢?甚而,片片落叶皆是怀着一颗喜乐之心欣然飘落的——为之前的繁盛,为之前的美丽,心甘情愿零落成泥,无怨无悔坠地成灰。

二

二十六岁,我遇到了她——一个身材修长、面容姣好的女孩子。我年轻,她也正年轻。不期然的相遇,让两颗怦怦乱跳的心紧紧贴在一起。

第一次相约,清秋,在小城街市中央那座老旧的电影院。如许许多多羞赧的年轻人一样,即便在黑漆漆的影院,依然不敢十指相扣。电影散场,阴云四合,秋雨潇潇。女孩子衣衫单薄,只穿着一袭洁白的连衣裙。耸立的瘦肩,咯咯打战的牙关,无不显示她不堪凄风苦雨的无情侵袭。赶忙脱下外套,轻轻披在她肩上,一任风雨打湿衬衫,浸透全身。暖,无疑是可以无私馈赠他人的,更何况,眼前的这个可人儿是自己深爱的恋人。

我喜欢静静地呆望她忙活的样子。农家小院,夕照融融,女孩子的周身,淡淡的,沐浴着一层金色的光泽。在她身旁,一座炉火烈焰正红。一张张薄薄的葱花饼,在女孩子灵巧的双手里,上下翻转,散发着阵阵诱人的香味。她勤快,也爱干净,乐于创造一切美好的生活;而我,并不想惊扰她,只愿远远地站在那里,默默欣赏这首欢快的畅想曲。遐思冥想中,似乎,一幅饱满灵动的生活画卷正在我面前徐徐展开:一带远山,葱茏蓊郁;潺潺溪流,叮咚作响;阳光暖暖的小院,豆棚瓜架,鸡犬相闻;几个半大的孩子,追逐嬉闹,银铃般的笑声惹得艳阳笑红了脸、白云乐弯了腰。

或许,深秋季节真的不适宜物事生长,作物如此,一段感情恐怕也是这样!一个霜月朦胧、寒气逼人的夜,同样在那座农家小院,新生的爱情似襁褓中的婴儿，终无力抵御冷漠的残月、凄紧的霜风，刹那间，又如琴弦铿然绷断，无疾而终……

时至今日，一直都不大明白，这一幕甜蜜的剧情因何会发生如此大的反转，是她变了心，还是我做得不够好？抑或，还有什么别的原因？每一个孤寂的夜，在一方暗黑的斗室，燃起一支香烟，借着钩月的点点清辉，看一粒红火明明灭灭，看一缕青烟随黏稠的空气袅袅升腾。一瓣又一瓣，细掰着心底那颗青涩的橘子，有一丝甜，有一点酸，更多的，是涩涩的苦。也曾柔肠百结，也曾心有不甘，甚而，在情感的断崖边苦苦挣扎，期冀能够峰回路转、柳暗花明。然而，一切都过去了，如同留也留不住的光阴，如同咆哮向东的江水，脚步匆匆，永不回头！

逝去的，终归要逝去，任谁也无法阻挡离去的脚步！人到中年，娶妻生子，我有我的妻，我有我的家；想必，她也已嫁人，应该还是那么勤快，还是那么热爱生活。

频频回望生命中那个悲欣交集的片段，有如醍醐灌顶，终于醒悟：当年的她，或许是一种迫于无奈的狠心逃离；对于我，则是一场孽缘的死亡与终结。往者不可谏，缘去即成幻。此去经年，将薄脆如琉璃的过往抟成一个美丽的花瓶，将它轻轻放下，收藏于岁月深处最为隐秘的地方，不再回顾，不再纠结，各自安好，互不打扰，甚而，连对方的姓名也随记忆的沉落逐渐忘却，于彼此，恐怕都是一种释怀，都是一种解脱。

三

一朝堕入生死海，万里黄沙不回头。

"生"，如同惊鸿一瞥，欣欣然降临到这个婆娑世界，也许它并不知道，在它呱呱坠地的那一刻，一个"死"字，已悄悄连缀到了它的后衣襟。"死"，就是"生"的影子，与"生"相伴相随，时时处处窥探着

"生"的一举一动,一旦"生"的机缘即将了结,这个"死"字,便会露出狰狞的面孔,从隐身的暗影里一跃而出,以它尖利的爪子或牙齿,为"生"画下一个大大的句点或者休止符,借此宣告"生"的完全终结。生与死,这一对打不完官司的千古冤家,拆不开,解不散,交迭更替,世世代代,以至无穷。

谈到"死亡",早年,台湾著名言情小说家琼瑶的遗嘱迅速在网上蹿红。

在给儿子与儿媳的一封信中,琼瑶这样叮嘱道:

一、不论我生了什么重病,不动大手术,让我死得快最重要!在我能做主时让我做主,万一我不能做主时,照我的叮嘱去做!

二、不要把我送进"加护病房"。

三、不论什么情况下,绝对不能插"鼻胃管"!因为如果我失去吞咽的能力,等于也失去了吃的快乐,我不要那样活着!

四、同上一条,不论什么情况,不能在我的身上插入各种维生的管子。尿管、呼吸管,各种我不知道名字的管子,都不行!

五、我已经注记过,最后的"急救措施",气切、电击、叶克膜……这些全部不要!帮助我没有痛苦地死去,比千方百计让我痛苦地活着,意义重大!千万不要被生死的迷思给困惑住!

无疑,已八十岁高龄的琼瑶女士,是一位看透生死的"明白人"。她深知,所有人都是这个世界的过客,所谓"生",不过是一个极其偶然的事件;"向死而生",却是每个人都无法更改的必然。既如此,当生命像火花般燃烧时,就该感念上苍的恩宠,尽情地让它燃烧,烛照暗夜,也照亮周边的每一个人;而一旦生命的柴禾燃烧殆尽,即将熄灭,且不妨让它如同一片雪花,晶莹剔透,飘然落地,化为尘土。

生有生的尊严,死亦有死的尊严。当人失去行动能力与吞咽能力,当人失去生而为人的快乐,与其在身上插满各种管子,任人摆布,遭受种种维生的痛楚与折磨，远不如尘归尘、土归土，让生命灿烂出最后一朵微笑安详离去。

清代严我斯诗云："误落人间七十年，今朝重返旧林泉。嵩山道侣来相访，笑指黄花白鹤前。"

不只他，比严我斯稍晚一些的袁枚，同样也是一位笑看生死的智者——

"顾我于今归去也，白云堆里笑呵呵。"

亲人生命终结，本为"归去"，甚而，是返真，是羽化，是涅槃。作为生者，捧着一颗诚挚的孝心，舍不得亲人就此离去，甚至不惜花费重金，想尽一切办法予以抢救，实在是人之常情。然而，不为生死的迷思所困惑，不因对亲人的不舍而强行挽留，让本该逝去的生命不再承受种种痛苦的摧残，让他（她）顺其自然飞升天国，于逝者，是一种慈悲；于生者，恐怕才是真正悟透了悲柔的深意与内涵！

四

萌芽，发展，鼎盛，继而衰落，乃至死亡，这是造物主开天辟地定下的"铁律"。世间万物，花鸟虫鱼，山川河海，任谁也逃不脱由生到死的宿命轮回。

一日，朋友与我论及历史上曾盛极一时的某一地方剧种，设想着将它传承保护下来，并予以大规模推广。对此，颇不以为然。这一个濒临灭绝的地方剧种，发端于农耕文明之丰厚土壤，在旧时生产力低下、乡野娱乐方式极其单一的历史条件下，作为农闲季节里乡民休闲娱乐的一种方式，它应运而生，恰恰适应了当时的现实生活需要，并在相当长的历史时期内达到了鼎盛。直至20世纪七八十年代，它才随着社会生活的急剧变迁而迅速衰落。现而今，电影、电视、网络媒体如此发达，人们的娱乐方式既多元又丰富，且生活节奏日益加快，远非昨日的"慢生活"可比。在这样一个急遽变化的时代，将原有的一些历史文化遗产继承与保护下来，自然是我们这一代人义不容辞的责任，也是一种不可推卸的义务，然而，若强行将这些腐朽僵化，抑或已经"死亡"的东西大规模加以推广，不仅做不到，而且，也没有任何必要！唱片机死了，VCD和DVD也死了，那就不妨让它们慢慢退出历史舞台，走进故纸堆里吧……

"人生代代无穷已，江月年年只相似。"

世间，一些本该死亡的东西，比如旧的事物，乃至衰朽的生命，不留恋，不挽留，让它们自然死亡，让它们在历史的尘烟中随风而逝，或许，这才是真正的慈悲吧！

命运之殇

一

早知她身患恶疾，但依旧没有想到她会走这么快。

己亥新年未尽，传统"破五日"，到处依然弥漫着浓浓的喜庆气息。大街小巷，彩楼巍峨，灯笼高挂；家家户户，楹联纳福，喜庆新春。虽明令禁止燃放鞭炮，但好像这道行政命令并不能有效遏止人们对幸福生活那份憧憬与渴盼，间或，有"二踢脚"在半空炸裂，紧接着，"噼里啪啦"乱响，挂鞭的燃爆声从不远处传来，淡淡的火药味儿也开始扯着风的衣袖，在空气里悠悠向四处飘荡……

在这热闹而喧嚣的节日氛围里，纵然她有万般心不甘情不愿，病魔又何曾大发慈悲？它渐行露出一副狰狞的面孔，冷笑着，"嘎吱嘎吱"磨吮着两排白花花的阴森牙齿，一点一滴，无情撕咬着她的生命，终将她仅存的一丝气息毫不犹疑吞进了肚中。

她走了，就这么走了，在亲人痛彻肺腑的号哭声中，在阴冷的不归路上，愁容满面，一步一回头；灵魂，也向着虚无不断升腾。我知道，她要去的地方很远，远到根本无法用脚步丈量；我也知道，她要去的地方没有光明，没有温暖，只有浓重而无涯的黑暗。这黑暗，如同一袭巨大的黑色幕绸，铺天盖地，死死裹挟着每一个逝去的灵魂。而她的灵魂，也被牢牢困在这凝滞而黏稠的乌色中，没有人能够帮得上她，也没有谁能够把她再拉回这个五彩斑斓的世界，人们所能做的，是把她的肉体装进棺椁，深埋于黄土地，任凭这具躯壳腐化、消解，化成一堆森森白骨。

其实，这生死之间，无非横亘着一条看不见摸不着的丝线，古往今来，曾有多少人跨过这条丝线，从这头走向了那头。这个，似乎没人做过统计，也没有任何一个人能够设法逃脱这一既定宿命，即便伟大的嬴政始皇帝，甚至不惜动用他那至高无上的权力，委派术士徐福远赴东海求取长生不死之药，最终，也是尘归尘、土归土，化作了一抔尘埃。

伟大的始皇帝尚且如此，这世上每一个蝼蚁般的生命，又如何能够摆脱命运的桎梏，将有限的生命无限拉长？

逝者已逝，她的音容笑貌只留在了相框中，留在了人们的记忆里，而且，随着时光流逝，那个印记还会逐渐褪色、变淡，直至消弭于无形。然而，生者还得继续罹受这人世的苦难，比如疾病的折磨、生离死别的苦痛，抑或灾荒、饥饿、战争……

最后一次看望她，是她逝去的前两天。刚过立春日，春寒尚显料峭，但蓬勃的春之气息已无可阻挡地在脚底下汩汩流淌。她的床头，离她不远的地方，立着的，应该是一盆剑兰吧？这盆剑兰，沐浴春日，映着朝霞，花叶青翠而修长，顶端，两朵花儿正幽然吐露着芬芳。

她躺在床上，气若游丝，早已人事不省。一张脸，消瘦而煞白，薄如纸，白如霜，似乎，这浩荡的春风、这红艳的春日根本与她无关，即便剑兰的花色和花香，也统统与她无关。她的额上，因疼痛沁出一层薄汗，亮晶晶的，像在无声地告诉人们，她要走了，即将要堕入那个孤寂而阴冷的炼狱。

"不用再输液吧？问过医生了，输液会导致水肿，只能更多地增加她的疼痛。"

她最小的女儿陪着她，一边为她拭汗，一边征询我的意见。

"还是不输了吧！临行前，与其以药物再徒然增加她的苦痛，远不如就让她在睡梦中悄然逝去……"

是的，生命如此脆弱，又是如此荒诞，纵使生者多么不舍，任谁也无法将她多挽留片刻。

就在走的那一刻，她长长舒出一口气。或许，是因生命过早逝去而哀叹；或许，还有很多放心不下，然而，一切都已回天乏术，她唯能带上无数的渴念与遗憾匆匆离去，将自己的一生绾结成亲人胸前的朵朵白花。

事实上，她是该把一切都放下了！在过往的岁月里，作为女儿，父母膝下已尽孝；作为母亲，她又以一个农家女特有的坚忍与毅力，像一头永不知疲倦的老黄牛，含辛茹苦，将三个如花似玉的女儿养大成人，又为她们找到了合适的婆家。即便在身患恶疾的数载时光里，虽经两次大手术，但她依然强撑着病体，搭把手，帮助女儿们看管孩子，做一些力所能及的家务。她的责任，她的义务，通通都已尽到，又哪里还有什么舍不得与放不下的呢？

如同陌上盛开的一朵野菊花，她的生命卑微又倔强。就在癌细胞扩散至脊柱的那些日子里，家人从未见过她因疼痛而号哭，反而，一种强烈的求生欲望一直支撑着她拼命挣扎在生死线上。然而，面对残忍的病魔，她的挣扎又显得是那样苍白无力，就像一只蚂蚁掉落在茫然无际的大海，纵然拼尽全力向岸边攀爬，终归无力改变倾覆的命运。

在灵堂前，我再一次看到了她的脸，只是笑容已经凝固，像木刻的，呆滞而僵直。她的生命已经彻底终结，如同一枚飘零的落叶，在宏阔的背景下轻轻划出一道休止符，轻叹之间，化身泥土，零落成灰……

生命短暂，世事无常。作为她的亲人，除了心存悲伤，除了叹惋不止，我还能为她做些什么？不能！唯能以这简短的一篇文字粗略寄怀，聊以祭奠和悼念她渐行渐远的亡魂。

二

　　一间阔大的手术室，空荡荡的，唯在房间中央，孤零零立着一座手术台。漠然直立的白色四壁、刺眼的白光、神色冷峻的"白大褂"，这些"白"，纠缠混杂，让人浑然不知是否堕入了茫然无边的冰雪世界。当我逡巡走进里面，尚未看清周遭的环境、看清里面的每一个人时，一声没有血色，也没有任何温度的命令兀然撞到了耳膜上。

　　"快点，快点，自己爬到手术台上去！"

　　顺从地攀爬到高高的手术台，仰面横陈于青色台布之上，仿佛就是一只待宰的羔羊。仲春时分，室外温度渐高，住院楼下，那方不大的花园里，朵朵或红或粉或黄的牡丹花雍容华贵开得正艳。然而，这空旷的手术室，依然显得有些阴冷。我不禁打了个寒战，瞬间，一股寒意从心底涌出，顺着血管急速流动，很快，传遍周身。

　　"哆嗦个什么？紧张呢，还是害怕？多大个人了，敢情还像个孩子！"口气中带着责怪，更多夹杂着嘲讽。

　　"动作麻利点，把裤子褪到膝盖下面。"

　　抬头，起身，褪下裤子，再次仰躺到手术台上。

　　"把内裤也脱了……"

　　"怎么？还要脱内裤吗？"

　　"当然！大腿动脉是手术备用的地方，需要全面消毒。你动作快点，做完这台手术，我们就该下班了！"

　　我深知，这或许是手术需要，然而，在众人面前暴露下体，又情何以堪？况且，听那嘈杂的说话声里，还夹杂着几个异性的声音。然而，这一切又有什么办法？一个把健康体魄交予命运之手的人，也就失去了任何讨价还价的权利，就像浮士德，将自己的灵魂、将自己的自由，统统出卖给了魔鬼。

"你到底做不做手术？"

"你这人，还害什么臊？你以为这是哪里？这是医院，是手术室！快快收起你那点可怜的羞耻心吧，早点做完这台手术，我们就该下班回家了……"

羞愤、悲哀，却又无可奈何！众目睽睽之下，当最后一块遮羞布褪到腿弯处时，平日里所谓的矜持，所谓的尊严，一切都成了薄脆的琉璃，稍一碰触，便"哗啦啦"破碎一地，徒留下一具了无生气的躯壳，如同一件向上帝敬献的祭品，毫不设防地赤裸裸暴露在人面前。

消毒，局部麻醉，将一块块青色手术布一一覆盖到身上，而后，一把闪着寒光的手术刀很快切开腕部动脉，插进导管，输入造影剂……手不能动，口不能言，心也像一截木头般毫无知觉，整个人，无非就是一个任人摆布的木偶，容不得有一丝挣扎与拒绝。一分钟，三分钟，五分钟……时间的脚步仿佛被一团乱麻羁绊，走得磕磕绊绊，走得步履蹒跚。恍惚间，灵魂冲破躯壳封印，晃悠悠与肉体分离，似一股青烟，袅袅向着高处飞升。频频回首，再俯视那副臭皮囊，卑琐，丑陋，渺小，哪有什么人性光辉可言？犹如一个囚困，我焦灼地等候着赦令，哪怕只有一两个字，都将是命运惠顾的征兆。在漫长而焦心的等待中，终于，一句"做完了"从不远处传来，幽幽的，像是从齿缝间硬生生挤出，里面混杂着一丝愉悦，还有几分如释重负的快感。而我，也借此重获自由。当我被人用轮椅推出手术室时，已是日薄西山。周遭的绿树身披淡淡的余晖，像一个个眨着冷眼的人，似乎，都在朝我发出鄙夷的笑声。然而，这又有什么办法？在这个悬挂红十字的大院里，所有身穿条形服的人，恐怕，大多和我有着同样的遭际，更别说那些住在ICU的人们，他们的命运，完全操纵在别人手里，包括生与死。他们，又何谈耻辱与尊严？生而为人，一旦落到此种地步，便只有无尽的苦痛与悲哀，就像赤足行进在荆棘遍布而又一眼望不到尽头的羊肠小道，每一步锥心的疼痛，都足以让人完全绝望！

　　人言，黄金最贵，但它何以能买到阳光与空气、健康与自由？活着，健康地活着，有尊严地挺立在天地之间；每天，都有力气和亲朋好友道一声早安和晚安，或许，这才是人世间最大的幸运！

三

　　每个人的手机或电脑上，都有一款小游戏，叫作斗地主。闲暇时，斜卧于沙发之上，随意打几把牌，聊以打发那些百无聊赖的时光。虽云不赢房子不输地，但好胜之心人人有之，总希望顺风顺水多赢几把。玩得多了，渐渐发现，人们所说的打牌技巧固然重要，但关键之处，还在于手中拿到的是什么牌。有时，手中没有"王炸"，没有"大老二"，甚至，连一个A都没有，不管你牌术多么高超，也只能眼睁睁看着对手无情碾压而毫无还手之力。

　　我知道，这些游戏，都是程序员开发的小程序。那些发到手里的牌，无论大小，也是在电脑或手机自动操纵下，随机派发出的。在一定的游戏规则之下，牌好时，人们基本都会赢；牌差时，即便长着"三头六臂"，也无法更改失败的结局。常常看到对手狂轰滥炸，轻松赢得胜利，我不禁哑然——这，何尝不是我们的人生？在这人世间，每一个呱呱坠地的生命，都是一个偶然。也许，上天仁慈，捋着长长的白胡子，笑眯眯赐予你一手好牌；然而，大多时候，他面目冰冷而严峻，发到你手里的牌，无非一把烂到不能再烂的臭牌，纵使你动用所有的聪明才智，乃至死磕到让人感动落泪的地步，也难以改变命运的挫败！

　　是的，半百之年，看惯人世的起起落落与悲欢离合，突然明白，每个人，无非命运之手操纵下的一只只玩偶，一辈子，到底是人生赢家，还是输家，皆非自己所能左右。学会放弃那些不切实际的幻想，学会收起那双渴望一飞冲天的羽翼，轻落于尘埃之上，或许，是历经各种挫折与失败之后所做出的一种无奈选择，其中的心酸，其中的悲愤，恐怕，只能自己默默承受，甚而，还需学会在人前硬挤出一个自嘲的微笑，双肩一耸，两手一摊，心服口服，缴械投降……

牌如人生，人生如牌。成长路上，每个人都会遭遇不同的人生十字路口，何去何从，如何取舍，往往决定着不同的人生结局。可能，一手好牌会被自己硬生生打烂；抑或，借着命运垂青，成功逆袭也未可知。前者如中唐的刘禹锡、晚唐的李商隐，后者如刘季、朱重八。牌局有玄机，人生是个谜，似乎，在冥冥之中，始终有一只无形的手在左右人们的生命走向，乃至决定着某个人一辈子到底该吃几顿饭、穿几身衣。

天地不仁，以万物为刍狗。人在其间，卑微如同一粒草芥。输与赢，生与死，一切尽在天地掌握之中。即便孙猴子，天设地造，神通广大，不也难逃如来佛的掌心？"时运不齐，命途多舛。冯唐易老，李广难封……"《滕王阁序》中，一代英才王勃如是说。信乎，不信乎？当一切努力付诸东流，痛定思痛，却蓦然发觉，原来啊——回首向来萧瑟处，也无风雨也无晴……

饭局

第一次郑重受邀去赴一个饭局，应该是大学毕业后参加工作的那一年。

一家不大的饭店，居于小县城最繁华的地段，窗明几净，看起来倒也整肃，尤其小包间，桌椅古色古香，雪白的墙上挂着名人字画，墙角还摆设着精巧的盆景，布置得甚为雅致。设这个饭局的，是学生家长——一位在某一国营企业上班的中年汉子。作陪的，除了他的妻，还有我的一位同事。这个局，就是经这位同事介绍串联起来的。

这一年，我走出大学校门，又迈进了另一所中师学校的大门，任语文课教师兼班主任。新生报到的日子，也是家长和班主任老师会面的日子。大多家长，会趁着送孩子的机会，与带班老师聊聊孩子的情况，并希望日后能对自家孩子多多照顾，但是，设一个饭局，邀请班主任老师吃饭，却是其他家长无论如何也想不到的。显见的，设局的这位家长，见过世面，也深谙"拿人手短，吃人嘴软"，如果班主任爽快地参加这个饭局，那么，他的孩子也一定能够得到他所期望的照应。

然而，恐怕这位家长万万不会料到，于我这么一个刚出大学校门的毛头小伙子而言，尚不懂人情世故，且骨子里正藏着一股子清高与自负，对他这样的做法，内心自然多有鄙夷，就差把肚子里愈来愈浓的不屑从鼻孔里哼出。只不过，实在碍于同事的面子，在反复推脱无果的情况下，才硬着头皮赴局。

逼仄的包间里，学生家长很热情，夫妻两个一直赔着笑脸，布菜，斟酒，说一些年轻有为、才学丰厚之类的奉承话。作陪的同事一边帮腔，一边替家长含蓄地提出他们的期望，无非学习方面要严格要求，生活上多多照顾，末了，转入正题：希望孩子能担任班里的学生干部，在多方面能够得到锻炼云云。

20世纪90年代，对于这样的阵仗，真是第一次遭遇。该怎样回应人家的诉求才能应付这个场面，实在没有任何经验，只好含混其词，像做贼一样草草收场，借故逃离……

人活一辈子，总会有诸多的"第一次"，第一次哭、第一次笑，第一次爬、第一次走……有了第一次，便会有第二次、第三次。每一个"第一次"，都是成长与历练，犹如这饭局，终让我明白：它无非是表达利益诉求的一个媒介、一个载体，表面上吃的是饭，背后隐藏的，却是人情事理和一些难以言明的企图。

中国历史上有很多著名的饭局，比如鸿门宴，比如杯酒释兵权。这些典故，想来人人尽知。鸿门宴，美酒佳肴底下，隐藏着杀机；杯酒释兵权，琥珀色的甘洌芬芳的醴浆里，暗藏的却是智谋与权术。若赴宴的人，仅仅将这样的饭局当作一场大快朵颐的盛会，则未免幼稚，稀里糊涂丢掉脑袋恐怕也在情理之中。

人言，当局者迷。然而事实上，并不尽然。在诸多酒局、饭局里，设局的人肯定心知肚明。他的机谋和企图，是预先设定好的，就像用一根带着绳索的棍子，支起一面笸箩，再在地面撒些秕谷，专候那些傻傻的鸟雀来啄食。只要时机成熟，绳子一拉，鸟便入彀中矣。但也有那些聪明的赴局者，比如说刘季，事先早已看透酒宴里暗藏的玄机，在装聋作哑饱餐一顿之后，借口去茅厕，轻松逃脱，只留下那些设局者坐在那里捶胸顿足干瞪眼……

撇开这些著名的饭局，即便我们平常人所设的局，同样深藏着一些不便言说的话外音。求人办事，于一处豪华酒店，预定一桌美味佳肴，将贵客推到正席，居中端坐了，陪席者才会纷纷落座。在频频举杯脸红耳热之际，设局者往往嘴里喷着酒气，伸手一把搂住贵客的后颈，抑或，将自己的前额与贵客的前额抵在一处，嚷嚷着敬酒，顺便再将求办的事说出。酒能乱性，酒也能在肝胆间催生出一股干云的豪气，让人在酒精的迷醉下渐渐放下平时的矜持，放松提防的警惕。这当口，醉眼蒙胧的客人，再加上夸赞与奉承两味"药剂"的佐助，肾上腺素急速蹿高，定会涨红着脸，把胸脯拍得山响，秃噜着那条不很利便的舌头，将事情大包大揽满口应承下来。大家皆大欢喜，一些平常难以办到的事儿，就这么顺其自然，水到渠成。

人到中年，所经历过的饭局，掰着指头都数不过来。同乡会、同学会、校友会、朋友会……林林总总，蔚为大观。同乡会、同学会，熟人久未会面，一旦相见，高涨的热情尤甚——热切地握手，热烈地拥抱，哪怕当年无非泛泛之交。叙旧的温情外衣下，不自觉地，会掺乎攀比，还有一些不动声色地炫耀。即便肝胆相照知根知底的老友，约个饭局，也非全无目的。虽然，彼此之间并没有什么利益冲突与利益诉求，但或许是肚子里的馋虫作祟，或许有许多知心话儿憋在心里难受，急需找一个僻静之处发泄。于是，拿起电话，与老友简单约个饭。有时，兜里的银两充足，不妨去一家好点的酒店；有时，碍于囊中羞涩，便只能蹲坐于街头小摊。但这些，都无妨。倾诉也是一种"刚需"，尤其在没有利益瓜葛、无须羞赧与设防的好友之间。二三知己，要几盘小菜，热一壶小酒，在酒至半酣之时，彼此将不愿向人提起的诸多尴尬、耻辱，甚而不堪，抑或小确幸、小收获、小开心，一股脑儿倒出来，痛苦便可减半，喜悦亦可翻倍。这样的饭局，轻松，喜乐，犹如一味不可或缺的调料，足以给枯燥乏味的生活增添酸甜苦辣诸种滋味。

肚里乾坤大，杯中日月长。饭局，可以联络感情，可以达成妥协，也可以结成利益联盟，一粥一饭间，陌路者瞬间成为好友，敌对双方即刻冰释前嫌，利益攸关的人的命运也借此更加紧密地联系在一处……一场小小的饭局里，各方人物粉墨登场，奉承、吹捧、炫耀、巴结，将世相百态演绎得惟妙惟肖，淋漓尽致。

北岛有一首诗，题目叫《生活》，曾被誉为世界上最短的诗歌。其中，只有一个字——网。据此，如若再写一首诗来概括人类社会，同样亦可只用一个字，那便是——局。

现实世界，哪能只有饭局？有人的地方便有江湖，有江湖的地方，便会有各式各样"局"。

"局"，会意字，从"尺"从"口"，原指棋盘、棋局。武侠小说《天龙八部》中，呆傻的虚竹和尚误打误撞，意外破解珍珑棋局，竟幸运地得到逍遥派掌门人无涯子的七十年功力，不可不说是一场奇遇。由棋局，又引申出诸多义项，除酒局、饭局，还指骗局、局势、局面以及人的器量等等。当然，最富魅力，也最具神秘色彩的，莫过于"设局"与"破局"之意。"局"，小到恶人巧设陷阱，阴谋毒害；大到不同国家和民族之间利益博弈、残酷竞争；它无时不有，无处不在，每个人，统统都不可能成为局外之人，只不过，有的"局"，我们身处其间，浑然不察罢了。

成人世界，每个人又不单单只是"局中人"，比如饭局中的客人。更多时候，我们也是那些设局的人。不管承认与否，人一旦告别幼稚，走向成熟，便如笼中之鸟，不自觉地堕入"设局""入局""破局"的宿命轮回中，直至生命终结的那一天。

五代王定保《唐摭言》卷一曾载，太宗李世民"私幸端门，见新进士缀行而出"，喜曰："天下英雄入吾彀中矣！"试想，天下那么多英雄豪杰，焉能个个都是草包，没有一个聪慧通脱者？但他们不也主动投怀送抱，竞相步入皇家巧设的这个庞然大局中吗？而那些渔樵农牧、贩夫走卒，又如何能够做到识破"局"、逃离"局"？

这个社会，本来就是一场铺着红地毯、装饰各色鲜花与气球的盛大饭局，喜气，奢华，气派，与会者的脸上统统洋溢着凝固了的笑。觥筹交错间，除非圣人和傻子，我们都将不知不觉堕入其中……

我惧怕生命散落的方式

伴随轮胎急遽摩擦地面升腾起的一股青烟,在汽车尖利刺耳的刹车声中,在路人恐怖的惊叫声里,一具年轻的躯体兀然腾空跃起,像秋风中飘零的落叶一般,在空中连翻数个跟头后,还没来得及哼哼一声,便重重摔落在了冰冷的地面上……刹那间,殷红的鲜血从这具躯壳的每个孔洞里汩汩冒出,眼睛、鼻孔、口腔、耳朵眼,似乎蓄积已久的堤坝突然崩溃,肆虐的洪水正寻着每一个可以发泄的出口向外奔泻……紧接着,空气中漾起一阵血腥味,与暮春时分的青草味儿、马路上蒸腾起的土腥味儿纠缠混杂,酽酽地,在半空中氤氲悬停,兜兜转转,又向着围观的路人鼻腔里冲去。

这具年轻的躯体是谁,他是谁的儿子、谁的丈夫,又是谁的父亲,围观的路人叽叽喳喳议论个不停,却没有一个人知道。只听路边几个豁着牙床、聊天晒太阳的老太太抹着眼泪说,可能这个年轻人有什么急事,没顾得及停脚观察马路上的车辆,便急匆匆横穿马路。哪承想,车辆速度太快,一眨眼工夫,一条命就这样交待了……

我历来看不得任何血腥场面,唯见惊慌失措的卡车司机脸色煞白,双腿哆嗦着,缓缓从驾驶室里"爬"出来,又拨通手机,像是给120打电话,或者是向交警部门报告……

大概那个年轻的躯体,生还的可能已经微乎其微,说不定,一缕冤魂也已到地府报到,而他身后,可能有倚门倚闾待儿归来的白发父母,

153

或者有瞬间失却依靠和庇佑的娇妻弱子，然而，世事无常，一个美满的家庭，亦可能就此画上幸福的"休止符"，剩下的，唯有家人无尽的哀伤与悲痛。

若站在这条年轻生命的角度，我实在不知道他到底还有多少未竟的事没做，还有多少没来得及说的话要说，然而，随着生命戛然而止，一切都已不再可能，他的心事，他的愿望，他的秘密，他所有生命的密码，都将深埋于黄土地，或者消散在火葬场上空的一缕青烟中。

人世间，这样的悲情故事并不少见。

去年，一个做生意的发小，因患心血管疾病住进了医院。本来，血管堵塞不是很严重，在做了照影和支架手术后，病情日渐缓和。主治大夫说，再观察些许时日，就能出院了。发小自是高兴，他妻子脸上，连日里密布的阴霾也渐行散去，眉眼处，像是照进了几缕太阳的光彩，亮堂堂的，又明媚又温暖。就在一家人以为烟消云散的时候，正在上班的女人突然接到医院电话，说她丈夫的病情陡然恶化，让她赶紧去医院处理后事。女人一时慌了手脚，待她连奔带跑赶到医院时，丈夫已被送进急救室。匆忙间，于病危通知书上签字后，只能在急救室外焦急地等待，默默地垂泪。这种等待，怕是世界上最焦心、最残酷的等待，仿佛时间的秒针上挂上了一副沉重的沙包，前行的脚步显得那么踉跄和艰难。在经历漫长的煎熬后，一具覆盖着惨白色床单，再也不会动弹、再也不能开口讲话的尸体，被人从急救室里推了出来……

当一下子昏厥在地的女人渐渐缓过劲儿的时候，我们一帮子朋友，早已帮忙把发小的尸身运到了殡仪馆。

发小走得太匆忙了！在生意场，谁欠着他的钱，他又欠着谁的钱，实在不甚明了，甚而，他的银行账号和密码，也没来得及交代给至亲的父母妻儿……他就那么走了，前前后后，统共也就那么几小时时间。想来，就在他的意识越来越模糊，甚至像蛛丝一样铿然断绝的那一瞬，他该有多么不甘与不舍，该有多少揪心与懊悔。可是，一切都已来不及了，死神猝然间将他的生命之丝和意识之弦活活掐断，徒给亲人留下一个尚未交代清楚的烂摊子，让他们在无穷无尽的悲伤笼罩下，稀里糊涂收拾生活的一地鸡毛……

2020年年初，一场突如其来的新冠肺炎疫情迅速席卷中华大地。时至今日，这场灾难仍在全世界蔓延，死亡人数也在持续攀升。在这一组组冰冷的数据背后，有多少白发人送黑发人的悲剧上演，有多少他人的兄弟姐妹猝然辞离人世，又有多少为人父母者就此撒手人寰？

从新闻报道里读到，由于疫情防控之需，几乎所有逝者，在意识消亡的那一刻，并没有一个亲朋在场。他们的遗言、遗愿，恐怕也只能如他们渐行渐逝的生命迹象，在无所寄托的空气中萦绕三匝，而后，彻底消逝在茫茫时空最深处。

我实在不愿猜测这样的结果，然而，世事又怎能以人的意志为转移？当一个人，将肉体横陈于雪白的床单之上，已无力左右自己命运的时候，他唯一能做的，只是把自己如羔羊一般奉献给创造他的上帝，而后，尘归尘、土归土，与他今生今世所有的记忆、所有的思想情感一道，同化为无形……

活了大半辈子，早已看惯生离死别，早已看透世事无常，明白了这世上的人无非都是向死而生！就像作家指尖这样描述：

"生命如此短暂。散落，也是一种必然趋势，不过迟与早的问题。散落，多美丽的词语，带着飘逸和洒脱。世界就是如此，我们不过一些花瓣而已。若你像我，闭上眼睛，就会看到许许多多或洁白、或粉红、或淡紫、或浅黄的花瓣在时光深蓝的长河中，缓慢而持续地散落，是那么美丽，那么安静，那么壮观。"

如果，我们都能像指尖那样，将人的故去看作一瓣瓣花瓣诗意地散落，于死亡，我们还有什么可惧怕的呢？

然而，就像我们事先并不知道我们会以怎样的方式、怎样的容貌降临人世一样，绝大多数人，也根本无法预知自己与这个世界永别的方式。是毫无遗憾、体体面面地离开，还是像我的发小那样毫无防备地匆匆离去？似乎，我们都缺少一个自我设计的机会——难以揣测与提防死神的冰冷一吻，也难以事先设定生命之花散落的姿态。

而这，恰恰是我最惧怕的！在我的脑海里，常常会莫名其妙地钻出一些念头，比如，我将在什么时候离开这个世界；走时，我的周遭会围拢着哪些人；我又会以怎样的姿态和样貌与亲人一一告别……这些念头，就像一个个伶俐的精灵，久久暗藏在心底最为隐秘的地方，总是在我不经意的时候，伺机从思维的缝隙处偷偷挤出来，阻也阻不断，防也防不住。

那么，假如真有那么一天，当死亡之神不期然造访我的时候，我期望，我能将他的手拉到面前，单膝跪地，颔首，虔诚地亲吻他冰凉的手背，祈求他赐予我平和喜乐的心态，赐予我体面而不留任何遗憾的离去方式，就像泰坦尼克号里走到生命尽头的女主露丝，身着盛装，微笑着平躺在病床上，将一生或悲或喜的过往像电影一样久久回放，然后，心满意足，优雅平和，如同静静睡去，轻轻合上那双疲倦的眼眸……

你已不在，我却老了

　　早上醒来时，已是七点多钟。刚一睁眼，便听到窗外淅淅沥沥的秋雨声。一场秋雨一场寒哪，怪不得一晚上都感觉腿脚冰凉。

　　处暑过后，暑气褪尽，便已是秋天。床上的凉席早就该撤掉了，秋天昼夜温差大，入睡时，并没觉得有什么异样，然而到半夜，身子骨却抵御不住凉席冰凉的侵袭，就像睡在光溜溜的铁板上，唯有刺骨的冰冷。

　　唉！过了今年，就八十了吧。人老，比不得年轻时候，年轻时，怕热，而现在，气温稍稍有所变化，身体就会"预警"，实实在在地告诉我：秋，真的来了！

　　年岁大的人本来觉是很少的，今早却起得有些晚，可能是昨天去火葬场送老李，有些累了吧？慢慢坐起来，定定神，抚摩一下冰凉的腿脚，感觉头有点沉重，浑身的骨头就像散了架一样酥软无力。不管咋样，先硬挺着起床吧。起床的第一件事情，就是赶紧撤掉凉席，重新换上棉褥子。

　　哦，老李是什么病来着？瞧瞧这记性，昨天，几个老友还在一起议论，还在唏嘘感叹，睡一觉醒来，就全然忘记了。嗯，好像是心血管疾病吧，病来如山倒，"哐"的一声，老李就再没醒过来。其实，老李并不是第一个走的，老周、老张，还有老孙，一个接一个，相继离世，剩下的人，似乎都在掰着指头过日子，说不定哪天，也会离去。

　　老伴儿，也是在三年前走的。她走的时候，老天爷也下着绵绵秋雨。

可她一直合不上双眼，她舍不下啊，舍不下我这个糟老头子，舍不下儿子，也舍不下孙子。可是又有什么办法呢？老百姓常说，阎王让你三更死，焉能等到五更时。生死有命，谁也无法逃脱这个宿命轮回！

掐指算算，与老伴儿一起走过五十多个年头了吧。还记得结婚当夜，按照本地的风俗，是要吃"和气拌汤"的。父母不在跟前，只能由我担当起这项做"拌汤"的任务。然而，那时年轻，哪里会做什么饭呢？拌汤倒是照猫画虎拌出来了，临到调味的时候，却不小心倒多了醋，弄得一锅拌汤酸不溜丢，真是不好下咽。新婚的妻子端起碗，只喝一口，便皱起了眉头，然后"扑哧"一声乐了："你家打死卖醋的了吧？"我知道，这是当地的玩笑话，这位新媳妇显见的是嘲笑我把醋倒多了，拌汤不好喝！但，新媳妇终归还是留了一点情面，蹙着眉，眯着眼，勉强喝了一碗拌汤，算作夫妻以后就能和和美美过日子了。

想想这件事情也实在可笑，无怪乎在后来的日子里，每每拌嘴，老妻总会归咎于这碗拌汤——酸酸的，又怎能一辈子和和气气呢？气话归气话，牢骚归牢骚，不过，自打过门那天起，新媳妇却改了口，不再说"你家"，而是换成了"咱家"。

日子在柴米油盐中平平淡淡地过着，没有海誓山盟，也没有过多如胶似漆。新婚一年，儿子降生了。他的到来，无疑给这个家庭平添了几许忙碌与欢乐。

孩子满月前，自然由老岳母伺候妻子的起居。产妇生孩子不久，饮食自当以清淡为主，一来是饭菜口味重不适宜产妇恢复身体；二来也可能会影响奶水吧。但不管怎样，妻子是必须要按照老岳母拟定好的菜谱吃饭的。这样清淡的口味，对于妻子而言，短短一个月，就好像是过了一年，甚至几年。

孩子满月后，妻子满心欢喜，终于盼到了由我来照顾他们母子。细致地做好妻子产后的第一顿饭，盛了一碗，一边吹着，一边小心翼翼送到妻子手中。她低头啜吸一口，咂巴一下嘴，好像很享受的样子，而后，轻轻说道："他爹，还是你做的饭好吃。一年多了，我就喜欢吃你做的饭！"

是啊，新婚一年多了，夫妻两个人的口味，彼此越来越熟悉，越来越趋同，慢慢地，妻子自然喜欢上了我做的饭菜。

一晃这么多年过去了，我爱吃的，一定是她爱吃的；她爱吃的，也一定是我爱吃的！人们常说，夫妻之间有夫妻相。这应该有它其中的道理吧。相携相扶五十多年，彼此的脾气秉性，彼此的喜好，甚至吃饭的口味，都在渐渐融合，又怎会没有"夫妻相"呢？

其实，五十多年的婚姻也并非一帆风顺。在琐琐碎碎的日子里，不是锅碰到碗，就是瓢碰到盆，甚至一度闹到要离婚的地步。然而，无论如何，磕磕绊绊一路走来，一点一滴减少的是猜忌，增加的是信任；消弭的是"冷战"，增添的更多是一份温暖。

说实话，老妻的毛病一点也不少。比如说吧，干活总是丢三落四，只有前手，没有后手。刚刚切过菜，根本不晓得顺便把菜刀、案板擦洗一遍放好；前头做剔尖面，后头也绝不会顺手把剔尖板与铁筷子清洗干净。为此，也曾拌过嘴、吵过架。可是，一辈子过来了，她始终也没有改掉这个毛病，还常常叉着腰，瞪着圆溜溜的眼睛，振振有词地辩解："埋怨啥？你不就是我的后手吗？"嘿，别说，我还真是老婆子的"后手"，她在前面干活，我就得老老实实跟在后面替她收拾残局。这不是人家的"后手"，又是什么呢？

然而，这样的日子却是再也找不回来了。她走了，不需要我这个"后手"了；而我这个"后手"，从此再无任何用处！

我是老妻的"后手"，老妻却是我的"保护伞"。多少年过去了，夜深时，她总会轻轻走过来，爱怜地在奋笔疾书的丈夫肩头披一件衣衫；疲倦了，她会给正在备课的丈夫泡上一杯清茶；酒醉吐了，她会默默把秽物清理干净；生病了，她会守在床边，端茶倒水，日夜无眠……所有的一切，在这一刻，都只能在梦中追寻！她只是无声地把牵挂带进了坟墓，在高高的天堂里，用她悲悯的眼光俯视自己的丈夫，痛惜地看着丈夫独自苦苦支撑这个家！

儿子与儿媳在外地工作，每年春节能回来看看我已是很不容易的事，让孩子们放弃工作来照顾我这个糟老头子，实在不太现实。儿子三番五次打来电话，话里几近带着哭腔：

"爸爸，又一年秋天了，我接你来这里住吧！妈妈在的时候，有人陪着你，照顾你，我们放心。可现在，妈妈走了，家里只有你一个人孤苦伶仃苦撑着，你让我们哪里放心得下？爸，求你了，和我们一起过吧！"

手执电话筒，心里翻江倒海，真不是个滋味！是啊，老伴儿，老伴儿，老来做伴。有老伴陪着，有老伴儿唠唠叨叨说着话儿，空落落的家里也就有了生气。老伴儿虽然走了，可我依然舍不得离开这个"窝"，舍不得离开这个和老伴儿一起生活了五十多年的地方！即便房子已然老旧了，连墙皮都发黄了，但在这里，有老伴儿的影子，有老伴儿的故事，有我们一起走过的每一个普普通通的日子，我舍不下！

在那些个相濡以沫的日子里，每一个晴朗的早晨，当一缕温暖的晨光穿透窗帘静静洒在卧室的时候，我总是习惯性地转过身，呼唤一声："老婆子，该起床喽。"然后，与她一同下地，相互搀扶着一起去晒太阳，或者一起去附近的菜市场买菜。朝阳下，偶尔遇到楼上楼下的熟人，他们都会不约而同地与我们打招呼，"嘿，这老两口，又去买菜呀？中午又要变着法子吃什么好吃的呢？"

这当口，老伴儿就像个孩子，瘪着嘴，乐滋滋地喃喃说："我就喜欢吃老头子做的菜！我家老头子做的饭菜香着呢！"

现在，老伴儿已经先我而去了！照例，天气好的时候，我还会去菜市场。只是，在我的右手边，多了一根拐杖，却不见了老伴儿的踪影。朝阳把我的身影拉得好长好长，孤零零的，就那样独自彳亍在微凉的晨风中……

一个人做口饭，胡乱把胃口对付过去。泡上一杯碧螺春，放置在茶几上，随手打开电视机，而后，独自蜷缩在沙发里，透过袅袅升腾的热气，看那里面的红男绿女演绎他们的悲欢离合。年轻，多么美好的字眼啊！可它，只属于那些少男少女们！而我，只能看着他们，去回味我的曾经，回味我们的曾经！

窗外，秋雨呢喃，似乎在讲一个故事——一个久远的故事。故事中，满脸皱纹的女主角正轻声询问："老头子，你还在一个人看电视吗？"

是的，我正一个人看电视，我还看到了一位明星——一位老伴儿年轻时曾经崇拜过的偶像。不由自主地，我欢呼着大喊起来："老伴儿，快来看，快来看你崇拜的明星，她也老了呢！"

咦，怎么没反应？步履蹒跚地走近卧室，习惯性推开门，看到的，只有空荡荡的房间，还有那张空无一人的床，猛然醒悟：她——我的老伴儿，早已走了三年了！

枯竭的泪腺

一

刹那间，眼底涌出一汪泪水，似乎要决开眼角牢牢筑起的那道堤坝，在急速旋转两圈后，终归没有溢出来。

忝为人师二十七载，自以为"为人谋而忠，与朋友交而信"，夙兴夜寐，兢兢业业，克己奉公，从未应付过、偷懒过，也从来没有打过马虎眼。这份执着与认真，不仅赢得了众多学生的尊敬和爱戴，而且，每每与街坊邻居碰面，都会被人尊称一声"老师"。我知道，这固然出于人与人之间的礼仪，但更多的，是老街坊们出于对教师这一行当的由衷敬意。但今天有些不一样——因工作上的一个小小失误，当着众多同僚的面，上级脸色铁青，嘴角哆嗦着，毫不顾及我这张五十多岁的老脸，如刀枪，似利剑，将严厉的批评一股脑儿泼到了我身上。那些字眼，仿佛都是一声声响亮的耳光，狠狠扇在了我的脸上。

美国传教士史密斯曾在《中国人的性格》中，提到了中国人的面子观。死爱面子，是这个民族千百年来积淀的文化"基因"。我作为其中的一分子，自然，骨子里也深受浸染，总把脸面看得比生命都重要。这次，我却狠心把脸一抹、往兜里一装，放下小知识分子自诩的身段与人格尊严，硬生生把滴滴泪水和着委屈与不快，一同吞进了肚子……

自古，"溥天之下，莫非王土；率土之滨，莫非王臣。"几千年封建社会，造就无上的王权，自然也生出"君叫臣死，臣不得不死"的权力任性。即便社会发展到今天，小知识分子的尊严和人格独立依旧，瞬间即可被碾压得粉碎。

然而值得庆幸的是，既然眼里能够溢出泪水，甚而没有强作欢颜，说明我还不至于沦落到全无尊严的地步；也证明我的一对泪腺尚未枯竭，犹能在忧伤与悲愤时，条件反射做出反应。然而，甚是可悲，在这大千世界，很多人的泪腺其实早已枯竭，并在生活的重重倾轧下，人也渐渐遗忘了哭泣的本能。

二

绝大多数婴孩降临人世，所做的第一件事情，必是呱呱而泣。或许是脱离母体，失去庇佑，因扑面袭来的恐惧和无助而泣；或是因即将遭受生命的种种苦难而悲；但不管怎样，与大千世界的众多生灵相比，哭泣，似乎是人类这一物种"无师自通"的一项本领。无须他人讲解，无须成人示范，婴儿刚一落地，造物主就将哭泣的技能慷慨赠予了他（她），让他（她）在尚不具备语言能力的尴尬境地中，犹能借助上天恩赐的这项技能，响亮地表达饥饿、不适诸种感受，抑或恐惧、孤独、愤怒之类的情绪。也有个别的，似乎并未得到神灵的深情眷顾，一生下来，鼻孔堵塞，气息不畅，小脸儿憋得通红，唯用滴溜溜乱转的小眼珠上下打量这个陌生的世界，挥动手脚乞求得到他人的帮助。关键时刻，照例，接生护士冲着婴儿的小屁股一巴掌扇了过去。在吃到这一记疼痛后，婴孩隐藏的技能被瞬间激活，伴随"呜哇"一声哭泣，一个小生命的呼吸系统也得以按键重启。

每一个孩子，都是上帝的天使。整个童少年时期，他们都生活在伊甸园里，无忧无虑，快乐成长。但偶尔也有意外发生。一旦遭遇疼痛、委屈、恐惧与悲伤，大人们依旧慷慨大度，容许孩子熟练且肆无忌惮地运用这项技能，来提出他们的强烈诉求，或表达同现实世界的种种不调和。

这些孩子中，女孩子的泪腺似乎尤其发达。这恐怕与她们的敏感、脆弱、多疑的天性和纤细如丝的小心思密切相关。《红楼梦》中，那位"态生两靥之愁，娇袭一身之病"的黛玉，就时常娇喘微微、泪光点点，乃至，不知有多少泪珠儿"秋流到冬尽，春流到夏"，显得总是那么楚楚动人惹人怜惜。常闻红学家阐释，黛玉之所以爱哭，完全源于她玲珑剔透的灵魂、敏感多情的性格和诗人一般的气质，但我宁愿相信，黛玉爱哭，恰恰说明她更多保有孩童一般的本性，活得真实、活得率性、活得坦然，绝不愿意如同宝钗一样，把"懂事""成熟""世故"作为自己的人生圭臬。

从小到大，已记不清到底哭过多少回。虽为男儿身，却有着女子一般的纤细心思，稍不如意，或因闯祸而遭到母亲责打，必以号啕大哭发泄不满情绪，表达对母权的抗拒，并以此缓解屁股挨揍的痛感。初为强忍泪水，低声啜泣；次则捶胸顿足、纵声哭号；到达顶峰后，声线转头而下，渐变为抽抽噎噎；直至欲念得到满足，或者负面情绪彻底宣泄，才会渐渐止住悲声，回归正常。

为此，母亲很是生气，常常大声责备："这么大个孩子了，还是个男娃娃，动不动就哭，也不觉得丢人败兴！"可于我而言，并不觉得哭泣是一件丢人的事情：一方面，仗着母亲的溺爱，总是能通过这座"桥梁"，屡试不爽直达目的；另一方面，大放悲声之后，郁结于胸的块垒便可冰川般融解，身心也像照进阳光一般明晰透亮、惬意舒旦，又有什么可丢人的呢？

据说，作为一种弱酸性的透明液体，眼泪的成分大部分是水，并含有少量无机盐、蛋白质、溶菌酶、免疫球蛋白等物质。流泪，有助于排出人体的某些毒素,更是人们缓解负面情绪的有效"良方"。既如此,以哭泣释放忧伤情绪,排出体内毒素,完全是造物主的一份恩赐,我们又有什么理由可以拒绝呢?

然而,很可悲,就像母亲当年所说的那样,不知从什么时候开始,我渐渐把流泪哭泣当作一件丢人的事情,泪腺的功能也随之衰退。即便身罹病痛,即便遭受很大委屈,在人前,也会故作轻松地笑笑;有时,满不在乎地耸耸肩,似乎,什么事情也没发生一样。我不知道这样做,到底掺杂着多少虚伪和矫饰的成分,然而,现实世界的游戏规则已不再允许一个大老爷们咧着大嘴号哭,就像一部写好的剧本,早已将我的社会角色定义为:像高山一般沉稳,像钢铁一般坚强。契合社会游戏规则,个体自然需要付出代价。于是,胸中块垒如同滚雪球,时间愈久,愈发沉重,终于淤积成一潭"堰塞湖"。倘若不及时宣泄,说不定哪一天,瞬间崩溃,彻底摧毁人的意志,让人决绝地选择结束生命,以求得脱离苦海。凡·高、海明威、顾城、海子,恐怕皆是如此。

三

其实,成人的世界里,也有大放悲声的时候。人们不仅不会将一把鼻涕一把泪当作一件丢人的事情,反之,却把它看作一种孝顺、重感情、为人真诚善良的表现。

在这个神奇的星球上,不论城市还是乡村,倘若谁家有人故去,孝儿孝女和亲戚朋友在依依送别逝者的时候,一定不能状若平常,抑或嬉皮笑脸、言笑晏晏。此刻的人们,一脸的端庄肃穆,尽力启动枯竭多年的泪腺拼命工作,就像用一台水泵,非要从一口枯井里抽出几滴水来,以便扮出痛哭失声、眼泪涟涟的样子。更有那些妇人,哭天抢地,号啕大哭,直哭得梨花带雨、地动山摇,借此,向他人、向周遭的看客表达自己多么孝顺、与逝者的感情多么深厚，心情又是多么沉痛和哀伤。

北方女子的哀哭往往带着"台词"。巷口的王家婶子，便是一位善哭的好手。丈夫去世出殡的那一天，王家婶子一袭素衣，一屁股坐在冰冷的地面上，以手掩面，直哭得死去活来。涕泗横流之际，依然念念有词。那音调，颇像角儿在台上唱大戏，每一句都拖着长长的颤音。

这样的号哭往往颇具感染力，触发在场的人纷纷激活枯竭的泪腺，"哗啦啦"分泌出几滴同情的眼泪来。

但也有与逝者关系不大、感情不深的人，心里并无多少悲痛之意，任凭怎样眨巴眼睛，也死活挤不出一滴眼泪。尤其那些到场的女宾，倘若不能应景洒下几滴泪水，会被人看作冷血和不近人情，事后必要遭人非议和耻笑。为避免这样的尴尬，万物之灵长总是充满智慧。他们发明了一块"遮羞布"——"脸苦子"。于白色孝帽前，缀上一块三四寸长的白布，明地里，是让女宾用来擦拭眼泪和鼻涕；实则，是为遮住女宾的那张脸，让看客们无法看到女宾是否真的在痛哭流泪，只将她那假意扯着嗓子的干号当作了情深义重的表达。

其实，这些更具表演意味的哭号，人人都知其中的底细，但不论是谁，始终都不肯把它揭穿。灵堂前、墓地里，人们更愿意心照不宣地在这样一副副假面具的遮掩下，按照既定程序，将逝者送入黄土垄中，而后，继续心安理得地吃饭、穿衣、睡觉与延续后代，好让这个世界看起来更为"和谐"，更为如人所愿。

四

早年，有一首歌曲曾流行于大江南北和长城内外，名叫《笑比哭好》。歌曲是 1981 年上映的一部同名彩色故事片的主题曲，由当红的歌星王洁实、谢莉斯倾情演绎。犹记得其中的几句歌词，无非是劝导人们，生活中免不了忧愁苦闷，千万不要自寻烦恼泪水浸泡。但现实生活中，这"笑"，实在种类繁多，既有微笑、欢笑与开怀大笑，也有哂笑、奸笑、冷笑、似笑非笑、皮笑肉不笑，等等。在我看来，与后者相较，代表负面情绪的"哭"，反而要更加真实得多、真诚得多，即便是善于伪装的成年人，也大可不必在日常的衣食住行中，装出一副"皮哭肉不哭"的样子。当然，史上那个泪腺特别发达的刘皇叔另当别论。

一个人，泪腺功能健全，甚而，泪点偏低，这样的人，恐怕多为心肠柔软的多情的人。而倘若一个人泪腺枯竭，要么是因遭受生活的巨大苦痛，泪水早已流干；要么是因为万念俱灰，一颗心早已死去；而有的人，在臭皮囊内，天生就隐藏着一副铁石心肠……凡此种种，皆是世间百相。闻之，又怎不怆然？

借道而行的过客

  初秋，暑气犹盛。
  周一早上，城市主干道，来来往往的车辆似乎比其他时段暴增了数倍。这些钢铁塑造的"甲壳虫"，忽而呼啸着疾驰而过，忽而蛇行龟步，慢吞吞地，急慌慌挤成了一堆。有那急性子的，死命摁响喇叭，催促着前车快行几步，然而，前车何尝不想车行顺畅，早一点去单位打卡报到呢？这当口，空气中氤氲的最为浓重的成分，似乎已不再是氧气或者氮气，而是烦闷、狂躁、心急火燎种种情绪，经由化学反应生成的独特气体，既易燃，也易爆。其间，似乎还夹杂着不耐烦的牢骚和咒骂，仿佛此刻若有人胆敢擦亮一支火柴，瞬间即可点燃某个人的怒火，引发一场剧烈的、足以掀翻所有"甲壳虫"的大爆炸。快节奏的生活，多如牛毛的公车和私家车，与落后的城市基础设施之间，不间断冲突、苟合，官司怎么打也打不清。行经在路上的每一个人，唯有竭尽全力克制内心的郁闷与烦躁，才能避免与其他车辆发生剐蹭，避免由此带来种种不必要的麻烦。
  在一截较为通畅的路段，车子普遍加快了速度，从车窗外猛灌进来的热风也渐渐由黏糊糊的状态变得稀薄清凉起来。暑气未褪的时节，凉风总是能带给人们许多愉悦，也让刚刚紧蹙的眉头得以舒展开来。
  突然，一声凄厉的刹车声骤然响起，像是活生生在柏油马路中间撕开一个血口子，刹那间，从地缝里冒出了一股浓重而呛鼻的青烟。我看到，左前方的一辆白色轿车，在马路上硬生生摩擦出两道乌黑的车辙印后，依旧结结实实轧在了一条横穿马路的黑犬身上。

这几乎是在电光火石间发生的一场事故。所幸，车轮只是轧过黑犬的后半身，并未使它当场殒命。我看到，这条黑犬的肚子已被压扁，肠子也溢出了体外。它抽搐着，斜卧在一片血泊中，发出一声声尖利而痛苦的嘶叫。这嘶叫，不只因身体的剧痛所致，其中，一定夹杂着哀伤和怨愤，甚至是对人类的仇恨。因为，从它极度痛苦扭曲而张皇失措的表情里，我读到了生而为犬的种种无奈、悲哀与愤懑。

是的，这川流不息的马路，于它而言，就是一道难渡的天险，而一辆接一辆带着风声疾驰而过的汽车，就是它无法逾越的屏障。当它试图从马路这头横穿到马路那头的时候，只能出于动物的本能，左突右闪，用以保护自己的周全，然而，车速太快了，当司机的眼睛尚未捕捉到它运动轨迹的时候，钢铁与肉体早已轰然相撞。

躺在马路中央的这条犬，身体依旧不停战栗；双眸中，生命的光彩也似乎正在弥散。此刻，我不知道它的心里到底在想些什么，也没有过多时间思虑这条生命的存在与消逝，到底能对这个世界产生多大影响，只是远远地看到，它扫向人类的眼神，由求救的祈求逐渐变成彻底的绝望。

就在我稍稍减速，试图再多看几眼这场惨剧的时候，后面的鸣笛早已响成一片。人们习惯于匆匆忙忙上班、匆匆忙忙求利、匆匆忙忙谋生，乃至匆匆忙忙恋爱、结婚、繁衍，哪里能顾及一条犬的痛楚和存亡续绝？他们中的每个人，都恨不得自己的座驾凭空衍生出一双羽翅，越过一辆又一辆车的头顶，以最快的速度抵达目的地，抑或，渴望能够紧紧抓住时间冰冷的手臂，让它为己驻足停留片刻，以便自家攫取更多的权力和财富。

我们都是这个世界上借道而行的匆匆过客，为名，为利，甚至为一些虚无缥缈的东西，急切地想要尽快到达目的地。比如，某年某月某日，我曾与一只黑犬——两个同被初秋的阳光蛊惑而思有所动的生物，一起借道而行，一起行经那条光影明媚的马路。然而，当我以人类独有的强势，仍旧快活地存活在这个婆娑世界的时候，那条犬，却早已遭遇无数车轮的倾轧，化作了轻散在秋风中的尘埃，再也找不到它曾经借道而行的丝毫痕迹。

或许，我应该以人类自诩的悲悯，为它的逝去而感伤不已，也或许，应该为人类文明强加于它的痛楚而深感苦楚，但我也清楚地知道，再过十天，或者半月，这事必将从我记忆的回沟中彻底擦除，就像从来没有发生过一样，再也不会让我念起一瞬……

日子如滴水，滴答间已近中秋。

秋日的阳光依旧热情十足，火辣辣的，像是正处于热恋期的大姑娘。办公室极其闷热，那扇向外掀开的小窗，根本纳不进秋天的一缕凉风。这样的天气，容易催生人们烦躁不安的情绪，也极易孳生一些不好的讯息。正当我为上苍独独恩赐给人类强势和优越而庆幸不已的时候，一个噩耗，急吼吼越过重重高山，蹚过条条溪流，不容分辨地窜进了我的耳孔——一个未足甲子之年的故人，似一颗流星，倏忽之间在夜空划过，便永远消逝在了历史尘烟中。这位故人，郭姓，是我下乡扶贫期间所驻乡村的支书。早年，曾在某空军部队修理厂服役，后复员回家务农。就在他生命存续的五十七年间，勤劳良善、待人真诚，始终一副热心肠。在任村支书期间，更是不知给村里的老弱病残送去了多少贴心的温暖。在老百姓看来，他就是那株盛开在太行山之巅的山桃花，虽然从未拥有粗壮的枝干与浓郁的绿荫，但依然倔强而固执地扎根在穷乡僻壤，固土抑沙，蓄积水分，于每年晚春时分，骄傲地吐出朵朵绚丽的云霞，给宁静的山乡带来几许欢乐和几多温馨的色彩。他的生命是有温度的，即便对我们这些短暂停留一两年的下乡干部，同样给予很多关怀与帮助，生怕我们这些"城里人"吃不了乡村的苦，受不了农事的累。

或许，在他年过半百逐步领悟人生寒凉的时候，也曾思考过人生的种种归宿；或许，以他五十七年的人间阅历，也曾见过人的一千种死法，但他绝对不会料到，他的生命之路竟会永远终结在一棵核桃树上——一棵能为百姓带来财富和幸福的核桃树上。这是他的幸福和悲哀，同样也是他身边诸多同类的幸福和悲哀。

世上道路千万条，每个生命都是借道而行的过客，包括我曾邂逅的那条犬，包括我的故人、我的同类。唯一的区别，无非每个过客横穿马路时所用的时长不同罢了。

人生百年，横亘在我们面前的那条路，其实更像是一道门。新生儿穿过这扇门，一头闯进温暖而光明的世界，便获得了呼吸的权利、生长的权利、繁衍后代的权利。他们野蛮生长，尽情享受这场生命的饕餮盛宴，而后渐行老去。而那些行将就木的生命将再次逆行通过这道门槛，头也不回地投入死寂黑暗的另一个世界，直至肌体、灵魂、名姓彻底消逝在茫茫时空中。

这让我不由得重新审视那只黑犬的宿命、千千万万个同类的命运，以及苟活于这个婆娑尘世中每一条生命之所以存在的意义和价值，哪怕它们的生命如蜉蝣和蝼蚁一般低微卑贱，同样值得我频频回头眷顾！

今夜，忽忆起年少时读《红楼梦》，但见黛玉荷锄提篮，将缤纷落红朵朵收进香囊，抽抽噎噎地，再把她们一一归葬花冢。彼时，总觉黛玉矫情，内心孱弱，不阳光、不敞亮。而今，年过半百，再翻红楼一梦，恍惚间，"尔今死去侬收葬，未卜侬身何日丧；侬今葬花人笑痴，他年葬侬知是谁"四句，如同冰冷的芒刺，兀然扎进眼帘。细细读之，突然心生悲凉，怆然不已——却原来，黛玉如我，我即黛玉……

夜的隐喻

周而复始，夜，毫无悬念地再次降临人间。

时至阴历冬月，夜晚比往日来得更早一些。落日惨白，拽着西天的云朵踟蹰良久，方才欸乃一声滚下山坡。这一刻，夜就像一块巨大的、从无涯的高天缓缓垂下的暗黑色幕布，一层层，一重重，将夕阳的最后一点余晖渐行遮挡，而后，随手一卷，魔术师般地收走了所有的光明。

夜的来临，意味着旧的一天行将终结，也预示着这一天将要被人标注到历史书卷的某一页上，成为永久不可追回的过去式。

留意夜很久，很想将目光敛聚，如同一道从半空划过的闪电，撕裂或者洞穿夜的重重迷障，侧耳聆听它的喁喁唇语，破解它背后所隐藏的种种秘密。但我真的做不到！我只感到了它的黏稠、深沉与厚重，就像一张密不透风的网，把我紧紧包裹其中，任我怎样挣扎，也无力挣脱它牢不可破的束缚。

从小，怕黑，怕黑黝黝的远山，怕蹲踞在暗影里的建筑，怕鬼影似的树木或者电杆……恐怕不止我一个，似乎，我所认识的每一个人，都会不由自主地把黑暗与恐惧紧紧联系在一处。然而，很遗憾，时至今日，始终都没人能讲清楚为什么人们会惧怕黑暗。也许，对于黑暗，人们天生就带有一种下意识的厌恶与抵制情绪，抑或，是因暗夜阻断人们的视线，蒙蔽了人们的知觉，有着太多的未知与不可捉摸，它终使小孩子，乃至一些大人，通通不敢独自走夜路，即便结伴而行，也会因路遇那些夜行的动物而恐惧不已。蝙蝠，就是人们经常遭遇的夜行客。在欧美恐怖片里，嗜血的蝙蝠一贯喜爱充当吸血鬼的奴仆和打手——如钩的利爪、直竖的短耳、犀利的眼神、尖利的碎牙、猩红的舌头……那样貌总是让人感到不寒而栗。

乡村的夜晚，月色朦胧。冷不丁，一只黑影幽灵般地从我头顶上空无声无息飘忽而去，受到惊吓，年幼的我用颤抖的声音问母亲，那是什么东西。母亲的脸色兀然变得有些苍白，压低了嗓音告诉我，这是猫头鹰——一种能闻到死亡讯息的神鸟。它有厚密的羽毛、灵巧的身子、如钩的喙，还有一双铜铃般熠熠发光的圆眼睛，专食腐肉，好像还担负着预告人死亡的职责。倘若，它于某一夜"光顾"谁家的屋顶或树梢，覆满细羽的颈项一伸一缩，磔磔有声，形似发笑，那它一定是嗅到了将死之人身上的气味，不出几天，那家也一定会有一位老人匆匆辞离人世。母亲的解释着实吓我一跳，当时，我并不知晓令人胆战心惊的黑暗还和死亡密切关联，直到后来看惯生死，才逐渐了悟：某一天的终结，往往也是垂暮生命刻画休止符的时候。象峪河水不停流淌的每一个暗夜，水面上、河道两岸的林子里，总会升腾起一股轻而薄的白色雾气。穿林而过的猫头鹰仿佛受到某种力量的驱使，弃原野于不顾，径直展开强劲的双翅，扑向村庄，久久停留在哪一处院落附近，发出尖利而阴森的召唤，声声催促将死之人上路。

乡野偏僻，被古人称作太阴的那一弯月亮，形似一只冷眼，高高挂在深邃的天幕上。星子困顿，众生歇息，万籁俱寂。然而事实上，暗夜从来就没有真正平静过。它就像一方装饰着无数星辰的宏大舞台，时时刻刻都在上演一个个不可思议的故事。婴孩出生，大多会选在夜深人静的时候；每每换季，一觉醒来，老人们去世的消息更加频繁。据说，新生儿踏着夜色而来不易难产，而那些行将就木的生命，之所以选择在子夜前后咽下最后一口气，也完全是为着死后能挤进金碧辉煌的天堂，以避免堕入地狱遭受种种命运的责罚。

夜，漫长而深沉，深沉到不着一丝其他颜色，只一味地黑；夜，神秘而死寂，神秘到人们根本看不清它的本来面目。在这样一个暗流涌动的混沌世界，没人能先知先觉预言将要发生的事情，更没有人能够阻止这些事件的悄然发生。在我的记忆里，白日见不到的东西、听不到的声响，大多会在夜里频频出现。睡在老屋，半夜，迷迷糊糊地，常常能听到几只老鼠蹑足潜踪，从锅台与墙角的鼠洞钻出，呼朋引伴，满地乱窜；甚而，还能听到它们"咯吱咯吱"啃噬木质家具的声音。其中也有那吃了熊心豹子胆的，会公然窜到土炕上，啃咬人的指甲或嘴唇上的死皮。东邻柱子他妈，于某一夜睡得太沉，以至于老鼠将她的十个脚指甲完全啃烂都不曾察觉，直到次日天明，突然感到来自脚趾的钻心疼痛，进而惊异地看到淋漓的鲜血，这才搞明白是怎么一回事。

鼠辈昼伏夜出，自然，它的天敌也有夜行的习惯。通常，夜猫子都会在白天慵懒地蜷缩在灶台或者炕沿边，"咕噜咕噜"念佛经，睡大觉。然而，每当夜幕降临，一旦猎物出现，猫儿们马上就像打过鸡血一般，圆溜溜的双目瞬间放出犀利的精光，原本松松垮垮的脊背也在刹那间绷得如同一张弯弓，前爪据地，后腿用力，"嗖"的一声，将身体直直射向猎物所在之处……

春秋两季，是动物们最不淡定的季节。尤其深重的暗夜，荷尔蒙的气息酽酽地在空气里传播，酝酿，发酵，似乎，天地万物都借此而变得狂躁不安起来。墙头上，房顶的瓦楞上，渐次传来猫儿们的叫春声。这声音，像锅铲在铁锅上划过，又像婴孩绝望的、歇斯底里的凄厉哭声，焦躁、尖利、刺耳，此起彼伏连绵不断，让人不禁汗毛倒竖，内心也变得焦虑恐惧不已。

母亲见我捂着耳朵，翻来覆去，脸上呈现惊恐之色，连忙披衣下炕，趿拉着布鞋，推开老旧的屋门，去到院子里驱赶那些发情的公猫母猫们。

虽然一时也可奏效，但过不了多久，它们又会执着地再次聚拢于一处，你侬我侬，为着延续家族血脉嘶叫不停。

想来，猫们远比鸡狗之类更通人性，它们仿佛也知羞耻，进食与便溺，一般都会避开人们，更不会像狗一样光天化日之下交配。而人类，作为万物之灵长，有些时候，也并不见得比禽兽们更为"风雅"，更为"高尚"。

元怀《拊掌录》有所谓"月黑杀人夜，风高放火天"之说。古往今来，世上那些不可告人的卑鄙龌龊之事，又有几件是在大白天做成的？夜黑风高，月淡星稀，仿佛连无所不知、无所不能的神明们都微阖双目，恹恹欲睡，开始揣着明白装糊涂。自然，这也给那些鸡鸣狗盗之徒、男盗女娼之辈提供了一道绝佳的天然屏障。漆黑的夜色掩护下，因私欲极度膨胀，他们阴谋毒害，杀人越货，干出了若干有悖于天理人伦的勾当。世界的黑暗，人性的原罪与丑恶，就这么鬼使神差又严丝合缝地苟合到一处，让人浑然不知到底是黑暗催生出了种种罪恶与堕落，还是人性中本来的丑恶最终造就了天地间无涯的黑暗。

还是不管它了吧！此刻，孤寂的夜更是一个人的狂欢！我独坐在夜里，悠然点燃一支香烟，将烟圈轻描淡写地吐到光明与黑暗的交界处。突然感到，阴暗的心底一片亮光：也许，造物主之所以创造出夜与黑暗，是想要告诉生活在这个婆娑世界的芸芸众生，能够拥有光明，到底该有多么幸福！

第四辑　岁月留香

情归金秋

秋日的夕阳就是一个调皮的孩子，他用五彩画笔，把西边的天空涂抹得一片绚丽缤纷之后，依然流连忘返，迟迟不肯就此落到山寨。他与朵朵火烧云交相辉映，暖暖地，晕染着山川，也晕染了整个原野。

北方向晚的秋，是最美的秋。此刻，天空寥廓而高远，田野宁静而祥和。低垂的谷穗、火红的高粱、长了棕色胡子的玉米棒子，在蛐蛐儿的一声声浅吟低唱中，静静地，在微风中相互点头致意，似乎在告诉黄土地上劳作的人们，丰收，丰收就在眼前。

四季中，秋天，无疑是最丰硕的季节。在这醉人的秋，我认识了她，认识了身材苗条、面容清秀的她。这是一次美丽的初恋，清新淡雅，犹似夕阳下的一汪秋水。女孩子与我毕业于同一所中师学校，比我低三届。当我大学深造结束，分配到一座小县城教书时，她也正在附近的一所小学当语文老师。一切都在不经意间，第一次会面，就已惊艳三秋，情溢小城。

小城的街道并不宽敞，如水的月色下，牵手漫步于清凉的夜，连星星都羡慕得迷醉了眼。年轻的心，憧憬着未来，憧憬着花一样绚烂的未来，彼此悄悄倾诉着衷肠。我问她："你数数看，天上的星星有几颗哪？"她嫣然一笑，半嗔半怒地举起小拳头，轻轻捶着我的肩膀，"你真坏，我哪里数得清啊？无数颗呗。"我说："数得清的！其实天上的星星只有两颗，一颗是你，一颗就是我！"她"扑哧"一声乐了，"才不是呢，那两颗最亮的星，一颗是你，一颗是我，而那些小星星里，有我们的学生，也有……也有我们的孩子……"话还没说完，她开始不停地用手抚弄乌黑的长发，一团红晕早已飞上俊俏的脸……

秋日渐短，秋夜渐长。在每一个相聚的日子，柔情就像庄稼的颗粒，一天天变得愈发饱满，而每一个离别的夜，竟是那样枯燥而漫长，它就像一块巨石，沉沉地压在人的心头，又像一条粗重的绳索，紧紧捆绑着人的身体，让人连气都喘不过来。

深秋了，收获的季节该到了，而我的美梦却戛然而止，这段感情也在那个秋叶飘零的夜无疾而终。心伤过，也痛过，但故乡秋日的原野最能抚慰流泪的眼，也能抚平滴血的心。我的爹娘，在故乡的原野上，用辛勤耕耘的粗糙大手，温暖了儿子，也温暖了整个秋天。

在我印象中，爹娘最喜欢的季节，莫过于这个丰盈的秋，这个充满喜悦的秋。一年的辛苦劳作，一年的翘首祈盼，全凝结在这多情的日子里。秋的色调、黄土地的色调、庄稼的色调，在调色板上氤氲、交汇，化作了一幅寥廓的画卷，哪怕是凡·高，哪怕是莫奈，都无法用他们手中的巨笔描摹出这样壮美的景致。

爹一生都深恋着秋，他以面朝黄土背朝天的躬耕姿态，表达着对土地的崇拜，也倾诉着对生活的乐观希冀。

人们都说，知子莫如父母。我心中的伤，我眸中的泪，又怎能瞒得过爹娘？爹看出其中的端倪，并没有说什么，他把旱烟袋往腰里一别，提着镰刀，带着我走进了无边的原野。

他带着我，踏遍了故乡的山山水水，也踏遍了故乡的每一寸土地。谷穗、高粱，在流淌的汗水中，在雪亮的镰刀下收获、归仓；黄澄澄的玉米棒子、红艳艳的枣子，在院里堆成小山，在阳光下闪烁着迷人的光彩。

收获后的田野异常静穆，瘦骨嶙峋的老牛，在响亮的鞭声中，温柔地抚慰着广袤的田野。犁铧过处，肥沃的黑泥被深深翻遍，吐露出青草与泥土的清新味道。爹扶着犁铧，紧跟在老牛后面，淌满汗水的古铜色脊背上，如同斧凿刀刻般，袒露着血脉偾张的肌腱。夕阳下，爹和老牛的剪影斑斑驳驳，就像一幅写意的水墨画。老牛的响鼻声、爹的吆喝声交相呼应着，于乡野间演奏的，正是动听的秋之声、秋之韵。这首乐曲，是力量与希望融会的旋律，是人世间最美的天籁。

在这样欢快的旋律中，我的心渐渐沉静了下来。远山、溪流，清风、白云、鸟鸣、虫唱，秋的豁达气度感动着我，秋的深沉韵味浸染着我，让我忘记了往日的悲愁，忘记了昨日的伤痛，与爹一起融入金秋的深情怀抱。

闲暇的时候，爹燃起一锅旱烟，深深一口吸下去，而后，将一圈圈灰色的烟气从口中吐出来。婷婷袅袅的青烟在空气中连翻几个跟头，慢慢向上蒸腾，紧接着，随了微微吹来的秋风，丝丝缕缕渐渐向四周扩散开去。

"儿啊，你看，庄稼有没有收成，不在于原来的苗子有多壮，而在于它们能把根深深扎进泥土里，在一个个日子里，一点一滴吸收阳光，一点一滴吸收养分，最后才能开花结果，在秋天有一个好的收成。你明白吗？"

我点点头。也许，爹并不完全了解我初恋的细枝末节，但是，我知道，历经岁月沧桑，一个普普通通的老农懂得一个朴素的道理，懂得人与庄稼一样，不在于长得漂亮不漂亮，而在于热爱生活，在于愿意扎根于广袤的原野。只有这样，最终才能茁壮成长，才会收获幸福！

是的，故乡的黄土地从来不会亏待热爱她的人们，她以宽广的胸襟奉献着丰收，也同样以悲悯的情怀容纳了一辈子生于斯、长于斯的庄稼人。

爹是2006年深秋走的。或许，爹是以这样的方式在表达他对秋色的依恋吧。爹走的时候，平静而安详，仿佛并非生命终结，而是抱着喜乐的心态投入大地的金色怀抱。

流云点缀着浩远的蓝天，金风扬着白色的飞幡。爹一辈子深爱着秋，而秋也赐予了他丰厚的馈赠。他的棺椁里铺着金黄的谷子和玉米，摆着火红的高粱与枣子，还有他亲手采摘的如云朵一般的棉絮和亲手收获的一粒粒珍珠似的豆子……秋，以她的博爱，赐予庄户人家吃穿用度，也以她丰富的色彩，陪爹走完了最后的生命旅程。

在秋阳暖暖的山坡下，爹永久安睡在了那里。他的脚下，是一望无际的田野，那儿，正孕育着郁郁葱葱的新麦。

和爹一样，娘同样钟爱秋天。一把锥子，一面笸箩，玉米棒子在娘粗糙的大手里搓成了金灿灿的颗粒；一支竹竿，一条凳子，涨红脸的枣子纷纷告别枝桠，簌簌落满了山坡。秋，是庄户人的梦，也是庄稼人的酒，娘乐见这样的情景，她的笑挂在眉头、挂在眼角；而她的心，更醉在了秋。

秋日的溪流清澈见底，碧波倒映着绿树，蛙鸣划动着微澜。娘蹲在小溪边，捣衣砧上清脆的响声惊起林间的雀儿，长久回荡在光怪陆离的山岩间。娘捣衣的声响，是秋的另一组旋律，温柔而婉约，清亮而悠扬。娘透亮的眸子里，有对秋的欣喜，更有对儿子无尽的爱。那眼眸，就像牵着一根丝线，让儿子永远也走不出爱的家园。

娘最终也选择了秋！在爹走后的第三个初秋时节，娘伴着爹也去到了山的那一边。娘走时，缠绵的秋雨如丝似缕，如泣如诉。也许，娘依然记挂着未成熟的庄稼，依然记挂着无法割舍的儿女们。

娘起身的那一刻，哥说："娘，放心吧！今年的庄稼好着呢，俺们也好着呢，俺们一定都给您把庄稼收回来！"

或许娘终于安心了，就在下葬的那一刻，西边的天空，乌云消散处，秋阳慢慢露出了笑脸。一束阳光暖暖地照进爹娘的墓穴，久久地，始终不肯匆匆离去……

　　多少年过去了，于我而言，早已成家立业。妻没有苗条的身材，也没有清秀的面庞，然而，她与我一样，都深爱着秋天的原野，深爱着那些扎根于泥土的庄稼。在她身上，我看到了爹的朴实，也看到了娘的温柔。在坎坷的时光流转中，一天天地，妻始终与我默默相伴，淡淡相随，而今，一同牵手步入了人生之秋。

　　人生的蓬勃春季和火热的夏日年华固然可喜，然而，秋的内敛、秋的沉静，同样具有别样的韵致。回首走过的路，或悲或喜，或忧或乐，无论怎样，我都愿意从恣意流淌的秋意中，借三分秋色，融七分深情，在款款行走的岁月深处，浅斟慢饮，迤逦而行。

光阴三味

四时更迭，春与秋其代序。蹚着时光溪流，或溯流而上，或顺流而下，两岸的风景滑过眼眸，总有几许旖旎动人之处。

佛印曾对苏东坡说："佛由心生，心中有佛，所见万物皆是佛。"

此言不谬！人生不如意十之八九，倘以欣悦的眼睛看待这个世界，薄凉的光阴里依然可以镂刻出几幅温暖的立体画卷。

一

这一辈子最喜春天！不为她的妩媚多姿，不为她的桃红柳绿与梁燕翻飞，只因这个时节是个生长的季节、蓬勃向上的季节。

那时，我年轻，妻也年轻。生活的另一道大幕徐徐拉开，舞台上，每一面布景、每一个道具，是崭新的；每一段戏文、每一句对白，从未看过，也从未听过，一切都是那么神秘而新奇。我喜欢带着她去到春天的原野。这里，小草萌发生长；这里，树木日渐葱绿。放眼望去，清亮的绿醉人的眼，就连空气中也带着甜丝丝的青草味儿与树叶味儿。妻满头乌发，长长的，以一方手帕随意挽在脑后，舒展、飘逸，似倾泻的瀑流。她牵着我的手，奔跑、嬉笑，像个顽皮的孩子。

沉重的冬装已然卸去，缠绵的春雨不期然降临。春雨，是世间最温柔的伴侣。她脚步柔和细碎，不急不愠，点点滴滴轻落，飘飘洒洒沾衣。"青箬笠，绿蓑衣，斜风细雨不须归"。无须打伞，不必躲避，唯恐辜负这位自然精灵的一番美意。与妻携手，一同沐浴在春雨阑珊中，心也随之清明透亮起来。世间的一切蜚短流长，在这一刻都已远去，眼眸中，唯剩空濛的山水、如烟的雨丝。那会儿，就想，时光倘若就此凝固，那该有多好！然而，光阴何曾以人的意志为转移？她永远保持一个节奏，不紧不慢向前，向前。蓦然回首，却已将我们一并牵到中年。

春雨的味道，混合着泥土的芳香气息。有大地母亲的温暖怀抱，有随风潜入夜的春雨滋润，寄寓于天地间的万物，承蒙恩泽，勃然兴起，欣然成长，成就了这个五彩缤纷的世界。这一味，是"生"的味道、生命的味道、充满希望的味道！

二

秋日时光，橙色时光，这种色调，无疑属于暖色。秋风乍起，秋色愈发沉静而温暖。目光所及，沉甸甸的果穗是金色的，饱满而谦逊；纷飞的落叶是黄色的，无声无息，拽着秋风的手轻轻滑落。刘禹锡诗云："自古逢秋悲寂寥，我言秋日胜春朝。晴空一鹤排云上，便引诗情到碧霄。"相比于春的张扬、夏的热烈，秋光更加静谧深沉，也更加富有诗意与韵味——恰如人生之秋。在经历岁月刀石磨砺之后，人已不惑，甚而已知天命，不再雄心勃勃，不再年少轻狂，反而更愿乐享这样温暖而宁静的时光。

夕阳西下，阳光浅淡而温柔。她偷偷从窗帘缝隙中钻进来，静静洒在阳台上，一丝一缕，如同金色的丝线，装饰着瓷白的地板砖。一方木质圆桌、两把藤椅，一盏香茗、一本古卷，慵懒地斜卧在躺椅上，随手翻阅几下正散发油墨香味的书卷，淡淡的书香与升腾的茶味缠缠绕绕，交织融会，沾染到衣衫，萦绕于眉间鼻际。

这一方阳台，即便未有青藤落满篱笆，也未曾疏竹摇曳鸣蝉，然而，足以寄居疏淡的情怀。这当口，没有喧嚣，没有倾轧，没有铜臭气，秋的味道温润，书卷的味道馨香，茗茶的味道甘苦，纯纯地盈盈入怀，弥漫着清浅的喜悦。这第二味，当是"静"的味道，是恬淡的人生况味。

三

在日升月落间，冬日悄然来临。酒，浓烈的陈年老酒最宜于此时享用。屋外寒风凛冽、玉砌冰雕；屋内，却是炉火正旺、暖意融融。漆黑的夜，雪舞飞花，天地一色的白。邀约三五好友，环绕红泥小火坐定，一盘花生米、几碟小菜，炉火映红屋子，也映红了每个人的脸。一壶老酒，正煨在火炉上，酽酽的。推杯换盏间，人人的脸涨得通红，额头也微微沁出一层薄汗，就连说话也渐次结巴起来。但这丝毫不会影响老友说说知心话儿，几十年风风雨雨，几十年坎坎坷坷，都练出了一层厚脸皮，或即兴赋诗一首，或以竹筷敲打青花瓷盘引吭高歌，甚而吹吹牛、调侃一下自己，彼此知根知底，彼此心照不宣，不惧他人笑话，又何需设防与羞赧？

"晚来天欲雪，能饮一杯无？"隔三岔五，总有老友相约。宾馆酒楼去不起，街头小摊太寒酸，家中，正好！能躺能卧，能穿拖鞋，即便吐了，有贤妻收拾，便也安然。眼，沉醉；心，沉醉。这是难得的"闲"味。苏东坡曾感叹，"但少闲人如吾两人者耳"。闲，有真闲，也有假闲；有被迫闲，也有发自内心的闲。苏东坡与张怀民可谓真闲，放弃尘念，远离俗世，相与步于中庭，但见"庭下如积水空明"，只观"水中藻荇纵横"。

中夜，雪停云散，一弯冷月斜挂于天幕，老友酒酣，斜行乱步，一一握手送别。不问是否饭饱，也不问再会之期，只要有闲，此后大可欢饮达旦……

人生多舛，光阴杂味，我独爱这三味，曰"生"、曰"静"、曰"闲"！

衣服

　　男人笨拙的大手里，一套淡粉色的女性职业套装上上下下翻看了个遍。从面料的质地到衣服的加工质量，从生产企业到出厂日期，乃至面料接缝处细密的针脚，都成了男人关注的地方。偌大的商场里，来来往往的人群中，男人，恐怕是最挑剔的一位主顾了。

　　这套衣服，色调如三春的桃花，素淡、可心。样式也新潮：上衣短小，卡腰，前襟呈斜旗形；筒裙不长，若长腿女性穿上，裙摆恰到双膝，是又俏皮又含蓄。好半天，男人用手指细细摩挲着光滑的面料，眼睛从不曾离开一刻。显然，男人相中了这套衣裙，而且打心眼里喜欢。在反反复复确定衣服没什么毛病之后，男人憨厚地笑着，一再央求身材高挑的导购小姐，非得让她帮着再试穿一次，也好现场验证一下穿衣的效果……

　　装袋，付钱，男人带着满足的笑意离开了商场。

　　站在古都西安宽阔的大街上，男人从上衣口袋掏出一支香烟，叼在嘴上，提着塑料袋的左手与拿着打火机的右手顺势拢成半圆，挡住徐徐吹来的清风，低头，燃着打火机，点着香烟。深深一口抽下去，一团青灰色的烟气迎着风儿袅袅升起，牵引着男人的思绪向远方升腾而去。

　　男人想到女人，想到了孩子他娘。日子总像花落的瞬间，轻飘飘的，不知不觉，二十多年就簌簌过去了。二十多年间，柴米油盐、锅碗瓢盆，没有多少波澜，也没有多少风花雪月。每一个日升日落，唯像清茶一般浅淡，还夹杂着微醺的烟火味。

居家过日子，自然，是需要添置东西的——大到彩电、冰箱，小到针头线脑。女人颇懂持家之道，日子过得节俭、仔细。家里若是缺了米面油盐一干易耗的什物，女人就会叫上男人一起去附近的超市购买。有时，还会跑到一些小店铺甚至地摊上"淘宝"。不为别的，只因超市不能搞价。而在小店铺，就像所有操持日子的主妇一样，女人同样拥有一项生活"必杀技"——砍价。只要女人出马，三言两语交锋，那店铺老板如同中了魔咒，很快就能"缴械投降"。为此，女人实是为家里省下不少"大洋"。女人常常以此为荣，没事时，缠着男人的胳膊，絮絮叨叨说个不停，一遍遍向丈夫夸耀自己的"战绩"。说到开心处，女人脸色潮红，两眼放着光彩，那个开心样，就像一个得了糖块的孩子。

遇到换季或逢年过节，别人家的女人，一定是要逛几次大商场，置办几件像样的新衣的，而女人和她们不一样，女人心里装着男人，装着老人，装着孩子。她宁愿自己受点委屈，也绝不会让家里人不愉快。她的衣服总是浆洗一次又一次，只要还能穿，从不管时髦与否。而男人和孩子，无论外套，还是内衣，全凭女人操办。在女人的照顾下，男人衣服光鲜、皮鞋锃亮，即便白衬衣，也始终不曾沾染一丝污渍。女人常有一句口头禅——"男人的衣服，女人的脸！"她不吝啬在男人身上多花钱，只思虑男人会不会在外面让人笑话寒酸……

一阵灼痛感从指间传来，像被什么虫子咬了一口。默想间，烟丝燃尽，烟头烫到了男人的食指与中指。

男人长叹一口气，将烟头掐灭，扔到附近的垃圾桶里。

男人是教书的，每天除了鼓捣那些教材、教案，实在没有什么别的嗜好。相比那些挣大钱的，男人的收入不高。那一年，在老岳父家，男人也曾夸下海口，发誓结婚以后，一定要给女人幸福。可是，这么多年过去了，仅凭那点死工资，男人真没给女人带来什么好日子，反而全靠女人缩手缩脚、掰着指头维持家用。尤其前些年，因为单位搬迁，男人每天都要驱车到离家七十里之外的学校上班。不仅经常早出晚归，有时，遇到工作繁忙，还会一周时间吃住在单位。几年下来，奉养老人、抚育幼子的重担，全搁在了女人柔弱的肩上。眼看女人为生活操劳而日渐变形的身段，眼看茁壮成长的孩子，每每念及女人省吃俭用、舍不得给自己添置几件像样的衣服，男人心里真不是个滋味。就在几年前，男人的老父亲去世了，回乡下奔丧的男人一个电话，女人毫不犹豫，立马送去了家里存着的两万元现金。这两万元，其实来得并不容易，是女人留了个心眼，一天天积攒下的。猛然，男人感到一阵莫名的心痛，犹如一根长长的银针深深刺进了心脏。

今天，男人出差，终于有机会来到了西安这样的大都市。在路上，男人一直盘算，好不容易去一趟西安城，无论如何，也得借这次机会，买一套衣服，补偿一回女人，即便他的钱袋子并不"饱满"。男人掂掂手里的塑料袋，一丝不易察觉的笑容渐次铺展开来，像嫣然的山茶花，又像土里土气的蒲公英。

男人能想象到，当他带着这套价格不菲的套装回到家里时，女人肯定会大声责怪他——会嫌他买贵了，会嫌他不和自己商量就自作主张。但男人知道，女人同样爱美，同样喜欢漂亮的新衣服，只不过，在生活压力面前，她最终选择了克扣自己，选择了成全老人、丈夫和孩子！

男人也能想象到，当女人半嗔半怨，甚至声色俱厉训斥他一番之后，在扭扭捏捏穿上新衣服的那一刻，她的心是柔软的，虽然她的身段不再像导购员小姐那样曼妙，虽然穿出来的效果可能并不是很美。但是，男人觉得，只要能够让女人开心，哪里还用得着管这些呢？

男人想，背着他，女人一定会偷偷穿上这套新衣服，站在镜子前左照照、右看看，仔仔细细端详自己。估计，她那欢喜样儿，绝不亚于中了几百万大奖。古人讲"物有所值"，什么叫"物有所值"？恐怕，它与价格无关，也与质量品位无关，只关乎是否能给平淡的生活涂上一抹亮丽的色彩，是否能让如水的日子时时洋溢淡淡的暖。

男人突然想到了同事们的玩笑话——兄弟如手足，女人如衣裳。男人心里直发笑："衣裳"哪里不好了？衣服遮羞避寒，谁又能离得开？老人们常说，"天晴不忘带伞，天热莫忘添衣。"男人觉得，这不仅是生活智慧，而且，若要以此形容女人，反而应该是历经岁月磨砺之后，人们所总结出的最深沉的感喟！

男人的目光投向远处，街心花园，一对须发皆白的老夫妻正漫步于花丛间。夕阳西垂，浅淡的光晕勾勒出两个人牵手而行的背影，长长的，疏淡，却别有韵致。男人想到女人，想到女人被霜雪染白的发，想到女人被风吹皱的脸，心尖兀然掠过一丝凄楚，有点酸、有点苦，却又裹着甜。

草根人家的日子，就是这样纠结并快乐着，波澜不惊的时光深处，依然可以找到点点感动与温暖。

草根夫妻多平淡，男人明白，人世间有很多值得珍惜的"宝"，对于他而言，女人，他的女人，就是心尖的一块"宝"，为她买多贵的衣服，都将是"物有所值"！

我的太师，我的家

一

　　三十多年前，十七岁，懵懵懂懂。一辆自行车，载着我、拖着行李，第一次走进县城，赴山西省太谷师范学校报到。

　　县城不大，可依然失去方向感，分不清东南西北。但学校地址算是记住了，因为，在她旁边，一座巍峨的白塔通身雪白，在秋阳辉映下，高高矗立，像一位巨人，又像茫茫大海中高耸的灯塔。

　　从未离开过父母，从未离开过村庄，从未离开过乡下。第一天晚上，独自坐在高低床的下铺，望着一张张陌生的面孔，听着同学们"外语"一般的方言，一股浓重的孤独感就像暴风雨一样袭来。它，就是窗外伸手不见五指的重重夜色，紧紧包裹着我的身体，勒着我的脖子，连气都喘不过来。这一晚，不知道是怎么睡着的，只知道，思家的泪水将枕巾淋了个透湿。

　　最难忘，这一年的中秋节。年轻的班主任张老师，是一位可亲可敬的兄长。或许，因他也来自外地吧，设身处地，他最能理解离家在外的人，最懂得每一个游子的心思。一盒月饼、一个苹果、一包瓜子和花生，如水的月华下，灯火通明的教室里，同学们环坐一周，载歌载舞，读诗赏月，度过了离家后的第一个中秋。欢聚，是能抵抗孤独的。在这样一个情意浓浓的夜，游子暂时忘记思念，忘记了乡愁，只将这个阖家团圆的节日，过成了暖暖的一个故事。

从那天起，母校就给我上了人生的重要一课——理解与爱！

二

在忙碌的学习生活中，偶有闲暇，细细打量太师——我的母校。

白塔，是母校操场东边的标志性建筑。每日清晨，当第一缕晨光从东方升起时，总会在地上勾勒出一幅坚实而曼妙的剪影。风过处，塔铃声声，清脆悠扬，让静谧的校园愈发沉静。教学楼正面，母校的校训——"为人师表今日始"，遒劲有力，金光闪闪，时时刻刻警醒学子，修身、厚德、博学、健体，以"学高为师，身正为范"为标准，成长、成人、成才。

校园里，最繁盛的，当属丁香树。丁香，花型很小，不张扬；花色淡雅，无外乎粉、紫几种颜色，实在算不得漂亮。但，母校的丁香悄然绽放时，"细叶带浮毛，疏花披素艳"，一团团、一簇簇，馥郁芬芳，香远益清。似乎，一直默默地告诫学子：做人，不求华美，只求谦逊、高洁、纯真无邪，芬芳遍洒人间。

郑板桥诗云，"一枝一叶总关情"。朴实而富含哲理的校训、洁白如玉的白塔、花香四溢的丁香，还有高大挺拔的白杨、温顺柔美的垂柳、浓荫蔽日的洋槐……母校的一砖一瓦，一草一木，滋养着我的灵魂，为我上了人生的第二节课——朴素、纯洁、上进。

三

走近太师，感受她的心跳，感受她的呼吸，年轻的生命渐行圆融饱满。

中国的师范教育，曾被联合国教科文组织誉为"20世纪最成熟、最完备的教育体系"。我的母校，与共和国同龄，不仅拥有深厚的文化底蕴，而且，在新的历史时期，更焕发出了勃勃生机。

一座不大的院子里，书声琅琅，翰墨飘香；歌声婉转，琴韵悠扬。语数外、理化生、政史地、音体美、心理学、教育学……十几门主修课程，与乡土地理、陶行知教育思想等辅修课程相互交织、相互穿插，架构起了学子坚定的专业思想、扎实的科学文化基础知识、全面的艺体素质。普通话、简笔画、三笔字（毛笔字、钢笔字、粉笔字）等教学基本功的长期训练，更是如虎添翼，为学子成长为未来合格的小学教师奠定了坚实基础。在这块肥沃的土壤，"一分为二"的辩证思维武装着头脑，唐风宋韵濡养着灵魂；我学会了"平头等粗""三庭五眼"，理解了"音高节奏""音程音符"，还懂得了"预令动令""立正稍息"……

韩文公说："师者，所以传道、授业、解惑也。"在太师温暖的怀抱，我敬爱的师长如父如母、亦师亦友，不仅是授业恩师，更是我人生的导师与生命的领路人。难以忘记代政治课的刘老师慈祥的笑容，难以忘记代生物课的赵老师根根直立的银发，难以忘记带病工作、晕倒在讲台上的赵翠萍老师，难以忘记曾给予我无私帮助的每一位科任老师。课堂上，他们纵横捭阖、旁征博引，生动活泼地讲解，手把手地示范；课下，他们和我聊思想、聊学习、聊生活，答疑解惑，循循善诱。我敬爱的师长，是他们，以广博的胸襟，立高尚师德；以深厚的学养，树万世师表；以踏实进取的工作作风，铸巍巍师魂。他们，以青春为笔，汗水为墨，以永远站立的姿势，凝成一座傲岸的雕塑，为我上了人生的第三节课——博学多才，追求卓越。

四

　　四年的师范生活很长，四年的师范生活很短。也曾年少轻狂，也曾桀骜不驯，但不管怎样，在爱的阳光哺育下，肌腱愈发强壮，学识愈发丰实，道德愈发进步。

　　我最敬爱的师长——老校长雷老师，工作勤恳，为人朴素，古道热肠。身居校长之位，他最喜爱的，莫过于每一名学生。为给参加全省中师毕业生选拔考试的学子提供便利的复习条件，老校长专门在自己的办公室设下自习室，制定作息时间表，亲自督促九个学生复习备考。老校长耐心，耐心做每个学生考前的思想工作；老校长细心，细致照料每个考生的饮食起居，甚至，像洗脸刷牙这样的小事。

　　早晨六点整，晨光明媚，鸟雀呼晴，老校长早已起床，戴起老花镜，就那样静静端坐在那里看报纸。阳光透过窗玻璃偷偷钻进会议室，映照着老校长花白的发，也映照着他脸上深深浅浅的褶子。在他旁边，坐着一溜儿学生，屏息静气，紧张复习。这是怎样的一幅画面啊！每每忆起这个场景，我总会想到《论语·侍坐篇》，想到"莫春者，春服既成，冠者五六人，童子六七人，浴乎沂，风乎舞雩，咏而归。"

　　倘若有谁迟到，老校长也不训斥，只是抬头望一眼，而后，意味深长地咳嗽几声。有时，还会打趣地问一句："怎么？昨晚没有休息好吗？"这样温婉的批评，如沐春风，让人感觉，参加考试的不是我们，反而是他自己。

　　深夜，星光璀璨，万籁俱寂，辛苦工作了一整天的老校长依然默默陪伴着我们，只等十二点的钟声敲响，他才会不紧不慢地告诉我们，"孩子们，今天该休息了！明天早上六点，必须准时向我报到！"

　　一天天，一夜夜，老校长整整陪伴了我们两个月。就在1990年5月底，年近退休、身患多种疾病的老校长，不顾鞍马劳顿，乘车五个多小时，又带着他心爱的九个学生，远赴山西师范大学参加选拔考试。

被录取的三个幸运儿，都出身于普普通通的农家，没有什么别的关系，更没有任何社会背景，是老校长为我们插上飞翔的翅膀。这双翅膀，带着我们走进大学校园，圆了本来无法企及的大学梦。

其实，走进大学校门并非一帆风顺，其间，老校长冒着政治风险，为我，为一个一不沾亲、二不带故的学生，做了一件最了不起的大事。

在成绩最好的三个幸运儿中，我，是曾经犯过小错误的。虽然，那时年龄小、不懂事，完全是无意识犯下的错误，但，就是这样一个小错误，却足能将我阻挡在大学校门之外。是老校长，在校务会议上力排众议，庇护了一个不谙世事的孩子，成全了一个贫家孩子的大学梦。这件事情，虽然是后来才知道的，然而，我永远记住了老校长当年的一句话："我们不能因为一个小错误，就耽误孩子一辈子的前程啊！"

这样的一句话，应该是母校给我上的最生动的一节课——宽容与担当！

五

三十多年，弹指一挥间。而今，我的母校，发生了翻天覆地的变化。我看着她，喜迁新居，从逼仄的县城搬到魏榆大地；我看着她，独立升格，名字换成了晋中师范高等专科学校。是的，地址变了，名字也变了，但永远不变的，是为祖国教育事业无私奉献的赤胆忠心，是为万千学子茁壮成长的耿耿情怀！

脚踏坚实的大地，仰望浩远的蓝天，面向陶行知先生"爱满天下"的格言，我的内心，有一句话喷涌而出——老太师，我的母校！新太师，我的家！

恋曲 1990

轻飘飘的旧时光就这么溜走，转回头去看看时已匆匆数年……

QQ音乐反复播放着熟悉的旋律，也许，听的并不是歌曲本身，而是一段过往岁月、一种别样情怀。

1990年，二十一岁，生命中最重大的转折，在最美的年华里，我走进了山西师范大学。

初次与她相约，懵懵懂懂，是在五月底的一天。五月，生长的五月，佳木葱茏的五月，鲜花盛开的五月。与五月共同滋长的，还有蓬勃的梦想，一个农家孩子渴望上大学的梦想。

中师毕业，本该分配到乡村，本该扎根农村做一名小学教师，可年轻的心有所不甘，不甘于求学之路就此止步，不愿意就这样屈服于命运的安排。似乎，远方的大学在招手，在笑意盈盈地对我说：孩子，来吧！这里，是你放飞梦想的芳草地；这里，有你日夜寻觅的旖旎家园！

顾不上一睹师大的芳容，来不及与她轻声耳语，在聒噪的蝉声中，背负着全家人反对的沉沉重负，与八个同样做着大学梦的伙伴一道，一头扎进山西师范大学那座高大的餐厅，开始了一场你死我活的比拼。

一个理科，两个文科，省教育厅下放的三个名额，九个人同场竞争。其实，这九个人，是全校三百名应届毕业生，在经过报考、初试淘汰之后，最终剩下的几个幸运儿。即便如此，接下来的复试，大餐厅里正在进行的复试，将更加惨烈——面对面，还要再次淘汰其中的六个。

世上还有比这更残酷、更惊心动魄的比拼吗？我考中，便意味着你将被无情淘汰；你留下，便意味着我将黯然离去。偌大的餐厅里，来自全省二十三所中等师范学校的几百名毕业生，在经历着一场"生死绞杀"。没有硝烟，没有枪炮声，却潜藏杀机，暗流涌动，处处弥漫着浓浓的火药味。仿佛，谁要胆敢在此擦亮一根火柴，刹那间，轰然一声，就能引发一场大爆炸，一场足以掀翻屋顶、足以伤人无数的大爆炸。

比知识，比能力，更比心理素质与临场发挥。幸运，真的太幸运了！文科第二，我得偿所愿，在收获的季节里，再次开启了与师大的相约之旅。

火车疾驰，心儿却早已飞越千山万水。我倍加珍惜来之不易的求学机会，而师大也正敞开胸怀等待着我，等待着我投入她温暖的怀抱。

终于有充足的时间看看我的母校：第一印象，师大的校园真大啊，比中师学校大了很多很多！

穿过高大宽敞的校门，向西，长长的柏油马路，一直通向梦想之地。两边，梧桐蔽日，经过枝叶织成的细筛子，婆娑日影如同碎金，摇曳洒落于地。马路北面，自东往西，依次坐落着外专楼、图书馆、招待所；南边，有化学楼、巨人广场，还有灯光球场。顶住路头，折而向南，放眼望去，一溜儿，六栋宿舍楼岿然屹立，正沐浴在秋日煦暖的阳光下。若沿着马路继续向南走走，西面，正是经历过五月淬火的大餐厅；而向东，即是几栋巍峨的教学楼。中文系、政教系、历史系、外语系，几个文科系，都设在一号教学楼里。

一号教学楼，与坐落于东西两面的生物楼、数学楼，还有北面新盖的物理楼环绕一周，形成一个不大的天井院。中央花坛，两三株石榴树果实正红。那石榴，忍俊不禁，笑开了口，隐约露出几颗略带粉色的银牙，映衬得周遭的美人蕉愈发娇艳可人。

不远处，中文系的办公小院悄然隐匿于树荫下，隐隐散发出一股浓郁的书香气。后来，我才知道，系主任蔡权老师、系党总支书记唐长殿老师，还有团总支书记赵春平老师都在这里办公。这里，是一切美好的策源地。我敬爱的各位老师，从这儿出发，进到教室，循循善诱，孜孜不倦，将温润的人文思想、儒雅的气度，还有渊博的知识，源源不断地输送给了来自各地的莘莘学子。

我久久徘徊在小院外，遥想在接下来的四年时光，将与屈原对话、与李杜行吟、与东坡携手、与芹溪共语，总是抑制不住内心蠢蠢欲动的兴奋。我的师大，我的中文系，我魂牵梦绕的家园，就在脚下，就在身边，怎能不让我心潮澎湃、思绪翩翩？

巨大的足球场，居于校区最南端，四周皆有看台。随意找寻一道台阶坐定，极目而眺，虽然有几处草坪稍稍有所损伤，显露出大地的土黄色，然而在操场上运动的靓丽身影，足能弥补其中的不足。健身也是健心，因为操场，青春活泼而灵动；因为运动，青春的字典里没有忧伤。

开学的第一天早晨，天色刚刚蒙蒙亮，一阵动听的旋律将我们从睡梦中唤醒。迷迷糊糊跟着学长、学姐，走向大操场。整队，肃立，从第一次升旗仪式开始，大学生活就此隆重拉开序幕。此后，每一个周一的早晨，熟悉的《昨日重现》都会响起。这首曲子，陪伴我们走过一周又一周，一年又一年，直到1994年7月毕业离开母校。

二十多年过去了，每每听到《昨日重现》，总会想起过去，想起餐厅的烧茄子和玉米面糊糊，想起"饭伴"，想起那个圆脸的美丽姑娘，想起演出话剧《小二黑结婚》的前前后后，想起西城墙下的小酒馆，想起小酒馆里的土豆烧牛肉与香喷喷的蛋炒面……

师大的饭菜，色香味俱佳，好吃，这是同学们的共识。四年中，我最爱吃的当属烧茄子。茄子切片，蘸满淀粉，过油，以葱姜蒜爆炒，以糖醋勾芡，色泽微黄，味道鲜香，惹人垂涎。烧茄子，八毛钱一份，虽说不贵，但在当时亦属奢侈之列。每日清晨、午时或者傍晚，与同宿舍的好友兼"饭伴"——来自长治师范学校的荣先同学，一起去餐厅，打一份烧茄子，再来两三个白花花、热腾腾的白面馒头，选择一张没人的桌椅坐定了，边聊边吃。临末，一定不会忘记再喝一碗黄澄澄、甜丝丝的玉米面糊糊。玉米面糊糊，师大餐厅四季必备的一道汤，养人，但不"糊人"，越喝越开窍，越喝越聪慧，又有哪位师大的学子曾遗忘过它呢？

倘若在餐厅吃腻了，也不怕。在校园西面，城墙根儿下，一溜儿都是小酒馆。土豆烧牛肉、西红柿炒鸡蛋、辣子白、糖醋花生米，价格不贵，且都是当下的时令菜。夜色朦胧，与一二好友邀约，一瓶红星二锅头，几个小菜，一碗蛋炒面，一同论论诗文，猜猜酒令，酒香助菜香，菜香佐酒味，三杯两盏下肚，未及酩酊，双眸却已迷醉，便觉自己已是天下最幸福的人。

怎能不幸福呢？在尧都温暖的大地上，在如水般逝去的光阴里，有良师导引，有同窗互助，有风雨强健体魄，还有唐风宋韵滋养着晶莹剔透的灵魂。难以忘记陶本一校长慷慨激昂的演讲，难以忘记图书馆抢座位的桥段，难以忘记舍友之间抵足而眠的"卧谈会"，也难以忘记师大学子必学的一款扑克游戏——拱猪。

在苏涵老师"落霞与孤鹜齐飞，秋水共长天一色"抑扬顿挫的朗读中，在席扬老师纵横捭阖的分析里，在潘家懿教授妙趣横生的讲解下，年轻的学子，学养日益丰实，翅膀日益丰满。青春勃发，爱情之树也渐渐拔节生长，幻化出一个又一个玫瑰色的梦幻。

不知从什么时候开始，心中那个最隐秘的地方，悄然走进一个人，走进一个腼腆的她。

她，个头不高，皮肤也算不上白皙，短发，圆脸，一笑，便会露出两颗可爱的小虎牙。如同盛开在原野的一朵山茶花，朴实、温和，不甚华美，却能深入人心。我常常跟在她身后，偷看她渐行渐远的背影，想象她的一言一行与一颦一蹙。心里，有那么一点酸，有那么一丝甜，还有那么一点点苦。其实，许多小美好就这样一直藏着掖着，多好！如果放到空气中，一旦氧化，又有谁能保证，这种小确幸不会变味呢？

我喜欢这样一种状态，青山藏雾海，琵琶半遮面。又或者，像画中的飞白，可以有不尽的想象空间。她，远隔薄雾，卓然独立，在水一方，是诗，是画，是景，是梦；是一片朝霞，是摇落的一曲天籁；她给了我多情的一颗心，也谱出了一首首缠绵的小令。

四年大学生活，四载青春记忆。不会忘记那些个排演话剧《孔乙己》《小二黑结婚》的日子。孔乙己、二诸葛，是我扮演的角色。演戏，何尝不是也在演绎一种人生？宏伟的礼堂里座无虚席，连过道和走廊都站满了观众，精彩的演出，赢得了掌声与好评，而这样的一种经历，让我读到了更多的人生况味。

我的母校，我的师大，教会了我很多，做人、做事、做学问。哪怕毕业很多年了，经常还会做梦，梦见临到开学季，耽误火车，耽误行程，耽误报到，不禁泣涕失声，恍然从梦中惊觉。

细细思量，告别母校已有二十七载。在这二十七年间，参加工作，娶妻生子，不知不觉，渐生华发，然而，青山依旧，情怀不老，对母校、对师长，始终心怀敬畏，始终心存感恩。

欣闻母校已喜迁新居，她的学子深深祝福母校，愿母校青春常在，愿母校荣光永恒！

听，海的声音

生于内陆，久居内陆，或许"五行缺水"吧，对水，始终抱着一种天然的亲切感。尤其是海，那一望无际的蔚蓝，常常澎湃于梦中，让梦境也一天天染上了蔚蓝的色彩。

心，蠢蠢欲动，只想去听海，去听海的声音，去听海的轻声耳语，去听海的深情呼唤……

然而，这注定是一次颇费周折的旅行！原定于七月下旬的旅程，因风雨天气，竟搁浅一月有余。正当心灰意冷之际，远方传来好消息——八月底，有那么几日，胶东半岛风平浪静，正是赶海的好时候。匆匆治装，匆匆买票，与妻一同踏上了直奔齐鲁大地的列车。

一　夜奔胶东

登上 K884 列车，已是黄昏时分。夜色，如同一席暗黑的巨大幕布，笼罩着远山，也笼罩着无边的原野。西边天际，一片乌云下，尚微微透出一带窄窄的、浅亮的橘黄色。卧铺车厢，却灯火通明，映照着远行的人们，也映照着他们或喜悦或平静的面庞。吵吵嚷嚷，脚步杂沓，直到登车的人们纷纷将皮箱、旅行包一个一个托上行李架，列车才稍稍回归片刻的宁静。

熄灯前，定是要纷乱一段时间的。大人、小孩，有要上厕所的，有要喝开水的，有要吃泡面的，来来往往，穿梭而行，让逼仄的列车通道愈发拥挤。自然，三三两两结伴同行的熟人，入睡前，还要聚在一起叙叙旧、唠唠嗑。听口音，有北方人，也有来自南方的。话，听不大明白，估摸，有的是去探亲访友，有的是去打工求学，有的同我一样，是去看风景。而今，交通如此便捷，从北国到南疆，从东海到昆仑，无需多长时间，人们尽可以凭借密密麻麻、四通八达的铁路网，跨山越水，纵横天下，走遍大半个中国。

荀子说："君子生非异也，善假于物也。"从徒步丈量，到牛马代步；从汽车、火车，再到飞机、轮船。人类社会飞速发展，人们的出行方式日新月异，用时在缩短，天涯海角的距离也在不停地缩短，还有什么地方不能为充满智慧的人类所征服呢？感喟于人类的聪明才智，感喟于芸芸众生一点一滴的辛苦付出，终成就了这个伟大的时代！

夜幕愈发深沉，车厢的照明灯一一熄灭，偶有几个惯于晚睡的人，犹坐在过道一旁的座椅上隔窗向外眺望；而对于大多数旅行者来说，一路鞍马劳顿，早已进入梦乡。

车厢彻底归于寂静。空气里，掺杂着一股浓烈的泡面味道，还裹挟了淡淡的汗味和香水味，左冲右突，弥漫在狭窄的空间中。隐约，有鼾声响起，间或，夹杂着凌乱的梦呓。梦，总是甜香的；善于做梦，实是人生的一大幸事——平日里无法言说的话，梦里能说出；现实里无法实现的愿望，梦里能实现；这样的梦，神奇、瑰丽、色彩斑斓，指示着人们前进的方向！可不是吗？人类的一切美好愿景，难道不正是由这么一个个简单而又饱含憧憬的美梦组合而成的吗？

在这样的一种氛围中，头枕着列车"咣当咣当"的单调吟唱，我恹恹欲睡。恍惚间，化作了一座耸立的山峰，左臂高高擎起，直指蔚蓝的天际，右手张开五指，挽起碧波万顷；如炬的目光，穿透历史的重重迷雾，直达胶东半岛的前世今生……

二　初见大海

悠然醒来，已近次日的凌晨六点。窗外，初秋的原野呈现出一色深沉的绿。墨绿的树木，浓绿的玉米和高粱，沐浴在薄薄的晨雾中。伴随列车铿锵的脚步，它们身手敏捷，"噌噌"急速向后跃动而去。

在绚丽的朝霞映衬下，一轮红日冉冉升起。向阳的树木，起初，有一片叶子反射出耀眼的光亮，紧接着，三片、五片、十片、百片，叶子表面，全涂抹了一层闪亮的金黄，于簌簌吹动的晨风中，摇曳多姿，溢彩流光，宛若点点碎金。

列车陡然一声长鸣，如同一条巨龙，扭动腰肢，急速蜿蜒行进。

途径高密——莫言的故乡。历经变革，已废县制，改为县级市。列车未停，轰隆隆匆匆而过。以手机查阅资料：高密市，地处胶东地区、胶莱平原腹地，地势南高北低，多为平原地貌；冬冷夏热，四季分明，属典型的暖风带半湿润季风性气候。作为连接省会济南与山东半岛沿海地区的交通枢纽，高密区位优势明显，交通便利，经济十分发达。

忽想起莫言的小说，在他的童年世界里，总镌刻着一个大写的"饿"字。相比于高密，我的故乡，自然条件远要恶劣得多，至少，儿时，我也曾挨过饿。可是，即便在20世纪60年代的那场大饥荒中，我的故乡，我的父母，也未若莫言所述之艰难。我不是莫言，也不是高密人，当然，不敢妄加揣度莫言小说的历史真实性。或许，在同一片蓝天之下，东边日出西边雨，有的地方"干旱如火"、有的地方"大雨倾盆"，也未可知。但，莫言终归荣获诺奖，这是他个人的荣耀，也是整个民族的骄傲，有此一点，便已足矣。有时间，还是关心一下自己的行程吧，过了高密，下一站，也就该到青岛了。

车行中，忽有靠窗的旅客起身惊呼："大海，我看到大海了！"大伙闻声，纷纷涌向车窗，向他手指的方向瞭望。海，果真是海！不远处，防潮堤坝之外，一带微微涌动的绿波，一直延伸到了天边。凹凸不平的绿色平面，断断续续，似乎有点点浪花泛起。众人议论，或云浮标，或云海鸥点水，或云鱼儿攒动，究竟是什么，却是不得而知。隔得太远了，看不清，看不透，也听不到她的召唤，但，她的波光有如磁石，吸引着我，吸引着妻，吸引着人们，牵引着我的思绪飞出车窗，渐渐融入粼粼波光中……

三　海之温情

青岛，因古代渔村"青岛"而得名，可是，不知为什么，一提到这个名字，总会想起李商隐的诗句"青鸟殷勤为探看"。青鸟，羽毛青蓝，色如大海，为西王母取食与传信的神鸟，代表着幸福、梦想与希望。而青岛，又何尝不是一座幸福之城、梦想之城、希望之城呢？

早年，上大学期间，闻曾赴青岛实习的同乡讲，青岛是一座美丽的城市，繁荣、整洁，被人誉为"东方瑞士"。现在，一头撞进她宽广的怀抱，心，立即就被她俘虏了。

本已是初秋时分，在青岛，却找寻不到丝毫秋意。艳阳下，一排排高大的梧桐枝繁叶茂，蝉儿隐匿其间，引吭高歌，聒噪不停，映衬得天气愈发燥热无比。

老城区，林立的建筑多为欧式风格，蓝墙，红色尖顶。那里街道狭窄，充其量仅容两三辆车并行，且曲曲折折，坡度很大。其间，如同鹤立鸡群，一座哥特式天主教堂高高矗立于南区的浙江路。教堂门口，两座钟塔巍峨耸立，顶端，各立一个巨型十字架，远看，甚是宏伟。然而，这座圣弥厄尔教堂，也显露出一种浓重的殖民色彩。自1897年11月德国人以"巨野教案"为借口侵占青岛，到1914年日本取代德国占领青岛，一直到1922年12月北洋政府最终收回主权，青岛，竟被德日殖民统治长达二十五年之久。这些历史印迹，又怎会随岁月流逝而轻轻抹去？青岛，以她沧桑的历史警告世人：国弱则耻，国强则盛。和平与安宁，是屈辱和苟合乞求不来的；唯有拳头，唯有握紧的钢铁拳头，才能击碎侵略者觊觎华夏大好河山的幻梦！

登临信号山，爬上旋转观景楼，向外眺望，新城区却是另一番天地：高楼大厦鳞次栉比，市容市貌整洁繁华，条条道路车水马龙，正显示着这座城市高速发展的现代化水平。

伫立于青岛奥林匹克帆船中心，久久凝视直插云霄的奥运火炬雕塑，静静聆听波涛轻轻拍打着堤坝，有一声呐喊从心底喷涌而出：屈辱的一页终将翻过，新的希望蓬勃而来！吸取惨痛的历史教训，激发建设强大祖国的无比热情，不久的未来，坐落于胶东半岛上的这颗"黄海明珠"，必将闪耀出更加璀璨夺目的光辉。

夜幕在喧嚣中渐渐沉落，青岛城的灯火次第亮了起来。奔波二十多个小时，终于能有机会与大海零距离对话。然而，毕竟时令已过处暑，穿着短袖T恤与短裤，夜风袭来，不由得激灵灵打个寒战。在这样一个有些凄冷的夜，原以为，海水也一定是冰冷的。抱着试一试的心理，在平缓的沙滩上，与妻一步一步走近大海。借着远处的灯火，我看到，夜幕下的海，呈现出温柔的一面：浅浅的波，就像一位步履蹒跚的老人，缓缓冲向沙滩，经与沙石摩擦，发出一阵阵有节奏的喘息声。再向前，一波海水慢慢涌来，漫过了脚面——噢，海，竟是温热的！那感觉，就像母亲的一只大手轻轻滑过，温润、轻柔，溢满浓浓的爱意。我的心神有些迷醉，恨不得就此扑入她的怀抱，永远也不要离开！

回到宾馆，我做了一个梦，梦到明媚的阳光下，海鸥翻飞，碧波荡漾。我撑着一叶扁舟，自由遨游在一望无际的大海上。海天交接处，片片白帆与朵朵白云交相辉映，不知是白帆变成了云朵，还是云朵变成了白帆……

四　威海听涛

一大早，旅游大巴即沿着威青高速，直奔威海市。

威海，别名威海卫。明洪武三十一年（1398年），为防御倭寇，始设威海卫。明永乐元年（1403年）建城，名寓"威震海疆"之意。

威海三面环海，一面靠山，形胜险要，历来就是海防重地。晚清王朝建立的中国第一支近代化海军舰队——北洋水师，就驻扎于威海境内的刘公岛。

往事不堪回首，当年，北洋水师也曾号称亚洲第一、世界第九，然而，就是这样一支"强大"的海军，竟在19世纪末爆发的中日甲午海战中，全军覆没于威海港内，想来，怎不令人扼腕叹息？

刘公岛，这座"不沉的战舰"，正位于威海湾内。从威海码头登上轮渡，辗转十几分钟即可到达。

渡船轰鸣，劈波斩浪，在茫茫大海中航行。螺旋桨高速运转，激起万千碎末银花，在船艉拖出一条长长的白色尾巴。远望刘公岛，树木郁郁葱葱，隐隐约约，有炮台隐匿于丛林之中。最显眼的，当属一座巨型雕塑：一位大清水师军官，手执单筒望远镜，正巡视着万里海疆。据说，这座雕塑，是以电影《甲午海战》中邓世昌的扮演者李默然先生为原型建造的，是甲午海战中为国捐躯的北洋将士的代表。他守望着，为和平一直默默守望着……

登岛，环游刘公岛博览园，多见英国租借时期遗留下的欧式建筑，英国领事馆旧址就隐藏在绿树间。自清光绪二十四年（1898年）英国强租威海卫，至1930年威海的殖民统治结束，之后，刘公岛竟然仍为英国侵略者强租十年。

四十二年，足以沧海桑田。刘公岛，不仅流传着汉代刘公刘母庇护渔人的美丽传说，更有北洋水师全军覆没、国家主权丧失近半个世纪的屈辱记忆。

  大海，浩瀚的大海，铭记着这段丧权辱国的历史。站在壁立千仞的听涛崖，闻松涛呼啸，如万马奔腾；听惊涛拍岸，似雷霆万钧。在滚滚而来的波涛中，我分明听到了邓世昌命令致远舰撞沉日舰吉野号的嘶哑呐喊，听到了丁汝昌拒绝在投降书上签字而悲愤自杀的哀叹；听到了浴血奋战的将士们发出的怒吼，也听到了侵略者得逞后的彻夜狂欢……

  痛，是不能忘记的！列宁曾说，忘记过去，就意味着背叛。歌舞升平之日，国人可曾记得当年的痛；处于和平年代的今天，年轻一代可曾懂得昨日的伤？我问大海，大海不语，咆哮的涛声中，或许，裹挟着眼泪，裹挟着鲜血，裹挟着不屈的呼喊！

  轮渡返回威海，稍稍平复一下激荡的心。仰头，晴空透蓝，整整齐齐斜缀着一列列波浪状的高积云，仿佛一方巨大的"棋盘"。几朵棉絮一样的密卷云，轻浮于"棋盘"之上，远远望去，恰如一幅蓝底白花的三维立体画。云天之下，大海之滨，威海静如处子，正如倚镜梳妆……

  如果说，青岛是一位饱经沧桑而又重新焕发生机的中年妇女，那么，昂首挺胸向着现代化迈进的威海，则是一位面容姣好、玲珑清秀的婷婷美少女。相比于青岛，她更洁净、更美丽，洁净得不沾染丝毫尘灰，美丽得令人心驰神往。

  传言，有一年，新加坡总理李光耀在威海参观考察一周时间，临行，以白纸擦拭皮鞋，万万没有想到，皮鞋洁净如新，竟然没有一丝尘土。过后，李光耀不无感慨地说：威海之洁净美丽远胜于以整洁著称的新加坡，堪为胶东半岛的又一颗璀璨新星。

  威海之美，美在端庄，美在秀丽，美在她婀娜多姿的倩影。而这些，离不开和平，离不开安定，更离不开威海人民的辛勤付出。历史与现代交汇，挑战与机遇并存，循着来时的路，向前，向前，再向前，相信，这位羞涩的大家闺秀，一定会以她卓然独立的风姿赢得越来越多的尊崇与赞誉！

五　断崖礼海

　　长岛，因境内的长山岛而得名。其居于黄海与渤海交汇处，东临韩日，西接蓬莱，为山东省最大的岛屿。

　　从县城一直向北长山岛西北方向进发。那里，有集山、海、湾、礁、崖、洞、古迹于一体，融奇、雄、秀、美、险、迷、神于一身的景点——九丈崖地质公园。

　　撸起袖子，挽起裤腿，脚踏石英岩与砂页岩上凿出的石阶，小心翼翼，曲折而下。还未到悬崖底部，一阵惊天动地的怒涛声，就一波一波鼓荡着耳膜，势若洪钟，摄人心魄。下到崖底，波涛汹涌的大海豁然展现在眼前。

　　不像青岛初见时那么温顺，此时的海，就如一头暴怒的雄狮，又像一个醉酒的莽汉，乘着风，掀起滔天巨浪，踉踉跄跄，迅猛扑向海岸。忽然，它遇到礁石的重重阻拦，显得愈发焦躁，高高仰起头颅，不顾一切地冲刷到犬牙交错的礁石上，随即，哗啦一声，化整为零，激起万千朵雪花，訇然倒在了悬崖脚下。海，越发不甘心，重新积聚力量，浩浩荡荡，又向着礁岩冲来，退下，涨起，再退下，又迅速涨起，三番五次，似乎绝不会屈服于礁石的淫威。而这，正是海的魂魄与精神所在！

　　从大海的咆哮声中，我听到了自1840年中英鸦片战争以来，一个古老民族所遭受的种种苦难，更听到了这个灾难深重的民族始终百折不挠、奋勇向前的铿锵足音。就如同眼前的这片海，不灰心，不畏惧，坚忍不拔，永不言败！

　　感受着海的伟岸，感受着海的磅礴，我由衷礼赞海，礼赞像海一样拥有宽广胸襟与坚韧意志的人们，仿佛我的周身也正涌动起一股力量，引领我，勇敢战胜人生路上的一个个艰难险阻，渐行飞跃到开满鲜花的彼岸⋯⋯

涛声渐渐远去，胶东之行也已接近尾声。苍茫的夜色中，点点灯火装饰着返程的路途；远山、近树，隐了身，遁了迹，见不到一丝颜色。三杯两盏淡酒下肚，醉眼蒙胧中，忽忆起苏轼《惠州一绝》中的两句诗："日啖荔枝三百颗，不辞长作岭南人。"而事实上，面朝大海，春暖花开，长做一个胶东人，同样，甚好！

迤逦西南行

一

夜幕下，伴随巨大的轰鸣声，飞机陡然加速行进，一声怒吼，它兀然仰起高傲的头颅，直直冲向云霄……

透过玻璃舷窗向外望去，重重云雾中，夜色如墨，沉静似水，不见一丝光亮。低头，黑黝黝的山峰与灯影摇曳的高速路，还有灯火点缀的城市与乡村，渐渐缩小身形，慢慢挤成了一堆。当飞机跃升到几万米高空时，脚下的太原城已然变成一道盆景——一道五彩霓虹辉映的盆景。这盆景，绿，并非它的主色调，不过是在墨绿的写意勾勒下，更多演绎着现代都市的文明与繁华。曲曲折折的环城路，车灯射出的光亮首尾相接，勾连成一条蜿蜒的长龙。这条巨龙摇头摆尾，紧紧箍着城市的腰身，金鳞闪耀，缓缓蠕动。再俯瞰这盆景的边缘及远处，早不见人类活动的痕迹，唯剩下大片浓稠的沉闷墨色。这样的夜景是有催眠功效的，刚才还喧闹不停的机舱，人声渐近沉寂，除几声窃窃私语外，偶尔，还响起阵阵香甜的鼾声。所有这些，与轰隆作响的马达声交相融会，宛若音乐厅正奏响一曲单调而富有节奏的小夜曲……

王之涣有诗云，"欲穷千里目，更上一层楼。"登临高楼，极目远眺，白日、苍山，黄河、大海，万里山河尽收眼底，诗人的心胸亦为之豁然开朗。登楼如此，而身处几万米高空，自是临高处、远眼眸，境界宏阔浩渺，绝非一城一池所限。"不畏浮云遮望眼""风物长宜放眼量"，平台决定眼界，眼界决定胸怀，当是之谓也。

飞临昆明国际机场，已至半夜时分。人困马乏，尚来不及细细端详她俏丽的容颜，便拖着一大堆行李匆匆入住酒店。然而，即便未曾一饱眼福，裸露的肌肤却早已与春城满怀拥抱。太原，干热无比，平素，或静坐，或平躺，皆毛孔舒张，大汗淋漓，有如洗过桑拿；而春城的气候却是宜人得很——习习晚风温润而凉爽，间或夹杂着点点雨丝，轻抚人的脸，浸染人的发，以至每个毛孔都大口大口地吮吸着清爽的空气，如同刚刚食过人参果一般，浑身都透露出一种说不出的惬意与舒坦。

斜倚卧榻，悠闲地燃起一支香烟，于吞云吐雾间，忽忆起一则典故。据《云南通志》记载，汉元狩元年（公元前122年），雄才大略的汉武帝远在帝都长安的皇宫内，竟无端做了一个怪梦，梦中，有"彩云见于南中"。梦醒后，急忙"遣使迹之"，至滇西门户祥云县境内，并于汉元封二年（公元前109年）在祥云县的云南驿镇设"云南县"。自此，始有"云南"之名。彩云乍现，当为祥瑞之兆，亦见七彩云南的吉瑞与瑰丽神奇。更何况，以"七彩云南"命名，曼妙而富有诗意，又怎能不引发人的无尽遐思呢？心潮涌动处，自是对接下来的行程充满期待。

二

初闻"石林"之名，源于年少时一部颇有名气的电影《阿诗玛》及其插曲《马铃儿响来玉鸟唱》。影片中，美丽善良的彝族姑娘阿诗玛与勇敢智慧的撒尼小伙子阿黑深深相爱着，但他们的爱情却遭到了头人热布巴拉之子阿支的百般阻挠。在经过与邪恶势力的拼死搏斗后，这对年轻的恋人就像自由的鸟儿一样冲破藩篱，逃离了热布巴拉家。然而，歹毒的阿支不甘心失败，又派人偷走阿黑的神箭，并放洪水吞噬了美丽的阿诗玛。当阿黑悲愤地呼唤着阿诗玛的名字时，阿诗玛却化作一尊巍峨的石像，永远伫立在了丛丛石林间。

　　故事，无疑是一个悲剧，但是，它反映出的却是彝族人民追求幸福生活的坚强意志，以及他们反抗黑暗势力的不屈斗争精神。而今，阿黑与阿诗玛早已成为彝族人民心目中爱与美的化身，且代代相袭，一并将彝族男子和女子统称为"阿黑"和"阿诗玛"。

　　到石林时，天空下着蒙蒙细雨，但这丝毫不会影响人们游览爱情圣地的热情。在这座方圆三百五十平方千米的"世界地质公园"，来自全国各地的游客们，操着不同的方言，携老扶幼，穿梭其间，尽情观赏着大自然恩赐的这一处处独特景观。那座座石芽、石笋、石柱、石峰，主体皆呈青灰色，表皮脱落处，又间以乳白或土黄。它们，胖大的威风，瘦小的精神，或傲然独立，或牵手并坐，或调皮地拥在一处，高者如巨人，矮者似石墩，千奇百怪，形态各异。尤其题有"石林"两个大字的一组巨石，雄奇挺拔，细长的尖顶直插云霄，远观，其轮廓颇似高大削瘦的哥特式建筑群。"群峰壁立千嶂叠翠"，老一辈无产阶级革命家朱德同志于石林峭壁上的题字，恰是对石林独特的喀斯特地貌景观的形象注脚。

　　"山，刺破青山锷未残，天欲堕，赖以拄其间。"犹如美的存在需要一双善于发现美的眼睛，游石林，同样需要一颗灵动的诗心！倘若不懂得让心灵乘着想象的羽翼纵情翱翔，那么，在石林，也无非是在观看一群了无生气的石头罢了。有人曾戏言，"远观大石头，近看石头大。石头果然大，果然大石头。"而这，恐怕正是嘲笑那些不懂得欣赏美的人吧。而事实上，只要你愿意解开俗世羁绊的缰绳，愿意擦亮为名利所蒙蔽的双眸，那些石峰、石芽、石斗便由此有了灵魂，有了心跳与呼吸——双马渡食、孔雀梳翅、犀牛望月……只要多留意，都可以在错落的石林中找到它们潜藏的踪迹。

　　旅行，见平生之所未见，闻平生之所未闻，自是其意义所在，然而，倘若能在旅途中得以体味不同地区、不同民族特有的地域文化，则又是一件极其幸运的事。在石林，身着民族盛装的阿黑哥、阿诗玛生动地演绎着他们独有的服饰文化。阿黑哥的圆顶草帽、蓝底带花坎肩；阿诗玛花样繁复的帽子、色彩艳丽的套装以及领口、袖口、裤脚上精美多彩的花边，无不显示出这一民族别致的文化传统与审美意识。若深究其历史，彝族本不叫"彝族"。据《彝族源流》《西南彝志》等书记载，彝族有史以来一直都自称为"尼族"。因古代汉语中"尼"的发音近似"夷"字，故，汉文记载彝族时多称其为"夷"。显然，这"蛮夷"之称带有不少贬义的情味。时至1956年，彝族代表进京，受到了毛泽东主席的热情接待。在毛泽东主席了解到这一情况后，多方听取意见，将带有"夷族"贬称的"夷"字改为"彝"——意指房子（彑）下面既有"米"，也有"丝"，吃穿无忧，兴旺发达。这一建议，得到了彝族人民的一致拥护，自此，"彝族"一词，遂正式成为这一民族的统称。

随行导游，粗粗壮壮、朴朴实实的摩梭人扎西·顿珠介绍，在云南广袤的少数民族地区，老百姓家里所供奉的神位只有两座——一座，自然是本民族所崇拜的图腾；而另一座，则必定是中国共产党、新中国以及人民军队的缔造者毛泽东主席。他说，在与云南接壤的西藏地区，藏民们是将毛泽东主席当作活佛对待的。其实，老百姓的情感很朴素，谁能带给他们幸福安定的生活，谁就是他们救苦救难的佛祖，谁就是能够普度众生的菩萨！

在离开石林的那一刻，回望高耸入云直刺蓝天的块块巨石，心灵深处的一根琴弦轻轻拨动，铿然有声——不忘初心，方得始终！

三

彩云之南，云，自然是离不了的。身处海拔一千至两千米的云贵高原，所见的云也自是不同寻常。极目远望，山顶与天际相接，仿佛，白日登梯就能触摸高天，夜晚踮脚即可手摘星辰。而云，就那样轻盈盈悬挂在半山间。大多时候，云南的云是有层次感的。紧贴蓝天的朵朵乌云是穹窿上凝固的宏阔背景，而那些诡谲变幻的流云，忽而波涛如怒，忽而万马奔腾。轻薄的，是白纱，是棉絮；厚重的，是一泻而下的瀑流，自由洒脱，随风飘摇。落日熔金时分，厚薄不均的云朵因太阳光的折射，又色分七彩，绚丽斑斓，将云之福地渲染得愈发多姿多彩。

擎一把花折伞，脚踏青石板，"笃笃"行进在古城大理街头，侧耳聆听苍山洱海的种种神奇传说，思绪飞扬，承接千载，似乎，整个身心都飞跃到了那个披着神秘面纱的古大理国。然而，很遗憾，在市场经济浪潮翻滚的今天，那个曾经雄踞西南边陲三百余年，举国崇奉佛教，又号称"妙香国"的古帝国早已不着一丝痕迹，取而代之的，是街道两旁鳞次栉比的商铺、涌动的人潮与嘈杂的叫卖声。似乎，古城大理已不再是那个略施脂粉、浅笑嫣然、倚门回首却把青梅嗅的娇羞女子，反而脱胎换骨，变成了浓妆艳抹、满身浸染铜臭气的女人。

是该经济搭台、文化唱戏，还是该文化搭台、经济唱戏，身为草民，不得而知。然而，只要稍微有点文化情怀的人恐怕都懂得：梅花鹿身上的梅花，那是艺术，世上没有哪一个人可以将它明码标价，也没有任何人能把它拿来兜售！

然而，在今天，诸如焚琴煮鹤、杀鸡取卵之类煞风景的事情已然见得太多了，多到麻木了见花落泪的玲珑心，多到迟钝了那根如琴弦般敏感的神经，甚而，久闻铜臭，不知其臭；久在名利场，蚀掉风骨。喜乎？悲乎？想必，终有一天，历史老人会给后来者一个响亮的答案。

所幸，在史上茶马古道的必经之处，多多少少，还保留了自然与历史文化的缕缕馨香。就白族人的服饰而言，虽然，有明显汉化的影子，但其传统服饰依然保持着他们鲜明的民族特色。阿鹏哥是白族男子的美称，他们大多穿白衣、蓝裤或黑裤。上身，则一定是要搭配一件扎染的蓝色坎肩。扎染，是白族独有的制衣染色工艺，色彩分明、花样对称而多变，从汉代一直沿袭到今天。而白族女性，一并尊称为"金花"。她们一袭白衣，外罩红色坎肩。白色衣裤及红坎肩上，也绣有多色花样。然而，相比于彝族女性服装上瑰丽繁复的绣花，白族刺绣又显得小清新与美观大方一些。尤其女性头饰，极富地方文化传统与审美趣味：左边垂下的纯白色长穗子代表下关的风；中间多彩的花饰代表上关的花；帽顶饰以洁白的一圈，象征苍山的雪；整个帽子呈弯弯的造型，又是洱海的月。"风花雪月"，四种美好的事物集于一体，犹如一朵美丽的格桑花灿然绽放于雪山之巅，丽而不艳，靓而不俗，美得人心都要醉了……

当登上一艘游艇，置身于洱海的碧波清流中时，浸淫许久的铜臭味才渐渐散去。洱海，是云南境内仅次于滇池的第二大淡水湖，因状似人耳，或云"如月抱珥"，故名。之所以把"湖"称作"海"，源于"云南十八怪"之一——"湖泊称作海"。既然称作"海"，那么，洱海便有了海的气魄与海的风度，胸怀宽广，大气而沉静。波云诡谲的穹窿笼罩下，莽莽苍苍的群山环抱间，洱海，又形似弯弯的一面明镜，碧波万顷，微澜涌动。蓝天、白云，投影浅笑；山峰、绿树，倚镜梳妆。洱海，就是大自然留给人间的一面"照妖镜"，善的、恶的，美的、丑的，都在洱海的映照下无所遁形。

游艇劈波斩浪，于船尾激起点点碎玉银花，打破了海的宁静。然而，船行不久，洱海自动弥合划破的"伤痕"，再次复归平静。海，就是这样的气度！哪怕面对利刃的伤害，哪怕遭受人世间的种种不公，他都能以父亲一般的博大胸襟包容一切，而后，默默地，独自将自己身上的伤痕一一抚平。在这样的父亲面前，心底，会悄无声息地生出一种力量，一种超越人生悲苦的力量，源源不断，经久不息……

四

  人到丽江古城，是不适合成双结对的。这里，是那些有情人一心向往的地方。

  古城丽江，北依象山与金虹山，西枕猴子山；清澈的玉泉水自象山山麓汩汩流出，从古城西北方向湍流至玉龙桥下，转而一水三分，变成西河、中河、东河三条支流。三支溪水经过多次匀水分流，而后，穿街绕巷，流布全城。

  旧时，当地纳西人一直称丽江城为"巩本知"。"巩本"意为"仓廪"，"知"，指的是"集市"。亦可见，自古以来，古城丽江就是彩云之南的仓廪集散之地。

  这里，没有规矩的道路网，也没有森严的古城墙，而仅以三山为屏、一川相连。在潺潺流水为核心的古城，因水的滋润，她与以河为街、依河筑屋的乌镇类似，更多呈现出一种独特的水巷空间布局。有水，当然需要有桥梁渡人。在古城，密集的河道与桥梁构成了她"家家门前跨彩虹，户户屋后水潺湲"的鲜明特色。

  徜徉于古城红色角砾岩铺就的街巷，两旁的民居与店铺，在布局形式、外部造型与框架结构上，都借鉴和糅合了中原及藏族、彝族、白族的建筑技艺，并独具其别样的艺术风格。这些建筑，大多为二层土木结构，土石垒墙，迭落式屋顶，上覆小青瓦。最别致的二层屋舍，雕梁画栋，整齐排列许多木格窗棂，随意推开一扇，即可倚窗观景，俯瞰脚下的街市。

  古城九街十八巷，网格分布，势若迷宫。她的美，就美在旖旎俏丽，曲、幽、窄的小巷上。这样的巷子是适合艳遇的。曲曲折折的小巷两侧，高高矗立的二层木质建筑，肃穆而又端庄，将那一道窄窄的小巷映衬得愈发清幽而宁静。倘若沿巷而行，或许，转过一个转角，不期然即会迎面撞上一个丁香般结着愁怨的姑娘。就在擦身而过的一刹那，抬眉凝眸，心弦一颤——哦，他（她）的面容、他（她）的身形，竟是那样熟悉，仿佛早已三生有约，缘定今生！原来啊，那个朝思夜盼的梦中情人就在眼前！不妨驻足牵手，任意走进一家正播放着老歌的酒吧，在摇曳的烛火下，轻轻拈起高脚酒杯，缓缓晃动那暗红色的汁液，浅呷一口，于馥郁芬芳中互诉衷肠……

　　这样的桥段，这样唯美的桥段，于俗世中实在难以追寻；它，只适宜留存于如风般逝去的岁月深处，渐行风干，枯瘦成了一阕哀婉的小曲：

　　"就在这一瞬间／才发现／你就在我身边／就在这一瞬间／才发现／失去了你的容颜／什么都能忘记／只是你的脸／什么都能改变／请再让我看你一眼。"

　　小巷深处，幽幽传来手鼓击打的节奏，丽江小倩的歌声渺茫、飘摇，却极具穿透力。这歌声，穿过高墙，越过屋脊，于耳郭间回旋几周后，一头钻入耳洞，经由耳膜共振，透入每根神经，一并顺着经脉，直直渗入内心。是啊，失去的，不再回来；改变的，不可复原！也许，擦身而过，就是一生的惋叹，就是一世的遗憾！

　　趁还走得动，去看想看的风景，去见想见的人吧。在丽江古城，在苍山洱海，在蝴蝶泉边，每一个遇见，都能让人怦然心动、心潮起伏……

五

　　有信仰的人是幸福的，因为他躁动的心灵寻到了安放的家园，因为他不安分的灵魂也觅到了停靠的港湾！朝圣路上，有谁见过一步一下跪的虔诚？又有谁见过一步一叩首的笃定？向着玉龙雪山进发，灵魂同样需要步步下跪，步步叩首。

　　海拔五千五百九十六米的玉龙雪山集险、奇、秀、美于一身，十三座雪峰随形起伏，终年积雪，宛如一条矫健的玉龙横卧于横断山脉之巅。它是纳西族百姓心目中所景仰的神山，也是丽江各族人民信奉与崇拜的图腾。

在纳西族古老的传说中，玉龙雪山与哈巴雪山本是一对孪生兄弟，一直在金沙江畔相依为命。然而，未曾料到，有那么一天，突然从北方跑来一个恶魔，不仅霸占了金沙江，还掀起腥风血雨，残害善良的百姓。眼看恶魔猖獗，百姓没有了活路，玉龙兄弟挺身而出，挥动宝剑与恶魔展开了一场殊死搏斗。然而，战斗中，哈巴弟弟由于体力不支，不幸被恶魔砍下头颅。玉龙忍住巨大的悲痛，与魔王大战三天三夜，一连砍断十三把宝剑，终于战胜恶魔，把他赶出了金沙江畔。后来，哈巴弟弟变成了无头的哈巴雪山，而玉龙哥哥为防止恶魔再次作祟，日夜高举十三把宝剑，最终也变成十三座雪峰，千年百世，一直庇佑金沙江畔的芸芸众生。

巍峨壮丽的玉龙雪山，横绝山巅，气势磅礴，而且，随四时变幻与气候阴晴变化，又呈现出奇丽多姿的不同面孔。他时而云雾缠绕，乍隐乍现，如一位玉树临风的翩翩美公子；时而云封山顶，深奥莫测，似历尽人世沧桑的耄耋智者。云淡风轻之际，他云带束腰，轻舒玉臂，卓然独立；晴空万里之时，他又直刺碧空，剔透玲珑，耀眼晶莹。凌晨，当周边的山村尚在酣然沉睡，雪山却早早醒来，迎旭日，映朝霞，皑皑白雪与绚丽的霞光相互辉映，七彩光芒一泻千里。傍晚，夕阳西下，余晖暖暖地滞留在山巅，雪山又摇身一变，幻化成一位亭亭玉立的娇俏少女，披着红纱，静立于天地之间。月夜，星光璀璨，婵娟皎洁，雪山如同沐浴在牛乳中，微闭双目，又缓缓进入了甜蜜的梦乡。

带着氧气瓶，从海拔三千三百五十六米的草甸出发，乘坐玉龙雪山大索道，摇摇晃晃，缓缓升向冰川公园。随着海拔高度不断增加，覆盖在玉龙雪山上的植被明显呈现出垂直分布的层次感。高大挺拔的松树，渐变为云杉、冷杉群落；继而，灌木丛生，现出片片裸露的岩石；再往高处走，灌木也潜遁行迹，只剩下了零星的苔藓与地衣植物。当行至海拔四千米高度时，雪山已不着一丝绿意，唯见黑白分明的玄武岩与石灰岩，犬牙交错，崔嵬峥嵘，上覆常年不化的皑皑白雪。

  在缆车内，高原反应尚不甚强烈。然而，下得缆车，进入海拔四千五百零六米的玉龙雪山冰川公园，瞬间，即感到心慌气短，耳鸣脑涨，随之，双腿也如抽筋剔骨般没了力气。但这又怎能阻挡住朝圣者虔诚的脚步？吸着氧气瓶，凭栏远眺，云遮雾罩的云贵高原就踩在脚下。那状若尖牙的山顶摩挲着高天，缭绕的流云遮掩着山尖，山天相接，如梦似幻，仿佛当年孙猴子闯南天门一样，稍微纵一纵脚，即可登天见日，直上凌霄。

  时为盛夏，山顶的积雪自不如其他季节厚实。然而，犹可见背阴处雪似银花，斑斑驳驳遮盖着黑色的玄武岩。摩梭族小伙扎西·顿珠说，若是冬春时分，茫茫雪原，银装素裹，才是登山朝圣的大好季节。那四万年前形成的白水一号冰川以及被誉为"绿雪奇峰"的冰塔林，就镶嵌在嶙峋的怪石间。远观，它们就像一块块巨大的冰种翡翠，银光闪烁，耀眼夺目，为圣洁的雪山越发增添了一抹神秘的色彩。

  在玉龙雪山，于海拔四千五百零六米到海拔四千八百米的雪域挑战极限，超越自我；在玉龙雪山，于万年凝成的圣洁冰雪中远离生死，净化灵魂。这，才是一个朝圣者低微到尘埃的信仰与虔诚！

  玉龙雪山，于怀揣坚定信仰的人们心中，就是一尊永不低头的傲岸雕塑。千百年来，他不仅默默庇佑雪域高原上辛勤劳作的人们，而且，更以其挺拔圣洁的身姿予人以启迪，给人以智慧，让那些迷失于漫漫红尘中的卑微生命，还能在纸醉金迷中保有一丝的真纯，留有一丝的良善，以致不会让灵魂愈走愈远，直到堕入万劫不复的深渊！

  回眸凝望玉龙峰顶，内心深处一片澄澈与安详。那是抛却人间蜚短流长后的从容淡定，那是洗却灵魂污渍后的愉悦与安恬！静静地，再次向雪山深深鞠上一躬，胸中，一种全新的东西正蓬蓬勃勃地肆意滋长……

　　绵绵细雨中，客机从昆明国际机场扶摇直上，急速掠过云端，朝着东北方向飞去。舷窗外，云峰如簪，波涛翻滚，变化万千；机舱内，却平静似水，心澜不惊。雨丝，是云脚淋漓的眼泪；而数万米高空之上，又何曾飘洒一点一滴？人生也是这样——当灵魂升华到足够高度，那如磐的风雨又岂能把它轻易浇湿？就如玉龙雪山之巅的那一抹洁白，千年，万年，永不消融……

219

愿岁月温柔以待

周末，妻在厨房忙碌，要为我们父子两个改善生活。这似乎已经成为妻的"必修课"，每每周六或周日，她都会准备一桌丰盛的午餐，让父子俩吃得肚满肠肥。

厨房里，妻忽然幽幽地感叹，"今天，家里储存的那些黄豆就彻底吃完了！"黄豆？是的，是黄豆——那是前几年母亲在世的时候，一颗一颗为我们精选出的黄豆！每年，秋收完毕，八十多岁高龄的母亲总是闲不住。她戴上花镜，端上满满一簸箕黄豆，选一块向阳的地方端坐了，就那样一粒粒精挑细捡，从当年收获的黄豆中，拣出最好的一部分留给她最心爱的儿子。这些拣出的黄豆，个头大，饱满，珠圆玉润，仿佛粒粒橙黄色的闪着迷人光彩的珍珠。母亲耐心将它们一把一把装进袋子，放置于阴凉处，专待我从城里回老家的时候，一并把整袋的黄豆带回家。一岁又一岁，我们一家三口四季吃的、岳父家吃的，都是母亲拣出的黄豆。

而今，母亲都已逝去八年了，而她为我们拣出的黄豆，才刚刚吃完。妻有些伤感，长叹一声："老太太是好人，是个好婆婆，可惜，我们再也吃不上老人家拣的黄豆了！"是啊，母亲疼儿子、疼儿媳妇、疼孙子，已经丧失劳动能力的她，唯一能做的，就是给儿子和儿媳拣黄豆。一年年、一岁岁，直到她离开这个让她倍感留恋的人世。

生活总归要继续！在每一个时光转角处，对每个人，世界总能温柔以待。

　　闲暇时，最享受妻为我掏耳朵。夜深人静之际，斜倚于沙发上，把头偏向一隅，露出耳朵，任由老妻拽着耳郭，打着手电，将耳挖慢慢伸进耳孔深处，轻轻地，缓缓地，掏出里面积存的脏东西。妻手法娴熟，动作轻柔，耳挖所到之处，略微有些发痒，还有点发麻，却极其舒服，那种感觉，似乎用什么样的语言都无法形容，甚至，一度以为，世上最惬意的事情，莫过于就是掏耳朵了。

　　不仅我很乐意享受这样的待遇，即便儿子，也遗传了我的一些禀性。每当看到妻在给我掏耳朵时，儿子嚷嚷着，非让他的母亲也为他掏耳朵。儿子一米八的个头，高高大大，阳光帅气；他的母亲，在他面前，反而显得有些矮小。可是，就是这么一个大男子汉，在他母亲跟前，却也温顺得像一只羔羊，乖乖地，将头斜靠到他母亲的臂弯里，静静享受他的母亲所能带给他的温柔。

　　80后女作家叶萱在《愿你被这世界温柔相待》中说："喧嚣俗世，我们忙着安身立命，不自觉就有了一颗沧桑的心。然而，因为'为人父母，我们才可以在八小时以外，在拖着疲累身体打开家门的瞬间，找回童年的烂漫与不设防的温柔。"其实，叶萱说的还不完整。何止"为人父母者"？即使为人子女的，同样，可以在踏入家门的那一刻，于瞬间找回已经逝去的童年烂漫与不设防的温柔，就如母亲待我，就如妻待她的儿子。

　　今，已至农历冬月初六，再过几日，即是二十四节气中的大雪。一大早，上街买烟，晨风凛凛，寒气逼人，促人裹紧衣服、竖起衣领匆匆而行。返家时，望到左邻右舍阳台上，隐约有女主人正为家人准备早餐。灶火升腾处，案板叮叮，水汽弥漫，朦胧了窗玻璃，也朦胧了女主人的笑靥。但我知道，她们的脸上一定挂着温柔的笑意。手头做的，或许是一锅热气腾腾的南瓜米汤，或许是一碗碗暖暖的乳白色豆浆，这些，都能祛除寒气，都能给家人带来无尽的温暖，让这个冬天显得不再是那样凄冷，不再是那么落寞。我想，世上最美的风景，应该就是这样的一幅场景吧？屋外冰天雪地，屋内却是暖意融融，不禁使人产生一种错觉——这哪里是冬岁？这分明就是一个明媚的春天！

　　我的眼神有些迷离，为夜晚独坐时，肩头披上的一件衣衫；为生病时，床头一盏热乎乎的姜汤；为宿醉醒来时，手中一杯冒着热气的清茶；甚至，为每一个波澜不惊的平淡日子。

　　我待世界温柔，世界同样还我以温柔，恰如此刻，在灶膛口上，咕嘟咕嘟，一大锅羊汤正欢快地吐着泡泡。伴着迷蒙的雾气四处逃逸，屋内，每一个角落里都洋溢着一股淡淡的肉香味。今日，是周末。中午时分，等待我们父子的，正是加进了黄豆，加进了胡萝卜和粉条，色彩斑斓、清香四溢的一锅羊汤面……

冬夜，那一声叮咛

冬来了，降温了，下雪了。

半夜里，妻打来电话，絮絮叨叨叮嘱我："他爹，天凉了，多添件衣服吧！"

多么熟悉的一句话啊！可以说，我的年龄有多大，这样的话就陪伴了我多少年。

自懂事的那天起，从小学到初中，从师范到大学，乃至娶妻生子以后，每当天气降温，娘都会一遍又一遍地反复叮嘱："儿啊，记得添件衣服，小心着凉！"

年少时，常觉得娘烦人，虽说心里不满意，但总归不敢当面忤逆。及至年长，翅膀硬了，有时嫌娘唠叨，不等娘说完，就会在电话里不耐烦地抢白几句，打断娘的话头。每每这个时候，娘大多不再言语，只在电话那端轻轻叹口气，转而，顺着我的话头，不再提添加衣服的事情。

放下电话，自知对不住娘，又将电话打回去安慰娘，可是娘丝毫没有埋怨的意思，反而连声说是她絮叨了。听着娘的话语，真恨不得扇自己两个耳光。可是，这样的错误却是一而再、再而三地犯着。

那时，就天真地想，反正有的是时间，反正娘常会打电话过来，只要给娘道个歉，娘就一定能够原谅！就这样，仗着娘的宽容，我一次又一次地伤着娘的心，却从不知悔改，直到有一天，我再也听不到娘啰唆的嘱咐，老人家再也听不到我粗鲁的抢白……

那降温的日子是难挨的，虽然身上穿着厚厚的衣服，可是依然感觉浑身冷飕飕的，总觉得缺少了点什么。

孤零零独自立在雪地里，夜色苍茫，听簌簌的雪花轻轻落到头上、肩上和背上，眼望朦胧的路灯将我的身影拉得好长好长，心里只觉得空落落的，七上八下没个底儿，是因为熟悉的电话铃声？还是因为那永不知疲倦的声声叮咛？直到这一刻，我终于明白，那样的一句话，对于我的生命而言，该是多么的重要！

娘走了，还有哥，哥不叮嘱我添衣，他最操心的是我日夜奔波的安全。

每次回老家给娘上坟，返程前，哥只有简短的一句话："开车一定要小心！回去以后，记得给我来个电话！"我明白，爹娘都走了，哥就是弟兄姐妹的主心骨。他得承担起爹娘的责任，替爹娘照顾好下面的弟弟妹妹，可是他只是一个永远生活在黑暗中的残疾人，他实在帮不了弟弟妹妹们什么，他唯一能做的也就这么一丁点儿了！

然而即便是这样的暖，最终也于前年夏天突然舍我而去了……

又是一个大雪纷纷的隆冬季节，在矮矮的坟头里，我的娘啊，您老人家冷吗？有谁能为您带去一件御寒的衣衫？哥啊，雪好大，你是否又在为我奔波于生计而操碎了心？然而，雪野无声，那一声温暖的叮咛啊，却是再也找不回来了！

在网上，有人曾说：爹娘在，人生尚有来路；爹娘不在，生命只剩归途！可我，不单单只剩归途，还如同一片失却了根基的浮萍，一直在茫茫大海里随波上下浮沉……

每一个漆黑的夜，我痴痴地凝视着如绸的夜色，久久难以入睡。伴随时钟单调的嘀嗒声，一种无法言说的孤独一浪一浪袭来，遇大事，还能跟谁商量？有委屈，还可向谁述说？作为丈夫、父亲，我是妻儿赖以依靠的脊梁，我怎能将生活的重压放在妻儿柔弱的肩头，又怎可将烦恼倾泄在他们身上？

可是，即便如山般刚毅，终也无法抵御岁月砂石的磨砺！

我要远行两年，赴很艰苦的山区扶贫去了。

整个双休日，妻一直在为我打理行装，棉裤、棉鞋、皮包、药品、牛奶、罐头、茶叶、香烟……大包、小包，妻差不多把一个小型超市搬回了家。

如同娘一般唠叨，妻不停地转过来转过去，千嘱咐万叮咛："每天早晨起来记得要喝一袋牛奶；不舒服了，记得皮包里放着药，有治感冒的，有治胃病的，还有治咳嗽的；你的胃不好，天冷了吃饭千万要避着生冷；晚上写作不要忘记披上件大衣；起夜就别去厕所了，在当地买个便盆就行……"

啰里啰唆，零零碎碎，话，大多没有啥逻辑，可几乎为我想到了生活的所有细节。在妻的面前，我似乎就是一个不谙世事、不会照顾自己的孩童，又像是一个从没出过远门的稚子，唯怕我在外面吃一点苦、受一点罪。

我劝她不必那么麻烦，妻嗔怪不理，依旧忙个没完。我突然有一种想落泪的感觉，随即，一股暖又涌上心头，娘疼着我，哥疼着我，在他们的身后，还有妻也在疼着我！无法割断的亲情啊，连接着一家人，连接着每一颗红彤彤的心！

我将儿子唤到身边，细细叮咛儿子，在我不在家的日日夜夜里，一定要懂事，一定要听妈妈的话！儿子用力地点点头，眼里，也正泛着点点泪花……

幸福密码

春节期间，偶尔看电视。其中有一档节目，讲的是一位北大退休教授与老伴儿之间的生活故事。

退休之前，在几十年时间里，老教授一直在北大任教。繁忙的工作，始终让他无暇多陪伴妻子。这几年，老教授终于退休回家，能多陪陪老伴儿了。老伴儿喜欢画画，而作画时又特别需要安静的环境。老教授呢，特别支持老伴儿的兴趣爱好，当妻子作画时，老教授要么默默地站在老伴儿身后，微笑着，静观老伴儿笔舞龙蛇；要么，悄悄地一个人出去为老伴儿买菜。

每当外出，老教授一定是要给老伴儿留一张纸条的——告诉老伴儿，去哪里了，干吗去了，以免她为自己操心。更有意思的是，两人虽已至耄耋之年，可是，老教授留言的"抬头"依然是那么亲切，萌萌的，称老伴儿"小宝贝"。我们无须细看留言，单单看这暖暖的"小宝贝"三字，便已知老夫妻之间的感情有多么深厚。

罗丹曾说："生活中不是缺少美，而是缺少发现美的眼睛。"其实，不单单是美的发现，倘若，我们每个人都善于用心尖的触须去触碰生活，总是能感知到生命的暖，感知到生活中的一次次心灵悸动。

母亲与父亲之间相携相伴了整整六十四个年头，母亲一辈子强势，父亲一辈子憨厚，老两口之间如果发生分歧，总是母亲大声呵斥父亲。每每如此，父亲都是一言不发地嘿嘿笑着，从来都不会顶嘴。

一辈子，父亲就爱抽根烟，年轻的时候，母亲除了偶尔发发牢骚，还不至于太管父亲。及至父亲年老，母亲的话就越来越多。一开始，尚是劝导父亲少抽烟；后来，就纯粹气呼呼地大声呵斥起父亲来。有时，还会一把将刚刚叼在父亲嘴里的烟卷使劲抠出来，恶狠狠摔到地上。事实上，我的母亲，又何尝是心疼那几个烟钱啊？她心疼的，只不过是父亲，是父亲的身体罢了。

与父亲和母亲的相处方式不大相同，老岳父与老岳母之间似乎相处得更为融洽一些。凡事外出，老两口都要手牵手、臂挽臂，相互搀扶着出行。夕阳，多情，暖暖地照着他们，将两位老人十指相扣牵手而行的身影刻画得曼妙而修长，犹如一幅淡雅的写意画，黑白相间、情韵悠长，尽显出岁月深处那一抹浓得化不开的柔情。

犹如我的父母亲，还有我的岳父母，一起并肩参加革命几十年的熊瑾玎、朱端绶夫妻，也是一对恩爱夫妻。就在熊瑾玎七十岁生日那一天，这一对革命夫妻曾合作过一首诗，题目叫《五十婆婆七十翁》。

诗曰："五十婆婆七十翁，老来情比少时浓。卿我并坐犹闲远，常在欢腾拥抱中。"

这首诗，浅白如话，然而，却形象地道出了熊瑾玎、朱端绶夫妻之间几十年相濡以沫的不变真情。而今，当阅尽千帆、洗净铅华，回首，再细细体味这首诗背后所蕴含的深意，方才知晓，普通人的这种不事雕琢的爱，竟是如此的打动人心！

有人说，爱情久了，慢慢地，就会转化为亲情。此言不虚，无论是老夫妻，还是中年夫妻，相处久了，都会将爱情转变为一种独特的亲情。

近几日，不意手染癣疾，至夜，常常双手发痒，痒得人心烦意乱，以致彻夜难眠。说与妻听，老妻立即拿起手机，翻遍所有网页，为我到处找寻治疗手癣的偏方。

别说，功夫不负有心人，还真让老妻给找着了。网传，将花椒炒熟，磨烂，和之以蒜泥，每日一次轻敷于患处，即可治愈手癣。妻如获至宝，欣喜之余，自告奋勇，亲自制作"药膏"，天天晚上为我敷手。

夜，很宁静，疏星淡月，风过呢喃。家里，屋顶的灯火眯缝着眼，微笑嫣然；柔白的光线，犹如春水一般缓缓流泻，朗照妻因兴奋而涨红的脸。我举起双手，一边与妻有一搭没一搭地闲聊那些陈芝麻烂谷子的旧事，一边任由她将那些做好的药膏胡乱地涂抹到两手的患处。暂且不说疗效如何，就单凭她的这番苦心，也足以让我倍感温馨。试想，一对二十多年的老夫妻，就这样一起对坐在灯下闲聊，就已是世上最美的风景了。

说实话，妻长得并不漂亮，而且，如世间的很多女子类似，我的妻，也一样叽叽喳喳爱唠叨个没完。不仅如此，如果细数起来，在她身上，还有不少其他的小毛病。为此，二十多年来，在柴米油盐酱醋茶中，也曾磕磕碰碰、吵吵闹闹过不止一回两回。然而，无论如何，不管是我的妻，还是别的女人，在她们心里，恐怕永远装的都是自己的丈夫、自己的孩子。在春华秋实与日升日落间，她们，心中也只会有一个念头：只要一家人平平安安、健健康康，只要一家子平平淡淡地过着日子，哪怕再穷再难，也是一生中最大的满足。

张姓朋友，与她一起共事已三十余年。人精明能干，相夫教子，持家有道，也深谙人情事理。有一次，与她聊起夫妻之间的话题，她不无感慨地说：夫妻之道，在于交心，在于同频共振与相互扶持！她说，她与夫君之所以这么多年一直恩爱有加，其中一个最大的秘诀就是：两个人自婚后，始终在工作上相互支持，在生活上相互关心，都把对方当作了自己不倒的靠山。我笑言，"你呀，一个好女人，完全可以旺你夫家三代！"她粲然一笑，然后，神秘地告诉我，若论她夫君最大的优点，就是听话，就是善于聆听妻子中肯的劝解与忠告，并最终把他的事业做得风生水起，生活也过得如日中天。

《安娜·卡列尼娜》中有一句非常有名的开场白——"幸福的家庭都是相似的；而不幸的家庭则各有各的不幸。"是啊，生活中，我们每个人都渴望能过上幸福的家庭生活，可是，幸福源自哪里呢？假如我们细心地去观察，去考量，终会发现，那些个和谐幸福的家庭，总有着很多相似的地方，比如夫妻之间的相互珍惜，互爱互谅，心往一块想，劲往一处使。

　　有妻的日子，是有温度的日子。懒散惬意地游走在家里，随手抚摩，厨房有温度，锅碗瓢盆也有温度；卧室是温暖的，被褥枕头也是温暖的；就连家里的空气，都始终氤氲着一股暖暖的气息……

　　倘若，妻出门不在几日，独守于偌大的房间，总感觉空荡荡的家里缺少些生气，而心里，也空落落的没个底儿。饭，不想做；事，不想干；就连说话，都不知道该向谁去诉说；整个人，仿佛丢了魂！哦，细思量，何必诗与远方？其实，家有老妻，原也是一宝啊！

　　老伴儿，老伴儿，老来做伴，在每一个普普通通的日子里，午休或者半夜睡觉醒来，迷迷糊糊间，总爱习惯性地伸手触摸，看看妻是否还躺在身边。妻，双眼微阖，鼾声正香，那双粗糙而温暖的小手啊，就搭在我的胸口。这当口，我想，妻一定是幸福的；而我，同样，也是幸福的！

愿你的未来阳光正好，微风不燥
——写给儿子的一封信

儿子：

　　再过几日，你就要走进高考考场为你的未来放手一搏了。有人说，这是一个人的人生路上唯一一场不拼爹、不拼颜值的公平比拼。其实，我，作为你的父亲，从来就不是你与别人比拼时所倚重的靠山。对于这一点，当爹的实在感到惭愧。但是，儿子，我和你的母亲都曾和你说过，年少的你，完全就是一张洁白的宣纸，有着细麻一样的质地，有着冬雪一般的颜色。未来的你，如何在这张白纸上描摹你生命的模样，那支笔，始终都攥在你的手中。你尽可以用五彩画笔将你未来的生命刻画得缤纷绚丽，你也一样可以饱蘸素墨，笔舞龙蛇，描绘出素素淡淡的一幅画卷来。而我，还有你的母亲，唯一能够做到的，就是静静地站在你的不远处，深情地凝望着你，为你鼓劲，为你加油，抑或，默默为你抚平撞破的伤口，为你擦去溢出眼角的失意的泪滴。

　　儿子，其实，你已经是一个大人了。你有了自己的思想，有了自己独特的思维方式，也有了不同于我们这一代人的价值取向。所有这些，作为父母，我们都很理解，也深感欣慰。但是，每当想到你即将离开我们的怀抱去独自闯荡世界，想到你挥动日益丰满的羽翼即将要飞离我们为你构筑的"巢穴"，我们还是有着太多的不舍与太多的不放心。但我深知，贪恋屋檐的家雀啊，腾跃不过数仞而下，翱翔无非蓬蒿之间，实在不可取。同时，我更明了，唯有那些敢于搏击暴风雨的雄鹰，才能负青天、绝云气，抟扶摇羊角直上九万里！

儿子，时光可过得真快啊！仿佛昨天，我还在为你做错事而揍你的小屁股，可是一眨眼，到今天，你已长到一米八的个头，远远超过了你的母亲和你的父亲。但你一定要明白，我之所以要在你犯错之后打你的小屁股，是想以一种小小的惩罚告诫你，教给你一个做人的道理——我们每个人都必须要遵循社会的游戏规则，懂得勇于承认自己的错误，并学会为之担当和付出代价。我想，当你明白这个道理之后，你就能努力在你以后的人生道路上尽量少犯错误或者不犯错误，即便错了，也能懂得为自己的过失负责。儿子，在家，你错了，有你的父亲、母亲为你担着；在学校，你错了，也有老师们的宽容与肚量。然而，有朝一日，当你作为一个成年人在社会上立足时，已经再没有人有义务为你承担过失，需要你勇敢地独立面对！

儿子，我相信，用不了多久，你就会背起行囊，远赴你梦想的大学校园求学了；也用不了多久，你还会考研或者求职，然后成家立业，过你想过的生活。但是，在你即将参加高考、即将进入人生一个极其重要的节点——大学生活时，作为你的父亲，还是想多叮咛你几句。

第一句话：努力做一个有独立思想的人。

儿子，人之所以为人，一个最重要的标尺就是人有思想，有不同于动物的思想。叔本华曾说，"真正独立思考的人，在精神上是君主。"对于这句话，你的老爸一直将它奉为圭臬。一个人，只有善于独立思考，并通过自己的思考获得知识，才能将这些知识融入他的思想体系之中，成为这个人整个思维体系中一个鲜明的部分，继而，与他的思想整体保持一种完整而坚实的联系。我希望，你爱读书而不盲从书，学别人而不盲从人！假如，一个人拿书本阅读时赶跑自己的思想，那不啻就是一种冒犯神灵的罪过。你一定得明白，阅读是在用别人的、而非用自己的头脑来思考。试想，如果一个人拥有大量知识，却从未经过自己独立思考过滤并加以吸收，那么，这些学识就远不如那些虽所知不多，但却经过认真思考的知识有价值。也许正是基于这样的原因吧，早在20世纪20年代，大学者陈寅恪先生就将"独立之精神，自由之思想"刻在了《清华大学王观堂先生纪念碑铭》上，并曾一度将这句话当作清华大学的校训。儿子，作为你的父亲，我愿与你以"真正独立思考的人，在精神上是君主"共勉，努力在这个思想多元、价值多元的时代，不盲目崇拜他人，不盲目跟风潮流，做自己精神上的君主！

第二句话，努力做一个有温润情怀的人。

儿子，在这个大千世界，山无言，自巍峨；水无语，自潺湲；草木摇曳，欣欣而向荣……世间的一切，似乎都是一种生命存在。作为万物之灵长，人，不独有思想，还应该拥有其他事物所无法比拟的温润情怀。学会与自然和谐相处，学会与他人和谐相处，离不开一个人的境界与胸怀。我希望，无论你在何时、在何地，无论你面临什么样的境地，始终都能以一颗良善之心敬畏自然，热爱一草一木，热爱每一个生命（包括自己的生命）。哪怕是面对一山一水，一土一石，也要怀揣感恩之心，由衷地赞美每日蓬勃升起的朝阳，虔诚地铭记大地母亲每一份无私的馈赠！

儿子，佛印曾与苏东坡言道："明心见性，心中若有佛，所见万物皆是佛。"一个内心温润如春的人，一定是一个有大爱的人。儿子，我亲爱的儿子"意远始觉天地宽"，倘若你在未来的日子里，能将自己的内心修炼得如水般谦卑温顺，不与君子争名，不与小人争利，不与天地斗巧，那么，你也必将收获一种愉快的、没有负担的人生，收获一个充满喜乐的生命。

第三句话，努力做一个重细节、有教养的人。

儿子，所谓细节决定成败。细节，往往能出卖一个人的胸怀境界、学识素养与生命质量。透过一言一行、一举一动，每个人的价值取向与人生态度都将表露无遗。可以说，一个不懂得细节的生命，充其量，还算不得一个完整的生命。

老子《道德经·第六十三章》里云："天下难事必作于易；天下大事必作于细。"清代刘蓉在《习惯说》中也说，"一室之不治，何以天下家国为？"这两句话，都讲的是细节的重要性。儿子，我希望，在你未来的人生道路上，也能深刻理解细节背后所蕴藏的巨大能量，哪怕是做天大的事，也要十分重视每一个小小的细节，而不能因一个小失误影响大局。自然，对于重视细节的人来说，也必将是一个有教养的人！儿子，早在你的父亲还在孩童之时，你的奶奶就曾告诫我，做人要懂得自律自理，能不麻烦别人就尽量不要叨扰别人。即便是迫不得已骚扰了人家，也一定要真诚地对他人表示谢意。当然，一个人有无教养还不仅仅停留于这些方面，而是包括心胸宽阔、正派真诚、光明磊落以及尊重他人、把握分寸、适可而止、温文尔雅、善解人意，等等。即便在日常生活中，也要特别注意站有站相、坐有坐相，学会一些待人接物以及饮食起居方面的礼仪。一个人，可以没有大智慧、大学识，也可以没有什么大成就、大业绩，但是绝对不能没有教养！它，关乎你在别人心目中的位置，更关乎你个人比生命还重要的声誉。也许，说这么多，以你年轻的生命状态还不能深刻体会其中的意蕴，那么，你的父亲可以告诉你：将心比心，学会换位思考，这就是一个人最大的教养！

儿子，我亲爱的儿子，纸短情长，薄言难叙。作为你的父亲，大半辈子曾经吃过很多亏，也撞过很多"南墙"，但坎坎坷坷一路走来，都一直在不断追求成长。今天，我只是打心眼里渴望，我的儿子，在他父亲的教诲下，能少在黑暗里摸索，能少走一些人生的弯路。当然，我也始终坚信，长江后浪推前浪，一代更比一代强，我的儿子，也一定能走出属于自己的、别开生面的一条人生道路来！记住，你的父亲不一定渴求你能光宗耀祖，但一定希望你能过得开心、过得幸福！

儿子，亲爱的儿子，最后，你的父亲衷心地祝愿你：带着一颗平常心走进考场，顺利地通过高考这一关。这个考场，不仅仅考的是你们的知识与能力，更是在比拼每一个学子的境界与涵养！同时，我也真诚地希望，我亲爱的儿子，你未来的人生之路阳光灿烂，微风不燥！

深爱你的父亲
2017 年夏

儿行千里，爹娘的心也一并被带到了远方

这个秋，儿走了。赴他心仪的大学，赴他喜欢的专业，求学走了。

儿带走的，岂止是行李，岂止是衣衫，还带走了爹和娘的一颗心！

月初，与妻一同送儿到湖南，到长沙，到湖大。三天短暂的时光，零零星星，细细碎碎，大到被褥铺盖，小至茶杯牙具，一切都为他耐心打点、妥妥准备。其间，与妻一直婆婆妈妈唠叨个没完，一会儿叮咛下这儿，一会儿叮嘱下那儿，唯恐，唯恐我那一贯大大咧咧"十指不沾阳春水"的儿子不晓得自理，不会照顾自己的日常起居。

究其实，湖大的秋是很美的。初秋的湖大，气温偏高，尚感觉不到一丝秋的深沉意蕴。薄阴的天空下，浓稠的绿轻轻覆盖着古老的校园，酽酽的，如同一团化不开的墨，严严实实包裹着白墙蓝瓦，掩映着斗拱飞檐。抬首，天光经浓枝密叶织成的细筛子过滤，斑斑驳驳投射下来，仿佛就是一场难以捉摸的奇妙梦幻。清风徐来，枝叶横斜，簌簌摇曳，这场幻梦刹那间迷离了身形，让人浑然不知到底是梦迷惑了人，还是人本身就活在心动神摇的梦中。

得益于钟灵毓秀的岳麓山庇佑，借着千里潇湘的温润滋养，湖大的绿是造物主恩赐的天然色彩，于湘楚大地蓬蓬勃勃地肆意滋长，一丛丛，一片片，如潮似浪，蔽日遮天。

然而，这样醉人的景致却难以入心入眼。与所有送孩子的家长一道，我与妻，就如同两只高速旋转的陀螺，手提肩扛，一刻也未曾停歇，一

直匆匆奔忙于湖大校区与德智园之间。

临别，在街角觅得一家饺子铺，要了几个小菜，点了几盘饺子，算是与儿吃一顿告别晚餐。曾闻柳三变《雨霖铃》词云："多情自古伤离别，更那堪冷落清秋节。"然而，席间，却始终未见他们母子相拥而泣，也未见他们淌过一滴伤别的眼泪。饭毕，高高瘦瘦的儿子在替我们结完账后，毫不迟疑，甩开大步，径直潇潇洒洒地离我们远去了。没有道别，甚至都没有回头，只给我们留下了一个孤独的背影，一个被夕阳拉得好长好长渐行渐远的背影……

从小到大，一直都泡在爹娘为他营造的温暖"巢穴"中，一直都日日夜夜侍奉在爹娘的左右，没有出过远门，没有经历过集体生活，更不曾独自面对他人，独立面对这个光怪陆离的世界。儿啊，你是否吃得惯那辣味十足的湘菜，你是否能学会为自己洗洗涮涮？你能不能与同学们亲如一家、和睦相处？你又是否吃得消大学生活的第一课——那大半月泥里来、水里去的军事训练？儿啊，我深知，军训很苦很累，你那单薄的身板可否扛得动身上沉重的背包？你那细长的双腿可否经得起负重长跑的磨炼？你那打小不很强健的体魄能否抗得住烈日的暴晒与风雨的无情侵袭？你那脆弱的意志会不会让你在每一个深重的暗夜独自一人躲进被窝里神情凄迷两泪涟涟？每每想到这一切，爹一颗思儿的心啊，便会腾跃而起，穿过胸膛，顶到嗓子眼，而后，裸着身子，打着赤脚，越过重重高山，蹚过条条溪流，直奔那仲秋季节的潇湘之地，直奔那郁郁葱葱的岳麓山脚下……

也曾故作坚强，也曾装着像硬汉一样强压心头的那份渴念，可是每每下班，总会迫不及待地打开手机，急急翻看湖南大学电气学院家长群。一个鲜红的圆点里，有上千条翻滚的信息，句句充斥着无尽的思念，充斥着说不清、道不明的种种担忧，也充斥着一个又一个美好的祝愿，充斥着每位家长对自家孩儿光明未来的憧憬与希冀。哦，原来，这普天下每一个为人父母的，都长着一颗同样火热的心！

尽管辅导员老师一再表示一定会照顾好每一个孩子，尽管学生助理数度安慰家长们一定会尽力帮助那些有困难的新生，尽管还有一些家长在努力尝试着学会放手，然而关心则乱，在这个世界上，又有哪一个爹娘能真正放得下自己的儿女，又有哪一个为人父母者能轻易剪断眼眸中那根长长的牵绊的丝线？

回首过去，当年也如儿子这么一般年纪，也在这样一个多情的秋，一辆自行车载着我、载着行李，一个人到县城的一所中师学校求学。一间偌大的宿舍里，七八张高低床，同样住着十几个第一次远离家乡、远离爹娘的新同学。言语不通，生活习惯也不尽相同，心头那恣意滋长的孤独，就像一条张牙舞爪的巨蟒，紧紧缠绕在孑然独立的身上，窒息得让人连一口气都喘不过来。更悲催的是，"天阴恰逢屋漏雨"，第一天晚上，睡到半夜时分，自己不争气的肚子突然咕咕作响，阵阵剧痛也一浪高似一浪滚滚而来。显然，这是秋凉受寒拉肚子了。可自己从小到大都很胆小，从来不曾一个人走过夜路，更别说黑灯瞎火独自跑到几十米开外的偏僻角落上厕所。可是，这又有什么法子呢？同学们尚未熟识，且害怕人家笑话自己，又怎能为此叨扰正在酣睡的同学？无可奈何，唯有自己硬着头皮摸索着披衣下床，而后推开房门神色狼狈地冲向厕所。所幸，娘历来就知道自家的儿子胆小，临行之际还特意为儿准备了一把手电筒。可即便如此，依然感觉到浓重的夜裹挟着凄厉的风，向自己劈头盖脸压迫过来，瞬间，感觉头皮发麻，紧紧的，犹如脑袋上箍着一道金箍。心咚咚乱跳，气息急促而沉重，不敢用手电照射任何地方，唯盼尽快完事，尽快躲回宿舍，躲进有三分安全感的被窝中……

人言，无奈就是能耐。可不是，在一个人的一生中，又有多少成长不是在时运的逼迫下含泪完成的？有时，若不残忍地强逼自己一把，或许我们永远也不会知道自己到底有多么坚强，到底有多强大的能量！我想，我的父辈曾如此，我亦如此，我的儿子，他的未来又何尝不是如此呢！

秋月如钩，秋虫浅唱。妻枕在我的臂弯里，深一句、浅一句，缓缓述说着对儿子的绵长思念，而我的心，也随了妻的思虑悠悠向远方奔驰而去。再过十几天，即是中秋节，一个举家团圆的节日，唯愿在一片稻香蛙鸣中，海上生明月，天涯共此时……

别

一

　　农历正月十六，开学季。太原南站。一辆辆私家车头衔尾、尾接头，浩浩荡荡，蜿蜒成一带蠕动的长龙。每一辆车，都是这长龙身上闪耀的鳞片，里面，一定装着外出求学的孩子，还有他们的父亲、母亲，抑或爷爷、奶奶。

　　我的车，无疑也是这条长龙身上的一片鳞，妻坐在副驾驶的位置，后头坐着儿子。从家里出发的那一刻起，上百里路，妻的嘴一直未曾闲着——吃饭、穿衣、学业、交往、长沙的天气与温度……甚而，一遍又一遍反复叮咛儿子，洗衣服的时候一定要将不同颜色的衣服分开，千万不要串色云云。仿佛，这并非儿子第二次远行，心里依然装着无数个放心不下。

　　送走儿子，偌大的房间，瞬间空旷了许多。似乎，儿子走的时候，也一并将这房间里的生气带去了远方。午时，妻的精神头大不如往日，有一搭没一搭地备好饭菜，却只剩我们夫妻两个相对而坐。旁边座位上常坐的那个人，此刻早已奔向千里之外的潇湘之地。盐不是盐味，醋也不是个醋味，停箸置杯，抬头望妻，她仿佛一夜之间苍老许多，几缕青丝随着她的动作，在鬓间百无聊赖地拂动。

　　我问她，是不是又想孩子了？无言，长时间的静默，继而是一阵压抑的啜泣声。我突然觉得我错了，有些话题，在一些特定场合，是不适宜提起的。比如这会儿，她的心里正波涛涌动，而我的问话无疑又是一道裹挟着雷霆与暴雨的飓风，再次强化了她心中翻滚的凄楚，又怎会不惹得她热泪涟涟？何止她？在我饭后转身欲到卧室小睡的时候，床头柜那个位置，曾摆放一月有余的矮桌已然撤去。儿子在家的日日夜夜，我曾多么反感他母亲将这张矮桌放置在我脑袋边啊，且不说行动不便，每日夜里，都有笔记本电脑发出的嘀嘀声干扰我休息。而今，矮桌倒是得偿所愿撤掉了，可随之也撤走了一个心灵寄托，撤去了一个随时可以训斥两句、唠叨两句的载体，空落落的，唯剩看不见、摸不着的空气。

  送别，历来就是惹人伤感之事。"年年柳色，霸陵伤别"是伤，"多情自古伤离别，更那堪冷落清秋节"也是伤，不论春秋，抑或冬夏！

  第一次送儿子远行，是去年的夏末秋初。收获的季节，也在打捞着别离的滋味。好在我与妻都还年轻，一家子，订好机票，借助蓝天上的一双翅膀，朝夕之间即可往返于湘晋。现代科技在不断缩短着时空距离，然而，它又绝非万能，根本无法稀释别离时心中奔涌的浓重情绪。第一次别离，儿子是果决的，一刻也不曾回首，一步也未曾停留，一任我们夫妻俩在瑟瑟秋风中凌乱。感慨之余，眼睛有些发涩，再看妻，滴滴清泪也一直在眼眶里打转，却始终没有落下来……

  当我与朋友提起这件事的时候，朋友告诉我，分别的那一瞬，孩子何尝能做到那样决绝？只不过是他不敢回头，不敢看父母，唯恐自己也一并坠入伤感的泥潭而无力自拔。或许，他只是故意装作狠心的样子，迅速逃离这一尴尬的境地罢了。有时，孩子们远比大人更能看穿世事，更乐于把目光投向未来，深谙所谓的离别乃是为着下一次更好的重逢！

  这次别离，在妻的眼角眉梢，我依然看到了不舍，看到了怅惘与失落。高中阶段，作为父母，我们曾不止一次帮助儿子规划未来，希冀他有朝一日如同展翅高飞的鲲鹏，负青天、绝云气，绝不做腾跃于屋檐下、翱翔于蓬蒿间的家雀，然而，当他真正成为一只鲲鹏，将要飞离巢穴的时候，我们却又似乎忘记初衷，只想把他永久留在身边。这是多么纠结的一种心思啊，仿佛两股势力一直住在心里，随时随地吵闹不休，一刻也不让人安生！

终归，儿子再一次离开了我们。从太原到石家庄，又从石家庄辗转抵达长沙。晚上，儿子打来电话，语调似乎格外轻松，还夹杂着几许笑意。他告诉我们，一切安好，正在与舍友聚会。我知道，孩子大了，懂事了，显然，他在以自己的方式告慰他的爹娘。而事实上，对于一个毫无社会经验的孩子来说，一个人拖着沉重的行囊，辗转奔波上千里，晚上才平安抵达目的地，其中的甘与苦、委屈与泪水，唯有他心里最清楚！

深夜，万籁俱寂，小城早已酣眠。柔和的灯光下，我静静地躺在那里，却怎么也睡不着。太静了，静得能听到天空的心跳，能听到大地的呼吸。一个多月的假期，乃至二十年光阴里，我已经习惯听着儿子均匀的鼾声入眠，而此刻，他的鼾声却在千里之外。轻轻地长舒一口气，转动身子，朝向妻那一边，却发现妻亦未入眠，一双眼睛睁得大大的，神情木讷，一直呆望着天花板……

二

送别的故事，又岂止在我与儿子之间发生着？

三十多年前，当我一次次返回故土，又一次次远离故乡求学的时候，娘总会拄着一根拐杖一遍遍将我送到村口。娘不曾拥有汽车的四个轮子，也不曾见过飞机的翅膀，她唯一能够借助的，只有手中的那根拐杖。这根竹杖，泛着岁月的光泽，凝结着深沉的母爱，将娘缓缓载到村口，载到那个弥漫着黄沙与尘灰的村口。

妻送她的儿子，从小城到太原，足能让她一路唠叨个够。与妻不同，娘送我的距离仅在院门与村口之间，一条长长的小巷，狭窄而清幽，又怎能盛下娘无尽的牵挂？她必须要把自己想说的话压缩再压缩，于短短的十几分钟时间里一股脑儿倒出来。对于没有文化又不善言辞的娘来说，这是她与儿子之间每隔半年的一个仪式，这个仪式，整整延续了八年，承载着太多的东西，反倒让娘数次欲言又止。

早春的送别，柳枝尚未萌发，即便秋日的那一场别离，娘也无从知晓古人所谓的折柳赠别之意，她只是一味牵着儿子的手徐徐而行，尽量拖长这个仪式的进程，甚而恨不得时间凝滞，也好让她能多看儿子几眼。然而，公交车"刺啦"一声刹车的声响，却足以把娘的幻想击个粉碎，她唯有目送儿子一步一回头踏上公交绝尘而去，独自一人细掰着心里的那份落寞与酸楚，怅然返回家中。

更多时候，透过公交车窗，我看到，娘拄着拐杖一直凝望着我远去的方向，久久不肯离去。乡村的原野，落叶凋零，秋意渐浓，在这幅阔大的背景里，娘倚杖而立的身影如同一株枯老的树，孑然独立，渐行凝成一尊矮矮的雕塑。汽车愈行愈远，蒸腾的尘雾中，这尊雕像急遽缩小身形，变成一个模糊的黑点，深深镌刻进我的脑海中……

三

细细想来，在这个人世间，有的别离尚有可期，而有的分别却是终生不再相见。

我的一个亲戚，一位慈祥的长者，终是没有熬过2018年戊戌新春。

本来，同住一个村庄，路途也不甚遥远，然而自爹娘故去后，一年中，除去几个回乡祭祖的重大节日，却是极少回去了。即便返乡一趟，也是急匆匆去，急匆匆归。忙乱的生活极易使人迷失方向，迷失于追名逐利中，迷乱于各种忙碌里，乃至几次起心动念要去探望老人家，都以自己忙得顾不上为借口胡乱搪塞了过去。

　　最后一次探望老人家，还是早几年前。老人腰弯背驼，腿脚已不灵便，与她说话，也耳背得很，需要附到耳朵边大声讲话方能勉强交流。

　　这是一个初夏的午后，阳光很好，清丽、明亮，暖暖地包裹着不大的农家小院。阳光映射下，院中央开辟的一方菜园里，青色的黄瓜蔓儿顺着竹竿执着地向上攀爬，叶子也青绿得逼人的眼。几十朵小黄花，就像一个个羞涩的少女，悄悄地躲在浓叶间，正抿嘴儿窥视着客人偷笑。西红柿的绿苗自然不甘落后，铆足劲儿往上蹿，一株株枝叶茂盛，一并泼墨成一幅幅浓绿的写意画。搬一把小马扎，与老人家一同坐在院子背阴处，耳闻布谷鸟"咕咕、咕咕"声声催动农事，仰望一群鸽子轻盈地翱翔于碧空中，便觉世间的美好不过如此。老人家微微笑着，或许是心里高兴，或许是为着遮蔽明艳的光，眼睛眯成一道缝，絮絮叨叨不停地向我打听工作方面的事，还有爱人的情况、孩子的学业，又反复叮咛我不要太劳累，一定要保重身体。其实，与其说老人家在与我聊天，毋宁说她更像自言自语。临别的时候，老人家脚步蹒跚，由孙女搀扶着，执意要将我送到院门口。频频回望中，傍晚的风无情地拂起老人满头的银发，<u>丝丝缕缕</u>，像在一个蓬勃的季节里舞动一曲岁月的悲歌。

　　老人家走的那一天，儿孙们在，亲戚们也都来了。两把唢呐，几只笙箫，曲调哀婉又低沉。猎猎白幡，花圈拥簇，一架"二龙杠"，三十二个壮汉抬着，里面安放着她的棺椁，也盛放着她瘦削的遗体。宏大的场面，长长的送葬队伍，然而，纵使亲人一路泪洒，一路悲啼，却是任谁也难以挽留她远去的脚步。

　　沉沉暮霭中，寒风渐起。送到村口，按照当地的风俗，是该到拦客的时候了。卸下孝衣孝衫，意味着此行即将别去，从此再无后会之期！归途中，浓重的夜色中隐约响起张学友演唱的那一曲《祝福》，音色略显沙哑，歌词中更隐藏着沧桑的味道——一种生命的苍凉况味！

作家指尖说，"我的老，所带来的一切，一面是风华正茂，一面是日暮残年，而我并非拥有超能力者，我在他们中间，一面苟延过去，一面向着老年疾驰。"与指尖一样，年近半百，我何尝不正处于"他们"中间，在遭遇一场场生离死别？所幸，人有睿智的头脑，也善于从时光深处汲取养分，终让我们能够更透彻地看穿生命的本真，深刻体察离别背后所蕴含的种种人生意味。

四

"别"，会意字，从"冎"，从"刀"。对于"冎"，《说文解字》这样解释："冎，剔人肉置其骨也。"若再加一个"刀"，所构成的"别"字指的是"用刀剔骨头"。老祖宗心怀悲悯，聪慧练达，在造这个字的时候，便以剜心剔骨般的疼痛形象地揭示出了它的含义，乃至千百年来，人们始终困在离愁别绪所铸成的钢铁围城中难以自拔，即便达观如苏轼，同样也终生难忘与王弗的死别之痛。

大半辈子，最不喜欢去的几个地方，无非机场、码头、车站、医院。这几个地方，无疑都是上演别离剧的宏大舞台。这世上的每一个人，无论男女，不管演技如何，皆是剧中的主角，谁也不可能轻易逃离。

"这是一个流行离开的世界，只是我们都不擅长告别。"米兰·昆德拉如是说。不擅长告别，但终须告别。昆德拉的思想深邃，他的体悟无疑也是现实而深沉的。既如此，我们不妨坦然承认与接受这一生命之重，如同我的儿子，将离别看作未来一场喜悦相逢的开端，心怀期冀，头也不回，径直潇洒而去。

站在半百分水岭上

仿佛午间恍然从睡梦中惊觉……2019，我已站在人生半百的分水岭上。

这一带山岭，时而高峻入天，时而快速走低，似一条长龙，蜿蜒起伏，兀然横亘于湍如急流的时光中间，将我生命的线段毫不留情地截成色调分明的两段。午后明艳的阳光下，手搭凉棚，极目远眺，我看到，山脊这一头，一颗生命的种子，在岁月深处贪婪地吮吸着另一个生命的滋养，萌芽，分蘖，一天天，一年年，栉风沐雨，拔节生长，渐行晕染出一丛浓绿的色彩；而山脊另一头，金风乍起，北雁南归，生命之树上，一枚枚树叶由绿变黄，在与树枝、树干们一一道别之后，正以一种平和淡然的心态，簌簌飘落于瑟瑟秋风中。

这是每一个生命由生到死的必然逻辑，同样，也是我的宿命。

常常在想一个问题，人生在世，草木一秋，我为何而来，又将魂归何处？当我在这高峻的分水岭上寻得一块平滑的巨石，仰卧其上，静观如絮的流云在浩瀚晴空轻扬，冥冥中，似乎破译了几组生命的密码……

一

撑一支长篙，循着时光的河流逆水而上，十年前，恰逢不惑之年，母亲还活着；十二年前，行将"奔四"的时候，父亲也活着。一座千年古镇，一条幽深的小巷，藏着木门与土墙围就的老院落。老院里，深扎着我的根，一个农家子弟的根。不论我漂泊多久，离去有多远，每每走进小巷，"吱呀"一声推开那扇老旧的木门，一直悬着的那颗心，似乎才能找到憩息与安放的所在。

小时候，总在盼望快快长大，急着想要跃出农门，振翅飞离这座古老的村庄，去到那辽阔无边的世界，看从未遇见的人，赏从未见过的景。然而，长大并非全是幸事——当我嗓音低沉、喉结突出、唇边颔下冒出丛丛胡须的时候，于父母面前，撒娇耍泼的权利突然被某种神秘力量强行褫夺而去。这或许是因羞赧，或许是早已学会将软弱的一面封印在强健的躯壳中。婚姻是男人成熟的必经之路，面对娇妻幼子，根本容不得一个男儿惺惺作女儿态，也绝不容许他还像一个孱弱无力的稚子幼童。他是屋顶的钢梁，是身躯挺立的骨架，像每一个铁骨铮铮的汉子那样，以宽厚的脊背独自扛住风雨的侵袭，给妻儿围起一方温馨的安乐窝。命运多舛，世事难料，所幸，上天赐予人们许多大小不同、型号不一的"套子"。于每一个暗黑的夜，偷偷抹几把眼泪之后，再将柔弱装进雄性的套子里，时间一久，人也会变成"套子"的模样——果敢、刚强、雷厉风行……然而，这些都丝毫不能阻滞我回家的脚步。回家，常常有一个冠冕堂皇的理由，看望年迈的父母，承欢膝下，报答双亲。然而事实上，内心深处，却始终有一个小心思从未向外人透露——只有回到家，才可以放心大胆地摘下那个厚厚的面具，脱下那层重重的铠甲，在毋需设防、毋需遮丑的老屋里觅得一份原始的简单与快乐、自由与轻松。怎么不是这样呢？在我那老父亲、老母亲昏黄的老眼里，我是他们永远也长不大的孩童。在老屋的窗沿边，在宽实的土炕上，在每一个烟熏火燎的日子里，所有的委屈、所有的失意，都能向他们慢慢倾诉，甚至，涕泗横流也不觉得丢丑，即便是没有多少文化、也没有多少见识的他们，并不完全能看懂儿子所处的世界，能听懂儿子所经历的种种苦辛。

时光的河水奔泻而下，迎着山脊那头吹来的寒凉，我孑然独立在这半百的分水岭上，听松涛阵阵呼啸而来，又打着呼哨磅礴而去。再回首，那条扎在老院里的根啊，伴随爹娘相继过世，也渐渐被岁月的锄头一点点掘起、斩断，在太阳的暴晒下慢慢枯萎、死亡。

　　没有根的树是悲哀的，而失去"根"的人，同样也变成了河汉的青萍，一枚无所寄托的黄叶，直待有一天，在那个再也不能脱下的"套子"里腐朽成泥，化土成灰……

<h2 style="text-align:center">二</h2>

　　"老者，考也；考者，老也。"在数载光阴里，曾不止一次教授"六书"中的转注。讲到这一章节，必然要提到《说文解字》的注解。然而彼时，仅仅是为完成古代汉语课的教学任务，至于什么是"老"，从未有过深切的体悟。直到有一天，眼望"镜中衰鬓已先斑"，才真正感觉到，"老"，它真的来了！它就躲在日益退后的发际线里，藏在渐渐萎缩的牙龈间，隐身于模模糊糊的老花眼里，甚而，记忆力急遽衰退，刚刚把什么东西放在某一个地方，可能一转眼，便已遗忘其所在，只好急吼吼问妻，孩子他妈，你见过我的某某东西吗？放哪儿了？在哪儿放着呢？

　　与朋友聊起此事，他长长吁出一口气：人生百年，今已过半。我们老喽，真的是老喽！

　　可不是，昔日褓褓中的儿子，如今已长到一米八几的个头。我的那些哥哥姐姐们啊，于悄无声息间，都已"升级"到爷爷奶奶辈儿了，作为他们最小的弟弟，我又焉有不老的道理？生命如韭，割一茬，生一茬。后生的，踏着岁月的铿锵鼓点，在不断催促上一辈人急速老去；而他们，脚步儿匆匆，又急匆匆地向着这半百的尴尬境地直奔而来，就像一场行云流水、衔接紧密的接力赛。每一个家族里，任何一位接棒的人，一旦接到棒子,都会将手持上一棒的人无情地驱出运动场,而后,等待把棒子交到后辈儿孙手中。于我,正是这么一个持棒奔跑的人,但我并不觉得有多少浓重的失落与忧伤。DNA 的链条一环扣一环,家族之于我的使命,就是上承父辈,下启儿孙,像一株蒲公英,在成熟之时,将生命的种子随风播撒到山涧溪上、田间地头。

绵延不绝的时光,就是家乡那条曲折向西的象峪河,从早到晚,日夜奔流不息,何曾眷顾过河滩上的某一粒砂砾?它不断冲刷两岸,携着混浊的泥浆,将这些砂砾纷纷带到某一个拐弯处,而后,凝滞、沉积,再为后来的泥沙所掩埋,一层又一层,如同故乡一辈又一辈人的宿命轮回。瞧那象峪河南岸峭然耸立的南山,一座座旧的坟茔上,又曾矗立起多少座新坟?这似乎是一种简单的叠加,抑或,无厘头的重复,周而复始,永无止境。我,站在半百分水岭上,同样,也是一粒将要被流水带到拐弯处的沙子,就像日本电影《入殓师》里所说,死亡,无非一道门。穿过这扇门,便将意味着下一个旅程的开始。既如此,坦然承认这条无法逆转的不归路,带着喜乐的心态,去欣赏和赞美六道轮回中每一处旖旎的风景,也许,才是生命的根本要义。

三

《论语·为政》里,孔圣人说,五十而知天命。我的天命是什么?五十岁前,恐怕万难参透。即便到今天,很惭愧,愚钝如斯,我依然未能将它彻底看穿。但所幸,我还是摸到了它的脚踵。

单位面临人事制度改革,不少关心我的朋友问我,是否可以借着这个机会有所进步。我摇摇头,不置可否。有的朋友就笑,"你真见外!说说心里话又有何妨?"我依然笑而不答。究其实,朋友们并不真正了解我。如果说,五十岁前,多多少少还有点野心的话,那么,当我应和着

2019新年的钟声，一脚跨过半百门槛的时候，似乎，心态发生了许多微妙变化——人生一世，进如何？退又当如何？若将个体生命置于人类社会悠远的历史长河中，个人的荣与辱、得与失，无非流水触碰顽石激起的点点浪花。乱石腾细浪，风静縠纹平，又有多少东西值得耿耿于怀？甚而，如佛陀所言，看破、放下、自在、随缘，何尝不是抛却人世诸多烦忧的不二法门？

　　生命虽然渺小如同草芥，短暂似昙花一现，然而，每一个人，之所以能够幸运地爬到这个人世，皆得益于上帝的垂青与眷顾。既如此，我们就不该辜负上苍的这份恩赐，在梦幻般的人生四季里，努力将自己活成想要的模样，甚而，倘若有幸能以一种挺立的姿态告诉后人，这个世界我曾来过，也便足矣，又何必时时纠结于它的走向与意义呢？

　　今日，我就站在半百分水岭上。相对于子侄辈，我是真的老了。但似乎，老亦有老的好处——历经岁月长河的反复淘漉，回望弘一大师临终前的偈语，突然醒悟，所谓"悲欣交集"，一如你我。

一个人，一盏灯

第一次见他，是 2017 年年关将近的时候。

千百年间，他所居住的那一座小山村，一直蜗居在太行山长长的臂弯里。村庄南面，一弯自东向西的清漳河，以持久的坚韧和不懈，硬生生在山谷间冲刷出一条平坦且狭长的河谷。河水日夜流淌，滋润着河岸两侧的庄稼地，也滋养了村里的两百多户人。

时近年底，正是水瘦山寒的季节。很多大都市、小县城以及周边的村落，都笼罩在灰蒙蒙的雾霾中。但在这里，天空却出奇得蓝。有几朵棉絮一般的白云，镶嵌在靛蓝色的幕布上，忽而拉长或缩小身形，忽而奇妙地变幻着模样，像是几个顽皮的孩子站在阔大的蓝色舞台中央，反复练习着川剧的变脸术。

晴好的天气并不意味着温暖。清漳河南岸，立壁一般高高耸立的断崖挡住了太阳自东向西运行的轨迹，于崖下横截出一道宽而长的暗影。暗影里、崖脚边，仍然积着一层厚厚的白雪。一条通向外界的柏油马路，结着薄薄的冰碴，时时反射出一道道刺眼的白光。那河谷里漫天呼啸的西北风，就是一个贪婪的"掠食者"，瞬间便可褫夺走高于其他地方的一点点温度，哪怕是庄户人焚烧秸秆从烟囱里冒出的缕缕薄烟。田野里，庄稼早已收完，只孤零零矗立着几个柴草垛，仿佛土地的忠实守卫，披甲执盾，守护着一方平安。偶见一些过冬的作物，身上蒙着一层白霜，矮小孱弱，看上去，就像一个个丧失了活力的垂暮老人。

"腊七腊八，冻死寒鸦。"一年中最冷的时节，也是人们最难挨的时候，何况，这里的温度比我居住的城市还要低四五度。这当口，他所居住的土坯房，似一个流浪的老人，正瑟瑟躲在墙角的背风处，似乎唯以一堆破棉絮裹严身子和腿脚，才能勉强抵御寒风的无情侵袭。在这个世上，似乎每个人都是一只缀网劳蛛，只能用结满老茧的大手勤勉劳作，以对付这生计的艰难。可即便如此，千重万重的压力常常会不期然降临，让人总是应接不暇。

这次来看他，是按照单位要求，慰问包联的贫困户。随后，在长达两年的驻村扶贫期间，我又曾多次进过他的家门——低矮土墙中间凿出的一个出入口，两边孤零零立着两扇破门板。每每推动，木门都会发出"吱吱呀呀"的尖叫声，像是一个人被无数枚银针刺穿皮肉时发出的痛苦呻吟。院子正北，两间低矮的土坯房一片漆黑，仿佛正午的太阳太过势利与吝啬，从来不肯光顾这个贫穷的门庭。

一边呼叫着他的名字，一边掀开打满补丁的门帘，一低头，钻进暗黑的小屋。这屋门实在太低了，若是来人拒不低下高傲的头颅，肯定"咣当"一声撞到门楣上，于额头撞出一个血红的大包。也许隐约听到有人呼叫，也许是幢幢人影惊到了他，"吧嗒"一声，拉动灯绳，他点亮了一盏昏黄的灯。屋子里，灶台低矮破败，围墙和屋顶被烟火熏得黢黑；两米见方的土炕上，堆着一堆油腻肮脏的被褥，显然很久都没浆洗过。

见有客人进门，本来斜倚着墙壁坐在炕头打盹的他，赶紧立起来，局促地搓着双手。一张苍白而沟壑纵横的脸，挂着僵硬的尬笑。灶口上，一口小铁锅"咕嘟咕嘟"冒着热气，锅盖上还煨着两个白面馒头。我问他，这是你的午饭吗？见他毫无反应，我猜想，他的耳朵可能有些问题。我附在他耳边再次大声问，这是你的午饭吗？这次，他好像听明白了，微笑着点点头。我把领取慰问品的卡券递到他手里，趁他不备，又悄悄抽出两百元现金搁在他的炕头。我知道，这两百元，于他而言并无多大用处，也根本不可能扭转他的命运走向。

送我出门之前，他哆哆嗦嗦打开一只漆皮尽落的木箱子，取出两个皱巴巴的苹果，非要塞到我手里。我大声推辞着，可他根本不听我的话，只是一味地尬笑，仿佛唯有我慨然接受这两个苹果，才能使他的灵魂得到些许安慰。逃也似的，我急速奔出那个阳光也不肯普照的农家小院，并在驻村两年的光阴里，将有关他的一点一滴，渐渐拼接成一幅完整的图画。

他姓赵，祖祖辈辈都生活在太行山深处。他的父母，不管不顾，兀自生下八个男孩，除了老二、老四成过家和留有后人外，其余几个都是光棍。他自小就患有耳疾，但家贫，吃饭的嘴又多，父母根本无力给他请医诊治，最终落下了耳背的毛病。所幸没有全聋，还能听到人们凑在耳边大声讲话。父母过世后，行六的他，赤贫，又身患残疾，根本不可能指望谁家闺女看得上他。在茕茕而立的六十四年光阴里，他没有妻子，没有儿女，也没有一件不打补丁的衣服，有的只是爹娘留给他的这座破败的小院和两间同样破败的土坯房。屋漏偏逢连阴雨，早几年，他在高速路打工，偶然遭遇车祸，致使右肩骨折。所幸，由高速公路管理处负责，入院治疗，在右肩处植入一块钢板，总算保住了一条胳膊。骨折痊愈后，本该去医院将钢板取出，但公路管理处的人因种种原因，死活不肯再多掏一分钱，以致今日，那块钢板还深深嵌在他的骨肉间，成了他全身最为值钱的"家当"。

这六十余载的日日夜夜，相比村里几十条身心两健的光棍，他多少显得有些另类。天气暖和的季节，午饭或晚餐时分，村里的人们都习惯端着一只海碗，于街口或小巷觅得一块砖石，一屁股坐下去，一边往口里扒拉食物，一边顺嘴侃侃东家、唠唠西户。这当口，他也会端了一只瓷碗凑在人堆里，但他从来不会插嘴。听力的丧失带来的是语言功能的衰退，如果非得表达点什么，他的嘴里迸出的，往往是一些零碎而含混不清的词语。若要别人完全明白他说的意思，着实费力。也许，他也深知自己"与众不同"，唯以一脸的尬笑真诚表达对每一个人的艳羡与亲近，却始终不肯主动言语一句。

有那颧骨突出、两腮干瘪的妇人，似乎怎么也找不到一个胆敢调侃的对象，眼见他也凑在人堆里，笑嘻嘻走过去，故意凑在他耳边大声叫喊："老六，东村李家的女人刚刚死了当家人，六十大几的老女人，没个依靠，俺给你撮合撮合去？"

这妇人说完，还不忘给周遭的一众看客丢个眼色。

可他一开始并没听清妇人的话，也意想不到那妇人在有意捉弄他。在妇人的多次呼喝中，好像他大体明白了妇人的意思，刹那间，苍白的脸上兀然泛起一片不易察觉的红晕，并连连摆手，嘴里不停嘟囔着，似乎是在极力谢绝。

那妇人仍然不死心，迅速伸手，一把薅住他的耳郭，大声质问："老六，你还说你不想女人，咋就脸红了呢？心里有鬼吧？"

他的脸更红了，像是深冬挂在枝头经霜的柿子，越是着急辩解，越是把脸憋得通红，只能以他常来示人的一副笑脸仓促应对这一尴尬的局面。

人们看他如此，都放下手中的碗筷，像是围观一场精彩绝伦的大戏，纷纷把目光聚拢到他脸上，一起哄笑起来。他听不大清楚人们的笑声，但从一张张或肥或瘦或丑或俊的脸上所透露出的快意，从他们不自然带出的嘲讽的神色中，大致还是揣测出了隐藏在欢乐之中的恶意。他愈发局促不安，却没有选择逃离，讪讪的，以一副讨好似的笑脸证明：面对这个盛大的"欢乐场"，他终归不肯扫了大家的兴致，也不能将自己置身事外。

村里一些半大的孩子，淘气，胆儿也日益肥硕。他们仗着他听力不好，三五成群聚在一处，趁他低头做工的时候，轻手轻脚绕到他背后，捡起树枝、石块，狠狠抽他的后背，或者砸他的后脑勺。吃着疼痛，在他转身回头时，这群孩子早已嬉笑着，飞也似的逃向远处。这当口，他并不气恼，也不去追赶那些野孩子，仍是讪讪地一笑，摇摇头，继续埋头做活儿。

人世消磨，岁月无情，诸如此类的尴尬，发生在他身上恐怕不止三五次吧。若否，一个讪讪的尬笑怎能一直定格在脸上？然而，人不可能一辈子戴着一副面具过活，我还是目睹了他一次酣畅淋漓的痛哭。

冬日时分，暮色降临得愈发勤快，尤其是被大山周遭护佑的小村庄。下午五点多，晃悠到西山巅的日头显得有些疲倦，身子也好像渐渐沉重起来。他不停地用手拍着口，连连打着哈欠，在即将坠下西山的那一刻，胡乱把天地间残余的光和热往怀里一搂，又顺手拉动那块藏青色的帘幕，将仅存的一线光明，彻底挡在了天际之外。

踏着尚存的积雪，我向他家走去。早些时日，一位同事见他的棉衣补丁摞着补丁，实在不成样子，于前一天后响，托人捎来一件八成新的羽绒服。趁天色未晚，犹能模糊辨清去路，我想把这件衣服赶紧给他送去。

村庄一片寂静，仿佛一潭波澜不惊的死水，就连一声犬吠也难得一闻。在这阔大而苍茫的暮色里，"吱呀"一声，木门摩擦地面发出的尖利声响，犹如夜空划过的一道闪电，瞬间打破了这个混沌世界所刻意营造的和谐与静谧。

弯腰，低头，走进那间亮着一盏灯火的屋子。灶膛口，燃烧的木柴正吐着猩红的舌，不停地舔舐着黢黑的锅底。这火舌，极其明艳，亮度甚至超过灯盏，让这方小屋似乎多出了三分温暖。锅盖边沿处，热气腾腾，向外散发着一股股淡淡的米香味。我抖开羽绒服，招呼正蹲在灶膛前添柴的他，示意他站起来试试衣服。他的双眼似乎一亮，像是暗夜中闪亮的两颗星子。脱下摞满补丁的棉衣，我帮他将羽绒服套在身上，上下打量，看着还比较合身。他显得很开心，也很喜欢这件衣服，笑眯眯的，一会儿拉拉袖口，一会儿扯扯下摆，叽里呱啦比画着，像是问我好看不好看。

美，从来都不是有钱人的专利和特权，即便如他这样穷困潦倒，于心底的某个角落，依旧隐藏着一份对美的渴念与追求。他嘟囔着问我，是不是需要花钱买衣服，又从炕角的草席底下，摸索出一个布包，颤抖着手打开，取出花花绿绿的几张票子，作势要交到我手里。我挥挥手，又将右手弯成筒状，附在他耳边，大声告诉他，这衣服是送给他的，不要他的一分钱。他先是一怔，脸上露出茫然不解的神色，继而，突然低头，双手捂住面门，身子一阵战栗，放声号哭起来。他的哭声，浑厚而苍凉，夹杂着浓浓的烟火味与血腥气，仿佛要用滔滔泪水彻底洗净六十多年来遭遇的种种不公与耻辱；以悲凉的怒吼，喊出久藏于胸的不甘和抗争……

夜色沉静如水，本无一丝波澜。然而，这一刻，撕心裂肺又酣畅淋漓的哭声，似乎彻底惊醒了天地神灵酽酽迷醉的幻梦，也让那只潜伏于小巷深处的家犬汪汪吠叫起来。

我抚一抚他起伏不停的后背，静悄悄退出了屋子。一个人，窝囊许多年，受尽贫穷、白眼和屈辱，总需要找到一个宣泄的出口。对于他的号哭，我实在不知该喜该悲、该忧该乐，唯有默默期盼着，在驻村工作队的倾心帮扶下，他的生活、他的精神状态能实现质的转变……

又一次见到他时，他仿佛从头到脚变成了另外一个人——蓬草一样的头发打理得干干净净，刚刚刮过胡子的面孔泛着淡淡的红润色彩，就连习惯性的尬笑，也变得舒展了许多。在他身上，穿着那件八成新的羽绒服，原来皱巴巴的一条裤子也洗涮熨烫得齐齐整整。他远远地向我打招呼，虽依旧口齿不清，但我感觉，面前的他，或许正悄然发生着一些变化。

也许不仅如此，我还应该以扶贫干部的身份和信誉，在村里所有小孩和大人的面前为他作证：他虽然身患残疾，但是，并非没有生而为人的尊严。在造物主面前，每一个卑微如草芥的生命，都有生存的权利，都有好好地、有尊严地活下去的权力。

扶贫工作队两年一轮岗，在我回到单位后，便再也没有听到有关他的讯息。

2021年，年关又近。我一直极力想象他现在的样子，以及现在的生活——那座破败的农家小院是否彻底改造？那间黑黢黢的土屋是否已经翻新？每日饭时，那些尖牙利嘴的长舌妇是否还在耍笑他？那些尚不理解"宽容"与"仁爱"的顽童，是否还时不时地欺辱他？或者，他果真凤凰涅槃、获得了新生——房屋敞亮，人也清爽精神，如我一般，欢欢喜喜准备迎接辛丑新年。

这一切疑问，久久萦绕在脑际，让我既欢喜又揪心。但我渴望着，有朝一日，能够扶直他常常弯曲的脊背，亲口告诉他：如果下辈子侥幸，还能投胎做人，那么，即便依然罹患耳疾，也同样可以这样生活——与贫穷为敌，与逃避为敌，与刻意迎合他人为敌，不甘贫穷与失败，不再摆出一副讪笑，也不必一味讨好世间的那些不良之辈，就像一个没有财力装备铠甲的勇士，哪怕面对呼呼转动、挑衅自我的大风车，也要勇敢地一路砍杀过去，管他是力挑铁滑车的高宠，还是以一敌三的猛士吕奉先，以一人之力，举一盏微弱的灯火，响亮地向世人昭示——每一具躯壳，都是耸立的纪念碑，即便岁月蒙尘，哪怕缺损一角，他的灵魂始终圣洁而崇高！

我始终是没有戴着镣铐的一介囚徒

一

一颗受精卵，从着床于母体子宫壁的那一刻起，便失去自由，成了一介不戴镣铐的囚徒。而这子宫，便是囚禁我的第一座牢狱。

在长达十个月的时间里，我一直仰仗子宫提供安居之所，仰仗脐带接续不断送来养分，并带走新陈代谢所产生的种种废物。我的身体与灵魂一直被母体深深封印在体内，毫无能力反击与抵抗，并且，一旦失去子宫的庇佑，失却母体的供养，生命一刻也难以为继。或许，这便是宿命。当我基本成形，第一次产生模糊的自我意识时，身体和灵魂，早已天然烙上囚徒的印迹，如同那个被刺配沧州的林教头，脸上的烙印再也无法洗去，囚犯的身份也将如影随形。

十月怀胎，一朝分娩，伴随一声响亮的啼哭，我终于得以成功"越狱"。或许，是为发泄十个月来被囚禁的委屈、苦楚与愤懑，我的哭声显得格外嘹亮与酣畅；也或许，这哭声，本身就是因获得自由喜极而泣。原以为，逃离母体的强大封印，我便可以像天上的云朵那样自在潇洒，就可以如山间的清风那般来去自由，然而，未曾料到，母亲的乳房、取暖的棉被，乃至铺在臀下的一片片尿布，都是造物主预先备好的一把把枷锁，牢牢困住了一条脆弱的生命。不得已，我唯以哭声乞求母亲喂养，提醒家人换洗尿布，求得他人哪怕一分一秒的拥抱、抚慰和陪伴。

当我终于学会言语,第一次不用人扶着走路的时候,急切地、晃晃悠悠又跌跌撞撞地向远处奔去,像是一次蓄谋已久的逃离,嬉笑着、兴奋着,根本不管母亲错愕的眼神和充满担忧的声声呼叫。甚至,小小脑袋里,曾无数次进出飞翔的欲念,想象着有朝一日,也能像鸟儿一样,在太阳的光辉下亮出自由轻盈的羽翅。

不只我,和我年龄相仿的阿清、阿建和阿明,都曾有过这样的阴谋。在我们尚未被学堂和老师约束的时候,身形伶俐得就像一只只野猴子。我们三把两下爬上一株大树,双手拽住一根细而软的枝条,试图借助身体晃荡产生的动力,像猴子那样穿林过树,荡到附近的另一棵树上。但这样的游戏实在凶险,任谁也不敢轻易尝试。

但阿明的胆子就大得多。他一边嘲笑我们懦弱,一边带着鄙夷的神色"噌噌"爬上一棵杨树,一把抓住一根枝条,双脚往树干上一蹬,犹如钟摆,不停地在两株树之间晃来晃去,那样貌,还真的像是在飞翔。然而,伴随"嘎吱"一声脆响,细长的枝条不堪重负,从树干连接处脆生生折断,如同抛出一条沉重的口袋,将阿明重重摔到了地面……飞翔的欲念终未达成,阿明却摔断了股骨头,在床上躺了多半年。

然而,这飞翔的梦幻终不会就此破灭。冬日时分,自做一架滑冰车,盘膝端坐其上,双手挥动带着尖刺的钢筋,如同撑篙,于冰面一拄一放,瞬间,冰车如同箭矢,急速射向远处。冰面洁白而坚实,反射出太阳的斑斓光彩,一眼也望不到尽头,就像头顶那方浩瀚的晴空。耳边,时时有凛冽的寒风呼呼掠过,吹出一声声尖利的口哨,恍惚间,我们已经摆脱生而为人的重重桎梏,习得了飞翔的技能。

但回到生活的庸常,我的肋下,终究没有生出一双轻快的羽翼。我没有,阿清他们也没有。日复一日,我们依然需要凭借空气呼吸、依仗粮食果腹、依靠衣被取暖,成为跪伏在它们脚下的一个个忠实奴仆。

所幸,在这七八载的光阴里,除了羁于吃穿用度,父母总是以小孩子不懂事为由，未曾给我的思想和灵魂强加多少枷锁，让我就像田野里的狗尾巴草，依然能够自由呼吸，野蛮生长。

二

伊甸园式的生活止于背上书包的那一天。自母亲牵着手把我送进学堂，冥冥之中，我的命运似乎已经被一只看不见的大手安排妥当，乃至其后的十七年光阴里，我甘愿被那些标注在试卷右上角的红色诱人数字所俘虏，并以此作为炫耀的资本，换作后来攫取更多财富和更大生存空间的"敲门砖"。

在高考填报志愿时，鬼使神差一般，我由大人眼里的小乖乖突然变成了一个偏执狂，极力反对母亲让我就近报考本省院校。其中的原因，彼时并不清楚，只是隐隐约约听到耳边一直有人低低说话，教唆我背叛父母的意旨，逃得越远越好。母亲无奈，一任她的儿子执拗地将志愿填报成外地院校。

世事轮回。在我为人父之后，同样的桥段再次发生。那一年，儿子以本省没有好学校为由，大笔一挥，将自己送到了远在千里之外的潇湘之地。若把儿子的行为同我当年的固执联系起来，似乎，我们父子两个都在选择逃离——逃离原生家庭的种种束缚，远离父母琐碎的絮叨，唯愿自己决定自己的行为方式，自由决定个人的未来走向。但，我们真的会自由吗？

二十几岁的时候，一个流浪汉，常在我们村子里幽灵般游荡。在他身上，衣服层层叠叠、破破烂烂，即便斜披在后背的一件棉袄，也有好几处大张着嘴，露出了里面说白不白、说黑不黑的棉花。他头发蓬乱，胡子拉碴，毛发上挂满长长短短的草屑，脸上的污渍显然许久都没洗过，远看，像是戏剧里的一张二花脸。

259

没人知道他从哪儿来，姓甚名谁，年龄几何，更不知道他还有没有父母。每一个晴好的日子，他经常独自站在路口，右手伸出食指，指指点点，情绪激昂地对着空无一人的街巷咒骂。骂谁，骂什么，一直听不大清楚，也没人愿意听清楚。似乎，那些过往的行人，从来就没有把他当作一个值得驻足的存在，更无暇理会这具"怪胎"的胡言乱语。

我想，若我肯停下年轻人追名逐利的匆匆脚步，冷冷地多看他两眼，一定会自诩为正常人，且眼里含着好奇，甚而，可能还会带有三分同情。那样貌，估计就像端坐在庙堂中央高高在上的神祇……然而事实上，我与他之间，到底谁正常、谁不正常，却是一时难以判定！

他，一身破棉絮，似乎并未套着任何一件枷锁——他已经忽略大自然四季的温度变化，已经无视他人的白眼与嘲讽，更不会把财富和名利放在心上……或许，他才是时光的秘密信徒，才是造物主选中的幸运儿！而我，虽然衣着光鲜，且不用再受父母的任何节制，但双手一直戴着世俗赐予的锃亮手铐，腿脚上拖着追求名利的各种脚镣，并不见得比他更洒脱、更自由，更像一个"正常人"！

后来，每每读到丧妻后鼓盆而歌的庄周、丧母时狂饮吐血的阮嗣宗，还有裸坐于居室里的刘伶、大雪之夜神经兮兮访戴的王子猷，眼前总会闪现出这个流浪汉的模样——或许，他们才是"正常人"吧？而我，深陷名利场而无力自拔，无非流浪汉眼中那个看不开放不下、自甘堕落红尘的"俗物"，怎能不被他大声责骂？

别人笑我太疯癫，我笑他人看不穿。

不见五陵豪杰墓，无花无酒锄作田。

古今将相，而今荒冢一堆；金玉满堂，走时何能带走一分一毫；娇妻美妾、孝子贤孙，也不过大梦一场。梦醒时分，茫然四顾，在故乡空无一人的旷野，唯闻松涛滚滚；唯见寥廓长天，一轮冷月惨白而无声。

三

俗世风烟，熙熙攘攘；声色犬马，红尘万丈。年岁逐增，套在身上的枷锁愈发沉重。

同学朋友久未会面，一朝相见，分外热情。金碧辉煌的酒店门口，五彩的霓虹灯下，我们不禁热情握手、热烈拥抱。

待一圈人坐定，桌子上摆着七荤八素、美酒佳肴；桌下，则是相互之间温情脉脉地窥探和打问。其实，我们都是衣着光鲜的小偷，内心深处，喜欢偷偷扒开别人家的门缝，窥探那些门后隐藏的秘密。在这盛大的名利场里，灯火辉煌，地毯猩红，我们却又转身化为好勇斗狠的"角斗士"，在耀眼的聚光灯下，以犀利的眼神，不动声色地一一打量对手——他的地位、声誉，他的家境、薪水，他的配偶、孩子，甚而服饰、座驾和兜里揣着的香烟品牌……若对手孱弱，内心总会幽幽生出三分鄙夷和不屑；台面上，却又装出一副慨然大度的模样，亲热地搂住当年的兄弟，拍着胸脯表示，一定要拉拽兄弟一把。若是对手强大，又会平白生出许多腹诽：想当年，他的学习成绩一塌糊涂，而今却是混得人模狗样，肯定是有后台、会巴结……内心酸不溜丢之余，还需腆着一副笑脸，竖起大拇指，连连夸赞对方。这样的场面，往往就是一场利益苟合与结盟的盛大仪式，在相互的谄笑和吹捧下，人人皆有自身的目的。

我总是羞赧于出现在这样的场合——一个教书匠，辛苦赚钱，勉强养家；为他人，实在办不成什么大事——每每混迹其中，一张老脸总是一次次被那些鄙夷的目光灼伤。

后来，虽然凭借业绩，混到一个职位，勉强撑起一点门面。然而，就像浮士德订立的盟约，我的身体和灵魂，却又牢牢套上了另一道枷锁。我不得不按照这个"场"的既定规则，将那些残存的本真和纯粹深锁到心底的阴暗角落，时刻小心翼翼地将那把开启心灵之窗的钥匙紧攥在手里，提防那些"不合时宜"轻易冒出来，做出若干不符合游戏规则的勾当。

某一天，当我不堪其苦，想要彻底挣脱这些羁绊的时候，却突然发现，这一切为时已晚——它早已深深刻印于肌骨之间，牢牢附着在灵魂之上，成了蜗牛的壳、鸣蝉的蜕，难以轻易剥离。我唯有像格里高尔一样，长久拖着一副沉重的硬壳，茕茕独行于一望无际的人间荒漠，静候甲子之年能够重获新生。

四

年至半百，一直难以忘记那个飞翔的幻梦，难以忘怀阿明在两棵树之间飞翔一般的模样。这样的场景，时常于沉沉的睡梦中漾开，带着一种浓重的蛊惑气息，怂恿我从高耸的崖畔，向着谷底纵身一跃⋯⋯

听朋友说，一些在现实世界无法满足的欲求，总能在虚拟的世界里实现。

于是，不甘于婆娑尘世的种种羁绊，提起笔，期待着与横竖撇捺的倾心相恋中，圆梦飞翔。

然而，文字是一支箭矢，一旦射出，便不再专属作者拥有。我渴望着，人们认可这些文字，似乎，阅读者的认可与称赞，就是慰藉我心灵的一味良药，能给我晦暗的生活带来丝丝靓丽的色彩。但我知道，这样的欲求就是朵朵鲜艳的罂粟，摘得越多，中毒越深！

就如明知抽烟伤及心肺、酗酒损害肝脾，我却难以抵御烟酒的诱惑一样，在我已经放弃追逐金钱地位美色，且用文字伪善地劝诫读者看得开、放得下的时候，我自己，却又堕入了对某种虚名的执念，且时间愈久，执念愈深。

回首五十二年光阴，作为一介凡夫俗子，我的种种欲念，就是一副副无形的枷锁，羁绊我的身，也困扰着我的心。这些贪嗔痴，紧紧锁定我、时时奴役我，甚至用皮鞭抽打我，让我一再堕入炼狱，成为一介戴着无形镣铐的可悲角色。

　　罗曼·罗兰说，真正的英雄是那些看清了生活真相，却依然热爱生活的人。我不是英雄，注定，也不会成为英雄，但我依然愿意拖着沉重的镣铐，于暗夜点亮一盏灯火，于荒漠开辟出一方绿洲，衔草结庐，在每一个沉闷而孤寂的日子，烹茶煮雨、洗盏更酌，为那些疲惫的跋涉者，洗却一路风尘和这人世的种种寂寞与寒凉……

岁月留香

一

一场不大不小的疾病过后,心情一度跌到低谷。妻说,酒是不能再喝了,烟也得慢慢戒掉!掰着手指头,她又问,除了这些不良生活习惯,大半辈子,你还有什么兴趣爱好?有,怎会没有?掐灭即将燃尽的烟头,将目光敛聚,仿佛洞穿岁月的重重迷雾,锁定在一个又一个夕照融融的傍晚。

夕阳西下,光艳的橙黄明媚耀目,如同一枚巨大的蛋黄,将一缕缕清浅的暖色静静投射到楼宇上,悬挂在树梢间。这光线身形伶俐,挨挨挤挤穿透窗玻璃,淡淡的,簇拥着一个清瘦的男孩子,又以简笔写意的手法,在地上勾勒出一幅细长的剪影。一支竹笛,两只素手,伴随嘴唇翕动,手指快速起落,一曲曲或高亢或柔婉的曲调从出音孔流泻而出,在气流托举下,慢慢向上浮动,又在眉间耳际环绕一圈,才尾随流动的空气慢慢向四周扩散开去。言为心意曲为声,这无词的旋律里,同样藏着一颗多情的心,为驿动的青春、为流逝的时光、为每一个一怀愁绪的日子……

1986—1997年,十余年间,这支竹笛,曾伴我蹚过太谷师范学校四年的青葱时光,又与我一道,满怀憧憬与希望,走进山西师范大学的校门。而后,怀揣对未来生活的美好期冀,毕业分配,娶妻成家,搬进新居。岁月流转，时光渐老。老去的，何止面庞，还有一颗闻鸟伤春、见花落泪的心。那支竹笛，在俗世的尘烟中渐行被主人忘却，形容枯槁、满面尘灰，弃置于地下室，自此，再未重见天日。

二十二年，如同一页薄薄的纸片，在手指捻动下轻轻翻过，不觉，已是知天命之年。妻说，从来没见过你横吹竹笛的模样，更没听过你吹出的调子，要不，再买一支竹笛吧？可是，这二十二载的时光悄然逝去，再与这位老友相约时，我还能吹得响吗？我摇摇头。妻没有再言语，似乎叹了一口气，缓缓退出了书房。

然而，未过几日，周末，同样是一个夕照融融的傍晚，一支崭新的竹笛放到了我面前。它身材修长，音孔圆润，末梢，红艳艳的，还挂着一个丝线打出的中国结。妻说，吹个曲子试试吧，兴许还能吹出来呢。熟练地剪下一片薄薄的笛膜，抚平，绷紧，贴到膜孔上；双手横持竹笛，深深呼吸一口，将腮帮子绷紧，敛住气息，双唇凑近吹孔，轻轻吹去……却蓦然发现，大脑一片空白，早已忘记竹笛的音阶、忘却年少时背熟的乐谱，而且，手指僵直如铁，再也不像当年那么柔软、那么灵巧。甚而，还有那么几个音，任自己如何变换嘴型，却怎么也吹不响了。眼望老妻失望的眼神，心情再次沮丧到极点。哦，当年那些纯熟的技艺去哪儿了？当年那个年轻倜傥、意气风发的我又去哪儿了呢？《骏马奔驰保边疆》《扬鞭催马运粮忙》，多么熟悉的调子啊，可现在，怎么再也吹不出来了呢？或许，就像香港电影《鬼蜮》中所说的那样："一些人、物、事，一旦被人遗忘或抛弃，就会留在遗忘空间，再也难以寻回。而且，这个空间同样有限，每隔一段时间，还会被清理一次，如同我们电脑桌面上的回收站。"岁月寒霜凌厉无比，它何尝饶恕过哪一个人？我吹笛子的功夫，我过往的那些喜怒哀乐，乃至我的一切，统统都会被它扫进遗忘的角落，发霉，变质，消解，一点一点，终化于无形……

二

阿健，我的发小，虽然我与他原本不是一个村的。小学三四年级的时候，阿健跟着教师出身的母亲，从别的村庄迁到了我们村。他的母亲在村小教书，而他，和我们年龄相仿，也插到了我们这个教学班。应该是从那时起，阿健与我们几个同学关系日益亲近，也成了同出同进的好友。

小学后几年，直至初中毕业，阿健和我一直都在同一个班级。1986年的那场中考，犹如摆在所有人面前的岔路口，六门功课考毕，几个人里，一个考入卫生学校，另一个考进县一中，而我，也成了中师学校的一名学生。不巧，阿健落榜，辛辛苦苦补习一年，于第二年才考入县一中。

人生总是这样，在不断失却旧友的同时，又在不断结识新朋。从师范到大学，与阿健的联系日渐稀落，见一面都极为不易。后来，大学毕业分配到县城工作，才逐渐与阿健、与其他同窗故交建立起联系。

然而，2006年，单位搬迁，我又转到了异地上班。加之，这些昔日的同窗，本来就职业不同、生活轨迹不同，所建立起的联系也相对松散。其实我们每个人，都是一颗颗循着不同轨迹运行的星子，即便有什么交集，也不过是个偶然。我与阿健便是这样。只记得早些年他与前妻离婚，另找了一位年轻漂亮的女子，还广发请帖，邀请我们几个发小共同见证他的新生活。但没过多久，我们又断了往来。

也曾加为微信好友，但实在不知道何种原因，前前后后，统共也未聊过几句话，无非是偶尔打开朋友圈，大体知道对方的一些动态罢了。抑或，如同其他点赞之交，不定那一天，竖起个大拇指，彼此刷刷存在感，除此，别无其他。

年前，与两位发小在一家酒馆小聚，偶尔提起阿健，未曾料到，在座的一位朋友竟给我们带来了阿健病逝的噩耗。追问之下，才知道阿健身患心血管疾病，挣扎时日并不长，便狠心抛下娇妻幼子，独自撒手西去了。我记得阿健应该与我同龄，属鸡，刚进天命之年，可任谁又能预料，年纪轻轻，竟猝然走到了人生尽头！

农历己亥年正月初八日，阿健出殡的日子，原本想去送送他，可终究公务缠身未能成行……

孤身独坐于如墨的暗夜，手拈一支香烟，轻轻将它点燃。伴随一粒星火明明灭灭，极力从脑海中搜索阿健昔日的模样，怎承想，在我记忆的"硬盘"里，他的样子却越来越模糊，只剩下一个大致的轮廓罢了。一同长大、一起变老的两个人，疏离不过十年八载，音容笑貌却消淡得如此之快，倘若，再过五十年、一百年，我与他，我与他的姓名、模样，还有那些曾经的悲欢喜乐，有谁还会记得？又有谁还会提起？这流逝的岁月，就是一把冷冰冰泛着寒光的镰刀，一茬一茬收割生命的同时，摇身一变，又化作了一只巨大的板擦，无声无息地挥舞在历史的长空之中，将每个人的模样、气息与味道一一擦除，再也不着一丝痕迹。

三

人言，听歌，就是将歌词化为柔指，轻轻抚慰自己躁动的灵魂。

"一年三百六十日，风刀霜剑严相逼。明媚鲜妍能几时，一朝漂泊难寻觅……"夕阳垂暮时分，一首《葬花吟》曲调低回婉转，如喁喁私语，久久回荡在一方斗室。花开荼蘼，一季之间；人生百岁，倏忽之间。生命，不过一场短暂的花事，立秋过后，任谁能抵挡得住霜风凄紧与暮雨潇潇？作家指尖说："我的老，所带来的一切，一面是风华正茂，一面是日暮残年，而我并非拥有超能力者，我在他们中间，一面苟延过去，一面向着老年疾驰。"与指尖一样，我也并非超能力者，我孑然一身，孤独地站在"他们"中间，一面目送父辈甚至同辈人匆匆离去，一面看着年轻一代气喘吁吁冲着衰老疾驰而来。我拦不住他们，也拦不住每一个逝去的日子，只能眼睁睁看着他们一个个长大，一个个老去，又一个个走向死亡……

　　轰然一声，一轮夕照裹着叹息又将滚下山坡。2021，已过大半。往后余生，无情岁月摇动它那支凝霜的枯藤，在凄凉大地上还会书写多少个悲情故事，我实在无从知晓。但我依然愿意焚香净手，虔诚地捧起它的每一册书卷，一字一句耐心读下去，一直读到双眼朦胧，一直读到泪湿长衫。

　　岁月，我的岁月！

写于2021年夏